凝煉知識品味閱讀

凝煉知識品味閱讀

中國現代文學概論

欒 梅 健

蘇州大學文學博士
上海復旦大學中文系教授

張 堂 錡

東吳大學中國文學博士
政治大學中文系助理教授

編著

五南圖書出版公司 印行

目錄

導　論

中國現代文學的興起與發展

以 1919 年「五四」運動為顯著標誌的中國現代文學運動，是一次全新的、具有重大轉折意義的文學歷史變革。

在我國數千年漫長的文學發展歷程中，先秦兩漢文學、唐宋文學、元明清文學，其實都有其不同的特點，即使在某一個朝代的不同階段，如初唐、盛唐、中唐和晚唐，其文學也都有著各自較為鮮明的印記與個性特徵。但是，從一個更為廣闊的視野來看，這些變化其實都還只能算是量的輕微變化，並不能形成一個迥然不同的質的分界線。它們如一道道環扣，串起了我國古代文學的歷史長鏈。只有到「五四」時期，中國文學發展的歷程才如脫韁的野馬，偏離了原有的運行軌道，開始了其現代化的偉大進程。

到底是什麼力量促使了中國現代文學呈現出與傳統文學不同的面貌？它的根源是什麼？其主要發展線索又是如何？

在本章中，我們想對以上問題先進行簡要的分析與概述。

一、新式教育與新讀者群

在文學變動中，讀者群體常常扮演著一個極為重要、極為活躍的角色。

1905 年，滿清政府迫於當時有識之士的普遍要求和社會發展的客觀需要，明令廢除空疏無用的科舉制度。從隋煬帝大業二年（西元 606 年）起，科舉制度曾在中國實行了整整一千三百年。它的廢除，不僅是中國教育史的一件大事，而且也使人才培養制度和選拔方式產生根本性的變化。這標誌著過去封建傳統的教育在形式上一筆勾銷，而一種新的為近代社會發展所需的教育制度正式確立。從此，新式學校迅猛發展，知識份子階層不斷壯大。表現在文學中，它不僅影響作為創作主體的作家的知識構成和創作面貌，而且還直接影響到作為接受主體的讀者對於文學創作的要求和閱讀趣味的轉變。這確實是20世紀初文學發展的特點與古代文學根本不同的地方。

早在1905年我國科舉制度正式廢除之前，就有了不少關於新的學校教育制度的倡議和新式學校的創辦，只不過在數量上沒有科舉廢除之後那樣迅速增加而已。1856年，中國第一位最早受過美國高等學校教育的容閎，就已經向太平天國的領袖們提出效法西洋「頒定各級教育制度」的建議，並獲得了太平天國領袖們的贊同。1895年，天津道道台盛宣懷奏請滿清政府辦理天津西學學堂。該學堂分頭等和二等兩級，其中頭等相當於大學，是我國最早的中西兼學、西洋化的普通學校，二等學堂相當於中學，是我國最早的西洋化的中學。1897年，盛宣懷又在上海創辦南洋公學外院，成為我國最早的一所近代新式小學。除官辦學校之外，在此前後還出現了一定數量的基督教教會學校、天主教教會學校和私立學校。到1903年，我國誕生了第一個經政府正式頒布後曾在全國範圍內實際推行的學制，即「癸卯學制」。它共分三段七級，長達二十九年，第一段為初等教育，分蒙養院、初等小學和高等小學三級，共十三年。第二段為中等教育，設中學堂一級共五年。第三段為高等教育，分為高等學堂或大學預備科三年，分科大學堂三年到四年，通儒院五年，共三級十一到十二年。「癸卯學制」對我國近代學校教育制度的組織形式發生了深遠的影響，清末民初的新學校教育制度主要都是以此為依據。從此，20世紀初的中國社會在人才培養與選拔方式上有了一條與古代科舉制度完全不同的道路，它造就出大批的知識階層並形成了新的成才途徑。

正如資本主義生產關係的發展造成了大批的產業工人，並最終促使了社會型態的轉化一樣，20 世紀新式教育的推行，也在為社會造就著大批知識階層的同時，培養了自己的作者隊伍和讀者群體。與古代封建教育根本不同的是，新式教育已經從封建等級和知識壟斷中走了出來，面向社會，面向民間。在清代，有起碼的文化知識準備參加院試（即最低等的州縣級的童試）的生員數量，據統計，在清代中葉以前每年約為五十三萬，後期則為六十四萬，當時的全國總人口為四億四千萬左右。[1]這個數字其實大致反映了清朝知識份子的數量。因為在封建古代，進私塾讀書，或者有錢者專門請人教育子弟，其實都是為了科舉這一條路。「士」人既無其他的人生選擇，所學知識也不能在其他方面派上用場，因而在當時，只要學會了一點知識，多數總是不會放棄參加科舉的。而在新式教育推行之後，一方面教育設施的建立給人們就學提供了較好的機會，另一方面學費也較進私塾或者專門請家教遠為便宜。因而，進學校學習的人數大幅度增加。從光緒三十三年（1907 年）開始，我國曾有全國學校數和學生數的統計數字公布，到 1916 年這 10 年中，我國的學校和學生數量顯示出逐年增長的趨勢。學校增加了八千多所，學生數增加了近三百萬人。到 1919 年「五四」運動爆發前夕，我國各類學校的學生數目為：基督教會學校二十一萬四千二百五十四人，天主教會學校十四萬五千人，私立學校一百零四萬五千人，公立學校四百

[1] 李鐵：《中國文官制度》，第 148 頁，中國政法大學出版社 1989 年版。

三十萬人，總計學生數五百七十萬。[2]這數目，比起清朝中葉以後約六十四萬人的生員數量，增長了將近十倍！當時全國的總人口也仍然是四億左右。

接受了新式教育的人們真正構成文學的讀者群，是到了「五四」運動時期。儘管在辛亥革命之後作為都市通俗文學流派的鴛鴦蝴蝶派，在那段政治黑暗的時期得到了畸形的發展，但是它的讀者對象主要是那些識字的小市民，因而，它還只是在傳統意義上的延伸，並不能形成一個全新的作品世界和讀者世界。而到「五四」，在校學生數已達到了五百七十萬空前的數目，再加上已經畢業走上了社會的新式學校的學生，其人數已經足以構成一個與以往古代社會中全然不同的讀者隊伍。正是這些接受過新式教育的讀者群，相當有力地支持與協助了「五四」新文學運動的開展，使中國文學完成了從古代到現代的轉變。如果沒有這樣一個堅實的讀者隊伍，「五四」新文學運動的興起與發展簡直是無法想像的。單就「五四」時期的文學社團而言，從 1921 年至 1923 年共出現了四十多個文學社團和五十二種文學雜誌。[3]從 1922 到 1925 年當中，根據茅盾的統計，「先後成立的文學團體及刊物，不下一百餘」。[4]這裏一個非常明顯的事實是，這些文學社團和刊物的創辦，幾乎無一例外地都是出自接受了新式教育的人們之手，而它們的讀者，當然也幾乎都是新式學校裏的青年學生或者已經畢業的知識份子。茅盾當時認為：「現在熱心於新

---

[2] 陳景磐：《中國近代教育史》，第 271 頁，人民教育出版社 1979 年版。

[3] 《最近文藝出版物編目》，商務印書館 1924 年版。

[4] 茅盾：《中國新文學大系小說一集・導言》，上海良友圖書印刷公司 1940 年版。

文學的，自然多半是青年」[5]，確實說出了當時的文學發展的實情。

二、職業作家與稿酬制度

隨著近代新式讀者群的產生和文化市場的形成，20 世紀初的中國作家第一次破天荒地可以通過自己的精神產品直接得到經濟的報酬。它是近代商品經濟的產物，也是文化市場中的一個具體指標。

在我國古代，「作文受謝，自晉宋以來有之，至唐始盛。」[6]不過，這只是指一種帶有酬謝性質的「潤資」、「潤筆」，並沒有固定的標準。它可以是一匹綢緞，一騎快馬，更多的則可能是款待些飯菜。正如一些讀書人為不識字的人代寫書信一樣，既無一定的酬謝定例，也不拘於一定的形式。然而到了近代，這種情況就徹底改變了。既然出版商因出版、發行作品有利可圖，那麼自然就應該考慮屬於作者的那份心血投入與經營。這種心力的勞動就是確定稿費數額的內在標準。

徐念慈在 1907 年創辦的《小說林》上，刊登的「募集小說」啟事云：

> 本社募集各種著譯家庭、社會、教育、科學、理想、偵探、軍事小說，篇幅不論長短，詞句不論文言、白話，格式不論章回、筆記、傳奇，不當選者可原本寄

[5] 茅盾：〈自然主義與中國現代小說〉，《小說月報》，第13卷7號，1922年。

[6] 宋‧洪邁：《容齋隨筆》，轉引自陳平原《中國小說敘事模式的轉變》，第156頁，上海人民出版社 1988 年版。

還，入選者分別等差，潤筆從豐致送：甲等每千字五圓；乙等每千字三圓；丙等每千字二圓。

這是我們查找到的最早一份小說雜誌稿酬標準。其後出現的《小說月報》、《禮拜六》等雜誌，稿酬標準更見縝密、完整。到了「五四」時期，「以字計酬」、「以版納稅」，則已相當風行。在幾千年漫長的文學史上，中國至此第一次擁有了真正意義上的職業作家。寫稿取酬、按勞所得成為當時中國作家普遍接受的觀念。

如何評價稿酬制度在20世紀出現的影響？如何認識職業作家的出現對文學創作的深遠意義？如何區分它們在文學發展過程中的優長？還有，如何理解它們在不同階段產生的不同影響？在以往，人們除了扣上一頂「商品化」、「拜金主義」的大帽子之外，其實並沒有真正深究稿酬對本時期文學發展的深層影響。

作為人類社會進化途中的商品經濟社會，帶給人類的並不僅是野蠻的掠奪，瘋狂的金錢交易與唯利是圖的人際交往準則，它還帶來了封建社會中所無法比擬的物質財富和公平交易的自由市場。表現在人的精神狀態中，它固然給人性帶上了金錢的枷鎖，永遠都無法擺脫那層金錢的魔影，然而它卻給人性提供了相對寬裕與自由的發展空間。在絕對遵奉「金錢面前人人平等」這一觀念的同時，事實上人們脫離了政黨、階層、宗教、信仰等方面的束縛，有了比封建社會中人身依附關係自由得多的精神活動場所。他可以不聽從任何政黨，也可以不屈從任何主義。他可以在金錢提供的保障面前享受到充分的言論信仰自由。反映到20世紀的中國文學中，個性主義的張揚和自由空間的拓展，自然也離不開我國近代商品經濟的發展與稿費制度的建立這一特定的社會變革特點。

例如魯迅先生，儘管我們可以指出他早年就抱有「文學救國」的宏願，在對北洋軍閥與國民黨政權的猛烈抨擊中有著他一以貫之的現實戰鬥精神與政治理想；對於「國民性」、「流氓地痞」、「幫閒文人」的批判，也都是基於他對於理想人性的要求。然而我們也必須面對這樣一個事實：如果他沒有賴以生存的物質來源，他能如此勇敢地挺直腰桿嗎？當章士釗施展其教育總長的淫威革去魯迅在教育部擔任的職務時，他毫無畏懼，絕不屈服；當營救中山大學被捕學生不成時，他憤而辭去教務主任的職務；當「新月派」等人宣稱魯迅加入左翼作家聯盟是收了蘇俄的盧布時，他心懷坦蕩，勇往直前……這一切，如果身上不名一文，能成嗎？魯迅先生曾經感慨地說過：

> ……錢，——高雅地說罷，就是經濟，是最要緊的了。自由固不是錢所能買到的，但能夠為錢而賣掉。人類有一個大缺點，就是常常要饑餓。為補救這缺點起見，為準備不做傀儡起見，在目下的社會裏，經濟權就顯得最要緊了。……
>
> 要求經濟權固然是很平凡的事，然而也許比要求高尚的參政權以及博大的女子解放之類更煩難。[7]

---

[7] 魯迅：〈娜拉走後怎樣〉，《魯迅全集》，第 1 卷，第 161 頁，人民文學出版社 1981 年版。

其實何止魯迅先生一人，相對發達的出版事業與文化市場確實為養育一批精神獨立的作家作出了特殊的貢獻。這是一個長期為人們所忽視的話題，幾乎從來沒有人從這個角度來理解本時期文學發展中自由特質的來源。然而它卻是一個無法躲閃的客觀存在。茅盾對《蝕》三部曲、《虹》、《子夜》等鴻篇巨著的營建，巴金在「激流三部曲」《家》、《春》、《秋》中對封建家庭罪惡的無情揭露，老舍在《老張的哲學》、《趙子曰》、《二馬》、《離婚》等中長篇小說中對「市民世界」的全景反映……他們藝術理想的實現與創作個性的高揚，其實都全部或部分地受到了稿費制度的恩澤。如果除卻稿酬收入為他們提供的重要經濟來源，那麼這些在中國新文學發展中占有重要地位的藝術大師，不是空懷雄心，可能就只有落得如曹雪芹那樣「蓬牖茅椽，繩床瓦灶」的境況了。然而他們都比曹雪芹生得其時。

當然，最值得重視的應該是職業作家的心態。稿酬制度的實行既然養活了一批以文為生的作家，那麼，這些作家便不僅可以從其他的社會階層中分化、獨立出來，成為與產業工人、資本家、銀行家、出版家等階層並行不悖的「職業作家」，而且極其自然地，這些作家還具有了幾千年文學史中都從未有過的眼光：第一次真正從「職業作家」的角度來反觀自己的寫作成果與社會地位。從表面看，社會分工的日趨縝密帶來的只是一些新的階層、階級的產生，然而從本質上說，它所映現的卻是社會型態的轉變與進化，是社會進步到一定程度後的必然結果。而作為這一結果的具體表現，新出現的階層就不僅僅只是一些嶄新的名詞，而是這些階層本身在特定的社會型態中所具有的意義、價值、特性和職能，亦即它的本體意義，只有這種本體意義的最終被確定，這個新的階層才能被社會所承認、所認可。正是從這個意義上，我們發現了隨著近代商品經濟產生的「職業作家」，他們帶給 20 世紀初中國文壇的，固然有金錢的消遣的一方面，也確然有其人格獨立與精神自由的一面。但是最為內在的則是他們為確定文學的本體意義提供了特定的社會階層與理論依據，從而為實現文學觀念的新變創造了有利的條件。

三、從文言到白話

中國現代文學在藝術形式上根本不同於古代文學的最顯著的標誌，在於白話文全面取代了文言文。

在我國，白話文學的傳統幾乎與中國文學史一樣悠久。從上古神話傳說到漢樂府民歌，直到明清時《水滸傳》、《紅樓夢》等著名小說，都顯示出白話文學的感人魅力。然而在浩如煙海的我國古代文學遺產中，白話文學只是佔據了一個極小的地位，並不能改變文言文占統治地位的局面。只有發展到「五四」，經過新文學工作者胡適、魯迅、錢玄同等人的提倡鼓吹，才終於徹底把文言文從佔據了數千年的文學寶座上掀了下來，確定了白話文的正宗地位。

這是一個頗需深思的問題：為什麼在我國數千年的文學發展中，儘管發生過諸如唐代的新樂府運動、古文運動、北宋的詩文革新運動等許多重大的文學運動，但為什麼都沒有一次是要求把白話文推向文學正宗的運動呢？為什麼綿延幾千年的白話文學傳統只有到了現代才被人們高度重視，並要把它立為最主要的語言形式呢？這是碰巧，還是必然？是社會進程中的隨意揀選，還是歷史發展的必然要求？

答案是肯定的。

與傳統社會中人際交往關係的分散性不同，近代發展起來的商品經濟形式突出地強調了人的社會性。馬克思在分析工業革命前法國農村社會的特點時，曾經這樣指出：「小農人數則多，他們的生活條件相同，但是彼此間並沒有發生多種多樣的關係。他們的生產方式不是使他們互相交往，而是使他們互相隔離。這種隔離狀況由於法國的交通不便和農民的貧困更為加強了。他們進行生產的地盤，即小塊土地，不容許在耕種時進行任何分工，應用任何科學，因而也沒有任何多種關係的發展，沒有任何不同的才能，沒有任何豐富的社會關係。」[8]馬克思對法國農村社會的分析也同樣適合於中國封建社會的實情。由於農民這種生活特點與生產方式，使得「雞犬之聲相聞，老死不相往來」成為一部分人的社會理想。表現在文學上，作為「載道」與「言志」的精神產品，則是封建士大夫圈子內的事情。它與小民無涉，自然不用考慮到他們的需要。當然更談不上要使引車賣漿者之流的語言成為文學的正宗。然而到工業化之後，一切都大不相同了。伴隨著商品的交換與流通，人們建立起各種各樣的錯綜複雜的關係。在文學中，文化市場的形成與民眾文化水平的提高，不僅打破了封建士大夫對文學的壟斷，而且還由於各民族之間文化的融合，使得保持一個民族完全獨立的文學面貌都成為不可能。文學從完全封閉的狀態中突圍而出，深入到民間，深入到一切有社會交往的人們中間。在日益多樣化的商品社會中，它肩負起審美與娛樂的特定使命，滿足著人們的多層次需求。正是這樣的背景，白話文

[8] 《馬克思恩格斯選集》，第 1 卷，第 693 頁，人民出版社 1972 年版。

才得到了徹底翻身的機遇，一躍而成為文學的主流。

例證可取之於在西方國家被稱為「中世紀的最後一位詩人，同時又是新時代最初的一位詩人」[9]的但丁。他生活的時代正是義大利市民階層大量出現、反封建反教會的抗爭日趨高漲的時期，他敏銳地察覺到了一種新的社會型態的產生，以及這種社會型態對於文學語言的要求。在《鄉宴》和《論俗語》兩書中，他盛讚俗語的優點，批判封建等級觀念，認為真正的高貴在於擁有優良的道德品質的人文主義思想，對於革新義大利的民族語言和文學用語問題發揮了重大的作用。而不朽之作《神曲》正是他所推崇的義大利語的親自實踐，從而使義大利文學開始了從中古到文藝復興的過渡。而在這其中，但丁也成為義大利文學史上第一個民族詩人。

胡適在《〈嘗試集〉自序》中這樣認為：「文字是文學的基礎，故文學革命的第一步就是文字問題的解決」。很顯然，胡適把文學語言的革命放到了「五四」新文學運動的首要位置，並把它視為運動能否取得勝利的根本保證。他在〈文學改良芻議〉中倡導的「八點主張」，在〈建設的文學革命論〉中所認為的建設新文學的唯一宗旨——「國語的文學，文學的國語」，都強烈地反映了他欲以白話文代替文言文的文學主張。在當時特定的歷史條件下，這種主張有著相當的進步意義，表現出一位文學革命運動發難者的遠見卓識與務實精神。其後，陳獨秀在〈文學革命論〉中對封建舊文學毫不留情的宣戰，錢玄同、劉半農等人的紛

[9] 恩格斯：《〈共產黨宣言〉義大利文版序言》，《馬克思恩格斯選集》，第1卷，第291頁，人民出版社1972年版。

紛回應，都迅速擴大了文學革命的聲勢，顯示出新文學陣營主動出擊的戰鬥姿態。尤其是魯迅，接連發表了〈狂人日記〉、〈孔乙己〉、〈藥〉等許多重要小說，顯示了文學革命的實績。不僅在作品內容上把批判鋒芒直指幾千年的封建制度，而且在形式上也運用了現代文學的體式、手法與白話語言，顯示出白話文的勃勃生機。從此白話文在20世紀的中國文學中逐步推廣開來，並進而把中國文學推向到一個嶄新的階段。

人們常常試圖對「五四」時期白話文取得徹底勝利的原因作出說明，有人認為是受惠於當時強烈的反傳統意識，有人認為是西方文體演進的參照影響，也有人認為是得益於晚清白話文運動「新文體」的成果積累。這些都說出了一定的道理。但是，它們卻都忽視了一個極其重要的事實，那就是隨著近代商品經濟的發展與傳播媒介的變革而迅速興起的文化市場與迅速壯大的作者、讀者隊伍。如果沒有「五四」時期為數眾多的文學刊物與書籍的出版、發行，沒有廣大讀者的歡迎與支持，那麼，「五四」白話文運動到頭來也只能侷限於文人的圈子之中，其命運也只能與晚清的白話文運動——乃至唐代的新樂府運動無異。

四、現代文學三十年歷史發展脈絡

在1917-1949年這三十年的中國現代文學中，文學史家一般將其發展歷程分為三個階段。第一個階段從1917年到1927年，這是中國現代文學的發生與發展期。

儘管「五四」是中國現代文學與傳統文學分界的明顯標記，但現代文學序幕揭開的時間卻要比「五四」略早一些。1917年1月，胡適在《新青年》雜誌發表〈文學改良芻議〉一文，這是倡導文學革命的第一篇理論文章，他在文章中認為文學改良須從「八事」入手：「一曰，須言之有物。二曰，不摹仿古人。三曰，須講求文法。四曰，不作無病之呻吟。五曰，務去濫調套語。六曰，不用典。七曰，不講對仗。八曰，不避俗字俗語。」[10]在這裏，胡適側重從文學的語言形式方面，提出了建設「五四」新文學的最初設想。緊接著，陳獨秀在同年 2 月的《新青年》上發表〈文學革命論〉一文，旗幟鮮明地提出文學革命的「三大主義」：「曰推倒雕琢的阿諛的貴族文學，建設平易的抒情的國民文學；曰推倒陳腐的鋪張的古典文學，建設新鮮的立誠的寫實文學；曰推倒迂晦的艱澀的山林文學，建設明瞭的通俗的社會文學。」[11]陳獨秀對「三大主義」的表述雖有不夠精密之處，但他對文學革命的積極態度確是引起了人們的高度重視。

在胡、陳文章之後，錢玄同、劉半農、傅斯年等人紛紛發表文章響應。周作人連續發表〈人的文學〉、〈平民文學〉等文，認為現在提倡的新文學完全不同於封建傳統的貴族文學，是表現普通大眾的「人的文學」和「平民的文學」，從理論上為「五四」新文學尋找支撐點。魯迅則以白話文創作了〈狂人日記〉、〈孔乙己〉、〈藥〉等著名小說，顯示出文學革命的實績。在諸多先驅者們的共同努力下，白話文運動取得了徹底的勝利。1920 年，北洋政府教育部終於承認白話文為「國語」，通令國民學校採用。

1921 年 1 月，由周作人、朱希祖、耿濟之、鄭振鐸、王統

[10] 載《新青年》，第 2 卷第 5 號，1917 年 1 月。
[11] 載《新青年》，第 2 卷第 6 號，1917 年 2 月。

照、沈雁冰、葉紹鈞、許地山等十二人署名發起的文學研究會在北京成立，這是「五四」文學革命後出現的第一個新文學社團。在成立《宣言》中，他們宣稱該會的宗旨是：聯絡感情，增進知識，建立著作工會的基礎。至於對文學的理解則是：「將文藝當作高興時的遊戲或失意時的消遣的時候，現在已經過去了。我們相信文學是一種工作，而且又是於人生很切要的一種工作。」[12]表現出「為人生」的藝術追求。該會會員後來發展到一百七十餘人，其中有朱自清、俞平伯、冰心、廬隱、魯彥、豐子愷等著名作家，在當時很有影響。

1921 年 6 月，由郭沫若、郁達夫、成仿吾、張資平、鄭伯奇等七人發起的「創造社」正式成立。他們當時均是留日學生。郭沫若在談及創造社成立的原因時認為：「我們是由幾個朋友隨意合攏來的。我們的主義，我們的思想，並不相同，也並不強求相同。我們所求的，只是本著我們內心的要求，從事於文藝的活動罷了。」[13]這裏的「內心的要求」，主要是指尊重自我，強調內心感情的自我流露，推崇靈感在創作中的作用，具有濃郁的浪漫主義色彩。

其後，應修人、潘漠華、馮雪峰、汪靜之等四人於 1922 年在杭州成立了湖畔詩社，林如稷、陳煒謨、陳翔鶴、馮至於 1922 年在上海成立了淺草社，胡適、徐志摩、聞一多、陳西瀅、梁實秋等歐美留學生於 1923 年成立了新月社，魯迅、周作人、林語堂、孫伏園等人於 1924 年成立了語絲社，高長虹、向培良、尚

---

[12] 〈文學研究會宣言〉，載《小說月報》，第 12 卷第 1 號，1921 年 1 月。
[13] 〈編輯餘談〉，載《創造季刊》，第 2 期，1922 年。

鉞等人於 1926 年成立了狂飆社……或現實，或浪漫，或唯美，或象徵，共同構成了「五四」十年文學園地的繁盛景象。

整體來看，這一時期各種文學流派、社團紛紛湧現，各種文學主張、觀念爭奇鬥豔。但相對來說，在文學創作成就上除了魯迅之外，極大多數作家都顯得較為稚嫩，缺乏有影響力、有深度的作品。這也是每一次文學大變動初期經常出現的現象。而這一現象，在中國現代文學發展的第二個階段得到了明顯的改變。

第二階段從 1928 年到 1937 年，這是中國現代文學的收穫期。

1927 年，國共兩黨分裂，這對於要求國家統一、富強的人民來說無疑是一次巨大的挫折。他們憤慨於政治的黑暗，不滿沉迷於風花雪月之中的文學創作，因此，一大批激進的文學工作者轉向提倡革命文學，試圖以文學的力量喚起全體民眾對於變革社會的信心。正如魯迅在〈上海文藝之一瞥〉中所論：「革命文學之所以旺盛起來，自然是因為由於社會的背景，一般群眾、青年有了這樣的要求。」[14]1928 年成立的以馮乃超、李初梨、彭康、朱鏡我為主要成員的後期創造社，以蔣光慈、錢杏邨、洪靈菲等為主要成員的太陽社，它們所倡導的都是鼓吹革命的政治文學。

1930 年 3 月 2 日在上海成立的中國左翼作家聯盟（簡稱「左聯」），是革命文學發展到一定時期的必然產物。在成立大會上，選舉沈端先、馮乃超、錢杏邨、魯迅、田漢、鄭伯奇、洪靈菲為左聯常務委員，要求會員「站在無產階級的解放鬥爭的戰線

---

[14] 魯迅：〈上海文藝之一瞥〉，《魯迅全集》，第 4 卷，第 296 頁，人民文學出版社 1982 年版。

上，攻破一切反動的保守的因素，而發展被壓迫的進步的要素」，「援助而且從事無產階級藝術的產生」。[15]1932年9月，左聯領導下的詩歌團體——「中國詩歌會」成立，主要成員有穆木天、楊騷、蒲風、任鈞等，在詩歌領域開展左翼文藝活動。在當時政治黑暗、國無寧日的社會背景下，左翼文藝運動的興起有其必然性與合理性，但是左翼文藝運動中的許多成員在強調透過文學鼓吹革命的同時，往往忽視了文藝與政治的區別，並且帶有宗派主義、關門主義的傾向。

在左翼文藝運動的同時，這一階段還存在有一股自由主義文學思潮，儘管聲勢不大，但卻總是時隱時現地存在著。有以周作人、沈從文、蕭乾、蘆焚、李健吾、朱光潛為主要代表人物的「京派」作家群，有因贊同林語堂在《論語》半月刊上提出的幽默、閒適和性靈的觀點而聚集起來的論語派，有提出「健康」與「尊嚴」的後期新月社成員梁實秋，有自稱「自由人」的胡秋原，有標榜自己為「第三種人」的蘇汶……名稱不同，說法不一，但是他們整體傾向都是強調文藝的獨立品格，要求文藝與政治保持一定的距離。從某種意義上說，這股自由主義文學思潮繼承的恰恰正是「五四」時期個性主義的文學傳統，體現出對現代文藝觀念的捍衛與張揚，具有文學史上的進步價值意義。然而，同時也需要指出的是，在當時風沙撲面的社會現實環境中，對藝術的強調其實也暴露了他們對黑暗現實的逃避與退讓，左翼作家對他們的批判即是站在這樣的立足點。

---

[15]〈中國左翼作家聯盟的成立（報導）〉，載《拓荒者》，第1卷第3期，1930年3月10日。

值得重視的是，這一階段還存在著一股現代主義思潮。1932年，施蟄存、蘇汶、戴望舒三人創辦《現代》大型文學雜誌，發表有戴望舒、徐遲、何其芳等許多詩人的作品。他們要求以現代人的情緒、現代人的辭藻，來排列現代的詩形，表現出對現代派詩歌的藝術追求。在小說上，以穆時英的〈上海的狐步舞〉、〈夜總會裏的五個人〉而聞名的新感覺派，以施蟄存的〈梅雨之夕〉、〈春陽〉為代表的心理分析小說，也都顯示出與國外現代主義文藝趨同的傾向。這有西方文藝思潮的影響，同時也是上海這半殖民地大都市生活的真實寫照。

這是一個文學創作相對自由的發展階段，中國現代文學中的許多重要名篇都是在這一階段誕生。文學研究會的作家葉聖陶、李劼人、王統照、魯彥等人，在這時期奉獻出了《倪煥之》、《大波》、《山雨》、《憤怒的鄉村》等力作。政治色彩相對淡化的作家成果突出，如巴金的《家》，老舍的《離婚》、《駱駝祥子》，曹禺的《雷雨》、《日出》等。左翼作家如茅盾的《子夜》、柔石的《二月》等，也都具有相當大的藝術價值。此外，田漢、洪深的戲劇，林語堂、何其芳的散文，戴望舒、臧克家的詩歌，也都精彩紛呈，引人入勝。

第三階段從1937年到1949年，這是中國現代文學發展的曲折期。

1937年抗日戰爭的爆發，在打亂了我國社會發展進程的同時，也使我國的文學發展經歷了巨大的轉折。面對外族入侵，廣大文藝工作者一致表示：

> 我們是文學者，因此亦主張全國文學界同人不分新

> 舊派別，為抗日救國而聯合。文學是生活的反映，而生活是複雜多方面的，各階層的，其在作家個人或集團，平時對文學之見解，趣味與作風，新派與舊派不同，左派與右派不同，然而無論新舊左右，其為中國人則一，其不願為亡國奴則一……⑯

在團結禦侮、共同抗日的社會背景下，不論是左翼文藝、自由主義文藝，還是現代派作家，抑或通俗文學者，都在抗戰這面大旗下聚集了起來。首先是國家、民族的命運，然後才有文學的出路與前途，這是絕大多數文藝工作者的普遍共識。文章下鄉，文章入伍，一時間成為許多作家的共同追求。朗誦詩、街頭詩、街頭劇、報告文學、短篇小說等小型作品的風行一時，成了抗戰時期文學活動的主要特點。艾青、田間、高蘭、光未然等人的詩作成為當時反映國民抗戰怒潮的最強音。

1941 年以後，抗戰轉入到相持階段，社會心理與時代氛圍為之一變，廣大文藝工作者從不切實際的樂觀中清醒過來，開始了認真的思考。這時，作家一方面面對現實，不再作表面的頌歌，而是竭力探求社會生活的底蘊，揭露阻礙民族新生的黑暗勢力和民族痼疾，茅盾的《腐蝕》、蕭紅的《呼蘭河傳》、老舍的《四世同堂》、沙汀的《淘金記》等，都是這方面的代表作品；另一方面，則是無情地解剖自己，在抗日戰爭的廣闊背景下，描寫知識份子的苦難歷程，探討進步青年與知識份子的歷史出路，

⑯〈文藝界同人為團結禦侮與言論自由宣言〉，載《文學》，第 7 卷第 9 號，1936 年 10 月 1 日。

諸如巴金的《春》、《秋》，沙汀的《困獸記》，李廣田的《引力》等，都顯示出這一創作傾向。這種基於對民族命運的思考而進行探討的思想背景，使得作家在創作時大都突破了前一時期單一化與表面化的弊病，自覺地追求歷史感與縱深感，開始恢復文學創作所應有的豐富性和複雜性。

從抗戰結束前夕到 1949 年這一時期，政治上的黑暗、經濟上的掠奪和軍事上的內戰，使得廣大作家在經受著戰爭煎熬的同時，也萌發出對黑暗事物進行嘲諷的想法。這一時期主要的代表作品，無論是小說中的《八十一夢》、《五子登科》（張恨水）、《圍城》（錢鍾書）、《還災》（沙汀），戲劇中的《升官圖》（陳白塵）、《捉鬼傳》（吳祖光）、《群猴》（宋之的），還是詩歌中的《寶貝兒》（臧克家）、《馬凡陀的山歌》（袁水拍）等，全都是喜劇性的作品。文學的喜劇品格在中國現代文學的結束期得到了蓬勃的發展。

此外，這一時期還有一些作家與文學現象值得注意。張愛玲的小說集《傳奇》，大都取材於淪陷前後的香港和上海的中、下層社會人士的生活，突出表現處在洋化環境裏卻依然頑固地存留著的傳統心靈，引起較大迴響。在 40 年代後期，圍繞著《詩創造》、《中國詩歌》等刊物，活躍著一批年輕詩人。辛笛、陳敬容、杜運燮、袁可嘉、穆旦等人，在藝術上既繼承我國古典詩歌的藝術技巧，又從西方現代派詩中吸收一些表現手法，被文學史家稱為「九葉詩派」。

第一章

小説卷

第一節

現代小說概論

一、20年代：現代小說的確立時期

1918年5月，魯迅在《新青年》第4卷第5期發表了現代白話小說的開山之作〈狂人日記〉，1919年，他的〈孔乙己〉、〈藥〉等名篇也相繼問世，「五四」小說就此拉開了序幕。

從「五四」運動到20年代中後期，是中國現代小說的確立時期。在這一時期，風雲激蕩的文學革命，為現代小說的創作開闢了多樣的潮頭，文學研究會的作家們由最初的「問題小說」走向了「為人生」的寫實派小說，創造社的作家們也開拓出現代小說的新園地——浪漫抒情派小說，這為現代小說的發展開創了基本的敘述模式，也奠定了堅實的基礎。

「五四」運動在思想文化領域裏除舊布新的巨大力量，使「問題小說」得以產生，造成了一群「問題小說」作家。「問題小說」是當時社會客觀現實與作家追求個性解放的創作心態碰撞的結果，也是「五四」啟蒙精神和作家的人生思考相結合的產

物。問題小說的主題、題材比較廣泛，有關於婚姻、家庭、社會的問題，有關於兒童、青年、婦女的問題，有關於弱勢群體的生活、國民性改造的問題，有關於追究人生的目的和終極意義的問題，涉及頗廣。「問題小說」在「五四」時期的興盛，也是和外國文學的影響分不開的，俄羅斯及東北歐提出問題的文學，挪威作家易卜生的問題劇，印度作家泰戈爾的哲理小說，都深深地啟發過當時「問題小說」作家的創作。「問題小說」作家主要有葉聖陶、冰心、王統照、許地山、廬隱等。

冰心（1900-1999）本名謝婉瑩，福建長樂人。她是小詩《繁星》、《春水》和散文《寄小讀者》的作者，最早又以「問題小說」聞名。1919年9月，她在《晨報》上發表了第一篇小說〈兩個家庭〉，用對照的寫法表達了對封建家庭培養出來的女子否定的態度，而肯定受資產階級教育成人的賢良女性，提出當時的家庭、教育乃至社會人生的普遍問題。〈斯人獨憔悴〉提出了青年因走出家庭參加社會運動而造成的父與子衝突的問題。早期代表作〈超人〉（1921年）表達了冰心「愛」的哲學，回答了「人生究竟是什麼？支配人生的是『愛』呢，還是『憎』」的問題。主人公何彬，原是一個超然人生、仇恨社會的「超人」，後卻為兒童與慈母的愛所感化，認識到世界上的人「都是相牽連，不是互相遺棄的」。小說發表後，在青年群中引起轟動。作為最早的女性作家，她的出身優裕，父母之愛溫馨，個性淑婉，冰瑩剔透，因而她的文字典雅秀逸，清新細膩，沒有強烈的叛逆色彩而探索有度，形成了一種被稱為「冰心體」的文字風格，非常容易被剛剛掙脫傳統的讀者所喜愛。

王統照（1897-1957），山東諸城人。他的初期小說如〈雪後〉、〈沉思〉、〈微笑〉等，多用象徵手法探究社會問題，執著地追求「愛」與「美」。〈沉思〉中的女模特兒瓊逸本是「愛」與「美」的化身，但最終不被社會所理解，象徵著「愛」與「美」的幻滅。〈湖畔兒語〉寫出對底層勞動者的關愛同情，較前切實。〈沉船〉和〈刀柄〉顯露了從問題小說向鄉土文學的轉向和進展，具有震撼人心的藝術力量。《山雨》是他 1933 年出版的最重要的長篇小說，寫出了「北方農村崩潰的幾種原因和現象，以及農民的自覺」[1]，畫出了一幅新時代的「流民圖」。

從「問題小說」起步，又成為「五四」人生派小說的代表作家的是葉聖陶（又名葉紹鈞，江蘇蘇州人，1894-1988）。他從 1918 年開始運用白話創作，進入「問題小說」的行列。〈這也是一個人？〉提出了婦女人格和社會地位的問題，在當時的「問題小說」潮中有一定的地位。〈潛隱的愛〉、〈伊和她〉、〈低能兒〉等作品以「愛」與「美」的追求，回答嚴峻現實對他的提問。「問題小說」的潮流過去之後，葉聖陶以學校知識份子和市鎮小市民為主要創作對象，在刻劃他們的精神歷程方面，有自己獨特的貢獻（從 1912 年開始，他歷任小學、中學、大學教員達數十年之久）。從 1919 到 1923 年間，他先後發表了 40 多篇短篇小說，這類題材占有三分之二。〈飯〉、〈校長〉等暴露當時教育界各種黑暗腐敗現象，已經大大高出於前期的「問題小說」。他對小知識份子的描寫，採取了冷靜批判的立場，著重於揭示他們的精神病態，而呈現出小知識份子自我表現的寫實風格。茅盾說：「要是有人問到：第一個『十年』中反映著小市民知識份子

[1] 王統照：《山雨・跋》，開明書店 1933 年 9 月版。

的灰色生活的，是哪一位作家的作品呢？我的回答是葉紹鈞！」[2]標誌著葉聖陶風格逐漸形成的前期代表性作品之一，是〈潘先生在難中〉。

主人公潘先生是典型的灰色人物。戰爭一發生他就帶著全家躲避到上海，可他又擔心教育局長免掉他的職務，於是又偷偷返回鄉鎮。不料戰爭還未直接威脅到這個鄉鎮就結束了，潘先生於是暗自高興，竟在別人的推舉下，寫了一幅字為凱旋的軍閥歌功頌德。作者以冷峻有力的筆觸，透過一系列生動的細節描寫，塑造出了一個懦弱、苟且、投機、庸俗、卑瑣的灰色小市民形象。

許地山（1893-1941），筆名落華生，祖籍廣東，出生在臺灣，後隨全家落籍於福建龍溪。異域色彩、宗教氛圍、愛情線索的交織融合構成了許地山初期小說傾向於浪漫主義傳奇的三個主要因素。早期代表作〈命命鳥〉提出了追求婚姻自由與封建專制矛盾這一問題，在一定程度上揭露了封建家庭扼殺青年愛情的罪惡，寫出青年的叛逆反抗，並將人世的「愛」寄託在達天知命的宗教理想上。〈綴網勞蛛〉、〈商人婦〉等，借表達婦女的苦難遭遇來宣揚對待苦難的方式。許地山前期的作品，人物往往卑微、平和，在對社會消極退讓之後，卻仍執著於人生，退回到自己的內心世界，保持一種帶枯澀味道的韌力。

廬隱（1899-1934），原名黃英，福建閩侯人，「五四」時期是與冰心齊名的女作家。她的創作一開始也多為「問題小

---

[2] 茅盾：《中國新文學大系小說一集・導言》，《茅盾全集》，第20卷，第479頁，人民文學出版社1990年版。

說」。〈一個著作家〉、〈靈魂可以賣嗎？〉等篇，展現了一幕幕「血和淚」的社會悲劇，頗有社會意義。在其代表作中篇《海濱故人》和〈或人的悲哀〉、〈麗石的日記〉等短篇中，「人生是什麼」的焦灼而苦悶的呼問是其主調。《海濱故人》以自己和朋友的生活為藍本，用哀傷的筆調敘寫「五四」一代青年複雜的感情世界，宣洩了尋求人生意義和自我價值的鬱悶心理，流露出強烈的女性意識和現代意識。她探究的答案不同於冰心的「愛」，而是「恨」和「疑」。廬隱的抒情性敘述不事雕琢，急切直露，喜歡穿插日記、書信，大量地運用嘆句，重視哀切動人的環境氣氛烘托，是標準的「五四」式小說。

「問題小說」具有鮮明的時代氣息和社會針對性，但通常是「只問病源、不開藥方」，只能說是一種特殊型態的「為人生」的文學風尚和潮流，尚未形成一個成熟的文學流派。在現代文學史上最早顯露出流派風範的，是 1923 年左右在魯迅小說影響下，由文研會和未名社、語絲社一些作家創作的鄉土小說。

魯迅是開創鄉土小說範式的先行者，他收在《吶喊》、《彷徨》中對故鄉農村的出色描寫，為現代小說的發展展示了新的路徑。學步魯迅，較有成績的鄉土作家有許傑、王魯彥、王任叔、許欽文、徐玉諾、潘訓、臺靜農、彭家煌、黎錦明、廢名、斐文中、蹇先艾等，構成了20年代中期頗為可觀的鄉土小說家群體。

鄉土小說突破了「五四」以來主要寫知識青年的相對狹小天地，將關注的目光更多地轉到農村和農民的身上。這些來自鄉村、寓居京滬等大都市的遊子，目擊現代文明和宗法制農村的差異，在魯迅「改造國民性」思想的啟迪下，帶著對故鄉和童年的回憶，用隱含著鄉愁的筆觸，將「鄉間的死生，泥土的氣息，移在紙上，」[3]以其剛健、清新、質樸之氣使創作界面目一新。

許傑的〈慘霧〉以開闊的視野、雄健的筆觸，酣暢淋漓地鋪展了鄉村人們的「械鬥」場面，驚心動魄地揭示了傳統的私有觀念和剽悍野蠻民風相結合所釀成的血的悲劇。魯彥的〈黃金〉以敏銳的感覺和遒勁的筆致把鄉村的原始式的冷酷表現得淋漓盡致。許欽文的〈鼻涕阿二〉以詼諧之筆寫畸形人物，展示了宗法制農村中婦女被毀滅的悲劇。臺靜農手法質樸，風格沉鬱，悲劇色彩濃厚，〈燭焰〉、〈拜堂〉、〈天二哥〉、〈紅燈〉諸篇，很帶魯迅風，堪稱堅實沉著的「地之子」。

在 20 年代的小說界，與「為人生」的寫實派小說相對峙的，是前期創造社和與之相近的其他社團的一些小說家。他們不注重對客觀現實的真實再現，而是力主忠於自己「內心的要求」，標舉自我情緒的審美表現，別立新宗，另闢蹊徑，開拓出現代小說新的園地——浪漫抒情的小說創作。

這一流派的代表性作家首推郁達夫。郁達夫（1896-1945）浙江富陽人，是創造社的發起人和最重要的小說家。1921 年 10 月，他的小說集《沉淪》由上海泰東書局出版，這是郁達夫自己第一部、也是中國現代文學史上第一部短篇小說集。《沉淪》的主人公「他」是一個留日學生，因對愛情的渴望得不到滿足，又兼不堪忍受異族的欺淩，最後投海自盡。小說大膽描寫了這個受「五四」思潮的洗禮而覺醒的現代知識青年「性的要求與靈肉的衝突」，[4]以及由此而生的變態心理，雖在分寸的把握上不無失

[3] 魯迅：《中國新文學大系小說二集・導言》，《魯迅全集》，第 6 卷，第 255 頁。人民文學出版社 1981 年版。

[4] 郁達夫：《〈沉淪〉自序》。

當之處，但激起了強烈的社會迴響。1922年7月自日本回國後，為生活所迫，輾轉各地，創作視野漸趨開闊，目光投向社會底層的被侮辱被損害者。〈春風沉醉的晚上〉、〈薄奠〉、〈微雪的早晨〉……內容已由書寫「性的苦悶」向訴說「生的苦悶」轉移。

郁達夫的小說突出表現了「五四」青年對人性解放的追求和被生活擠出軌道的「零餘者」的哀怨。〈南遷〉、〈沉淪〉、〈銀灰色的死〉中的「他」、「伊人」、「Y君」，心中都交集著個人的積鬱和民族的積鬱，他們憤世疾俗，感傷憂鬱，內向而又敏感，孤傲又自卑，但他們強烈地要求個性解放，追求異性真摯的愛情和純潔的友誼。同時，他的小說還鮮明地表達了愛國主義和人道主義的情懷，在以留日學生生活為題材的小說中，迸發出真摯的熱愛祖國、渴望祖國強盛的強烈願望。回國後寫的〈春風沉醉的晚上〉、〈薄奠〉等小說，由書寫「零餘者」的窮愁苦悶轉而擴展為關切、同情勞動者的苦難命運，閃現出人道主義的光芒。

郁達夫開創現代抒情小說（或稱「自我小說」）的新體式，它的主要特徵之一是自我的寫真，他虔信法國小說家法朗士關於「文學作品都是作家的自敘傳」這一主張，所以他的小說中大多帶有「自敘傳」的色彩，我們甚至從中可以清晰地看到作者個人的出身、經歷、個性、氣質、教養、人際交遊、審美趣味……乃至相貌的投影。特徵之二是感傷的抒情，郁達夫認為：「小說的表現，重在感情」，[5]並且把「情調」二字視為衡量小說優劣高

[5]《郁達夫文論集》，第228頁，浙江文藝出版社1985年版。

下的主要標準。他的小說通常沒有完整的故事情節，更不去經營情節的曲折、緊張，他注重抒發主人公抑鬱寡歡、孤獨淒清的情懷，坦誠率真地暴露和宣洩人物感傷的、悲觀的甚至厭世頹廢的心境，這種感傷的呼號與嘆息贏得了同代青年強烈的共鳴。特徵之三是結構的散文化，郁達夫的小說既以抒情為主軸而輕視情節的營構，也就必然造成其小說的散文化傾向。郁達夫似乎不受敘事性文體小說的結構法則的拘束，一任感情波瀾的起伏而流動，或只是情緒的連綴，這正有利於強化小說的抒情效果。現代小說的一種新的體式——自我寫真的抒情小說，正是這樣在他的富有創造性的實踐中得以確立。

除郁達夫之外，創造社的郭沫若、倪貽德、葉靈鳳、陶晶孫、葉鼎洛、周全平等，淺草——沉鐘社的陳翔鶴、林如稷，彌灑社的胡山源，藝林社的劉大杰，乃至文學研究會員王以仁、滕固等，都是風格相近而各具特色的小說家。

二、30 年代：現代小說的成熟時期

20 年代末到 30 年代的中國，動盪不安的生活現實，廣闊的社會歷史內容，複雜的社會心理，使得長於描寫社會環境、展現人物命運的小說有了廣闊的用武之地。作者隊伍迅速擴大，小說體式日益豐富，中長篇小說數量激增，三部曲作品大量出現，標誌著 30 年代小說的繁榮。

本時期丁玲、柔石、艾蕪、沙汀、葉紫、吳組緗、羅淑、周文等左翼作家，沈從文、蕭乾、蘆焚、林徽因等京派作家，穆時英、劉吶鷗、施蟄存等新感覺派小說家，都以各具藝術個性的短篇小說登上文壇並奠定了自己的地位。這些創作充實、豐富、拓

展了「五四」以來形成的小說世界。

這一時期中長篇小說成為最有成就的文學樣式。長篇有茅盾的《蝕》（包括《幻滅》、《動搖》、《追求》三個中篇）、《子夜》，老舍的《貓城記》、《駱駝祥子》、《離婚》，巴金的《滅亡》、《愛情三部曲》（包括《霧》、《雨》、《電》三個中篇）、《家》、《春》、《秋》、《春天裏的秋天》，魯彥的《憤怒的鄉村》，蔣光慈的《咆哮了的土地》，柔石的《二月》，丁玲的《韋護》，沈從文的《邊城》，蕭軍的《八月的鄉村》，蕭紅的《生死場》，李劼人的《死水微瀾》等等。較有影響的三部曲作品有茅盾的《蝕》三部曲、《農村三部曲》（包括〈春蠶〉、〈秋收〉、〈殘冬〉三部短篇）、巴金的《激流三部曲》（包括《家》、《春》、《秋》三部長篇），李劼人的「大波」系列（包括《死水微瀾》、《暴風雨前》、《大波》三部長篇）等。在這些作品中，宏大的氣勢，對民族靈魂開掘的歷史深度，以及從沸騰的歷史潮流中所吸取的戰鬥激情與壯闊、厚實的力的美，充分顯示了 30 年代小說作家的歷史貢獻。

相對於 20 年代，30 年代小說家更有意識地注重整個時代和社會，絕大多數作品都能清楚地看到時代氣氛的渲染和社會背景的描寫，更多的作家甚至直接把時代的背景轉化為前景，快速地反映社會生活的重大事件，幾乎當時社會的任何波動與變化都反映在作家們筆下，無論是直接描繪時代風雲的中心，還是記錄和表現時代的波瀾與漣漪，都可以看出現實主義傳統得到發揚與光大。現實主義的代表作家有被譽為現實主義巨匠的茅盾，在其《子夜》等作品中，用社會分析和階級分析的方法，關注和表現大都市生活的沉浮和農村經濟的動盪破產，塑造了民族資本家吳蓀甫等一系列堪稱經典的人物形象，場面宏大，人物眾多，對社會認識的深刻與獨到令當時的文壇耳目一新。老舍擅長描寫都市生活中的最底層人物，《駱駝祥子》、《月牙兒》、《老張的哲學》、《趙子曰》、《離婚》等組成了北平市民生活的人生風俗圖卷。

30年代小說一個重要的文學現象就是「革命+戀愛」的小說模式的出現。代表作家是蔣光慈（1901-1931，又名光赤），他十分贊同早期革命文學的「文學就是宣傳」的文學主張。其中長篇小說《麗莎的哀怨》、《衝出雲圍的月亮》、《野祭》、《菊芬》、《最後的微笑》等描寫革命者的戀愛故事，在革命題材的一貫粗豪的情感中注入浪漫的柔情，極力為革命者蒙上一層羅曼蒂克的面紗，形成了「革命+戀愛」的概念化、模式化寫作，被稱為「革命的浪漫蒂克」。由於蔣光慈當時在普羅文學中有較大的影響力，而「革命」與「戀愛」又頗符合當時的一些革命青年的口味，所以這種模式一經問世便在左翼文壇中迅速蔓延開來。類似的作品還有洪靈菲的《流亡》三部曲（《流亡》、《前線》、《轉變》），華漢（陽翰笙）的《地泉》（又稱「華漢三部曲」，包括《深入》、《轉換》、《復興》），胡也頻的《光明在我們前面》、《到莫斯科去》等等。茅盾、瞿秋白等對普羅文學的這種「革命的浪漫蒂克」曾給予批評，茅盾將此概括為：政治宣傳大綱加公式主義的結構和臉譜主義的人物。[6]

魯迅在「左聯」成立大會上曾經指出過，發展無產階級的文藝應造出大群的新的戰士。歷史的機運和老一代作家的培育，小

[6] 茅盾：〈關於「創作」〉，《北斗》創刊號，1931年9月20日。

說創作隊伍不斷擴大，一批青年作家為文壇注入了新的活力。柔石（1902-1931）的中篇小說《二月》通過一位「極想有為，懷著熱愛，而有所顧惜，過於矜持」[7]的青年蕭澗秋在一江南小鎮的情感遭遇，表現了知識份子的曲折彷徨的心靈世界。短篇〈為奴隸的母親〉描寫了農村駭人聽聞的「典妻」習俗，表現了農村婦女連人身權利都喪失了的悲慘境況。胡也頻（1903-1931）的長篇小說《到莫斯科去》講述了新女性素裳由於厭惡官僚丈夫、仰慕革命者，幾番掙扎後離開錦衣玉食的家到莫斯科去尋找光明的故事，告訴讀者知識女性在那個時代尋求真理的艱難、曲折的心路歷程。葉紫（1912-1939）的短篇小說集《豐收》被魯迅收入其主編的「奴隸叢書」，其中〈豐收〉、〈電網外〉、〈山村一夜〉都是以湖南農村為背景，表現農民在殘酷的生活面前從覺醒到反抗的過程。

左翼作家的作品以火熱的激情和血與淚的畫面，顯示出「文學就是戰鬥」的文學品格。丁玲與張天翼也是在「左聯」時期成長起來的青年作家，前者對知識女性心靈的探詢和後者對中國社會「灰色」人物諷刺性的描繪都是令人讚嘆的。

丁玲（1904-1986），原名蔣冰之，湖南臨澧人。早期的小說主要收在《在黑暗中》（1928 年）、《自殺日記》（1929 年）、《一個女人》（1930 年）等三個集子中。1930 年加入中國左翼作家聯盟。30 年代的作品為短篇小說集《一個人的誕生》、《水》、和《夜會》，中篇《一九三〇年春在上海》，以

[7] 魯迅：〈柔石作〈二月〉小引〉，《魯迅全集》，第 4 卷，第 149 頁，人民文學出版社 1981 年版。

及長篇小說《韋護》和《母親》等。1936 年赴陝北。

20 年代的丁玲，以明確強烈的女性意識寫作，關注知識女性的命運，〈莎菲女士的日記〉是其代表作。莎菲雖然屬於革命時代的女性，卻游離於時代大潮之外，從而陷入難以自拔的苦悶與困惑之中。進入 30 年代，丁玲力求突破自身情緒的宣洩，創作了以革命者為主人公的《韋護》，1931 年秋又發表了短篇小說〈水〉，描寫了 1931 年夏天肆虐十七省的大水災，標誌著丁玲創作視野的擴大和風格的轉化。馮雪峰指出這篇小說「取用了重要的巨大的現實的題材」，「有了新的描寫方法」：「不是一個或二個的主人公，而是一大群的大眾，不是個人的心理分析，而是集體的行動的開展」，因此，它是左翼所倡導的「新小說」的萌芽[8]。

張天翼（1906-1985）寫的最多也最成功的是他的「灰色」人物系列。他們由小知識份子、小市民、小官僚們組成，作者對他們庸俗、空虛、愚昧、可憐、可笑的生活進行了多方位的剖析。

〈包氏父子〉是其代表作。靠在公館伺候人度日的老包一生克己勤儉，清白做人，他的願望只有一個，一定要把兒子送進洋學堂，因為「洋學堂出來的就是洋老爺，要做大官哩。」為滿足兒子包國維物質上永無止境的慾望，他厚著臉四處借錢，一次因無錢買兒子要的髮油甚至去偷主人家的，當他兒子打架被學校開除後，他還得四處籌錢作賠，為此幾近瘋狂。老包的悲慘境遇堪

[8] 馮雪峰：《關於新的小說的誕生——評丁玲的〈水〉》，《北斗》，第 2 卷第 1 期，1932 年 1 月 20 日。

憐，但更發人深思。在〈華威先生〉中，張天翼諷刺了一個貌似積極投身抗日工作其實一事無成的新官僚——華威先生。

張天翼的小說，為中國現代諷刺畫廊提供了新的諷刺形象、新的諷刺手法。他的諷刺，不同於魯迅的「含淚的笑」，不同於老舍先生的以語言的幽默取勝，也不同於錢鍾書的對人生的荒謬和世界荒誕的調侃與解嘲。他從淺露的「笑料」走向反庸俗、虛偽的較深層次。他的小說，以芸芸眾生的社會現象和傳統的文化心理為審美情趣的聚焦點，給 30 年代的文學吹來了一股清新的風。

1931 年，震驚中外的九一八事件發生後，對這一事件反映最敏感、最直接、也最激烈的當推東北的一批青年作家，被稱為「東北作家群」。其中比較著名的有蕭軍、蕭紅、端木蕻良、舒群、白郎、羅烽和李輝英等。他們的作品大都充滿了關東粗狂的氣息，並且表露了他們所承載的亡國之痛和頑強的反抗精神，從而形成了一幅幅使人震顫憤懣的圖畫。蕭軍（1907-1988）的長篇小說《八月的鄉村》敘述了一支抗日游擊隊在血腥中艱難成長的歷程，表現了東北人民誓死保衛家園的堅定決心。這部作品與時代、民族的抗爭緊緊相貼，在濃郁的北國風情中，流布著雄渾、激越之氣。魯迅曾這樣評價這部小說：「作者的心血和失去的天空，土地，受難的人民，以致失去的茂草，高粱，蟈蟈，蚊子，攪成一團，鮮紅的在讀者眼前展開，顯示著中國的一份和全部，現在和未來，死路和活路」。[9]蕭紅（1911-1942）的中篇小

[9] 魯迅：《蕭軍作〈八月的鄉村〉序》，《魯迅全集》，第 6 卷，第 287 頁，人民文學出版社 1995 年版。

說《生死場》描寫了淪陷前後的故鄉東北人民的生活，愚昧的思想與異族的侵略，雙重的擠兌使人民幾乎窒息，魯迅稱它將「北方人民的對於生的堅強，對於死的掙扎，卻往往已經力透紙背」。[10]在寫法上作者不追求敘述的故事性，而是在淡化的情節中給予讀者諸多的想像和回味的空間，女性的細膩和稚拙的疏淡自然地交織著，構成了蕭紅獨具特色的藝術魅力。

30 年代小說流派的形成，地域文化起了相當大的作用。這些流派的小說題材大都限於某種區域生活，作家以擅長表現某一地帶的整體文化或特定事件而著稱。表現地域文化最引人注目的當屬沈從文筆下的湘西山水、艾蕪筆下的南疆風情、吳組緗筆下的皖南鄉村和李劼人筆下的四川民風。

與沙汀齊名的艾蕪（1904-1992），一生生活坎坷，曾在南國邊陲、異國流浪多年，他的第一部短篇集《南行記》將作家經歷串綴起來，描繪了那些被生活擠出正常生活軌道的人們，於是流浪漢、趕馬人、盜馬賊、煙販子成了他筆下的人物。他們在險惡的生存環境中苦苦掙扎，充滿野性但又不失善良，奇險的生存環境與人們對美和善的渴望造成了強烈的對比。〈山峽中〉的魏大爺和野貓子，〈森林中〉的馬哥頭、小麻子，都具有相似的稟賦。小說中尤其令人注意的是「我」這一貫穿始終的形象。「我」雖不是每一篇的最主要的人物，但「我」頑強的生存意志，在任何環境中仍不放棄對善與理想的追求，使之異於「五四」以來文壇多見的感傷的知識份子形象。艾蕪善於將人物心

[10] 魯迅：《蕭紅作〈生死場〉序》，《魯迅全集》，第 6 卷，第 408 頁，人民文學出版社 1995 年版。

理、事件發展與環境描寫緊密結合，敘述事件時也在表現環境，描寫環境時也在刻劃人物心理，人物、事件與環境在艾蕪的筆下水乳交融，相得益彰，成為不可分割的一體。

吳組緗（1891-1962）一直關注故鄉皖南農村，他的名篇〈一千八百擔〉，雖然只描寫了一天的農村，卻高度濃縮了當時的農村社會，宋氏家族虛假的溫情在一千八百擔積穀面前被烤化，既老到又活潑的語言生動勾畫出了各色人等。他的〈天下太平〉和〈樊家鋪〉等著名作品也都是描寫農村破產動態的。吳組緗善於刻劃人物，講究細節描寫，追求一種取精用宏、文字精密而又流動的敘事風格，小說的結構也十分嚴謹。

李劼人（1891-1962），30 年代中期發表了三部連續性的長篇小說《死水微瀾》、《暴風雨前》和《大波》，它們將辛亥革命時期的四川社會史詩般地呈現在讀者的面前。《死水微瀾》是最成功的一部。小說通過鄧幺姑、蔡興順、袍哥羅歪嘴、顧天成幾人之間錯綜複雜的關係而串聯起成都附近的小鎮天回鎮的風俗民情，人物性格相當鮮明生動，尤其是鄉下女子鄧幺姑，她先嫁給老實愚笨的雜貨鋪老闆蔡興順，又與生性風流但頗講義氣的羅歪嘴相好，最後為搭救丈夫性命變成顧家三奶奶，她急於改變自己的社會地位，但更有享受生命的渴望，因此，她的所作所為雖違世俗常規，卻可見潑辣的生命力。她改變了鄉村女子自「五四」以來多為作家筆下備受同情的角色形象。

沈從文更引人注目。沈從文（1902-1988）出生於湖南鳳凰縣，原名沈岳煥。到都市後他對故鄉山水一往情深，在湘西奇絕的窮山惡水中構築人性的神廟，創作了一系列平平淡淡卻令人回味無窮的「邊城小說」。與沈從文的創作風格相類似的作家還有靳以、蕭乾和凌叔華等，由於他們的小說都具有地域性和抒情性，並且都身處北京，因此他們的小說被人們稱為「京派小說」。靳以（1909-1959）早期的小說頗具濃郁的心理浪漫主義風格，短篇小說〈青的花〉、〈傷往〉都傷感於無法挽回的情感；後期的小說漸漸面向人生，長篇小說《前夕》在一個官宦家庭的敗落過程中不同人物的性格、心理、命運逐一呈現，它既是抒情的，又是寫實的。蕭乾（1910-1999）則往往以兒童的純淨心靈來關照這個齷齪的世界，這使得他的作品總是不免蒙上一層憂鬱的色彩。長篇小說《夢之谷》則是一曲愛情故事的悲歌，它控訴扼殺愛情的金錢社會和黑暗實力，充滿青春期的感傷和悒鬱。凌叔華（1904-1990）小說既矜持又充滿深閨情怨，〈酒後〉和〈繡枕〉是她的代表之作。

北京和上海由於南北文化的差異，又分別為中國歷史悠久的政治中心或現代商業、文化中心，使得文學創作也顯現出不同的風貌。30 年代上海這個畸形繁榮的大都會中，出現了一個新興的小說派別——「新感覺派」，它提供了一種有別於茅盾、老舍的都市文學型態。其特點是表現都市社會病態的生活，追求瞬間印象和感受，長於描寫人物複雜微妙的內心世界。新感覺派的出現，與當時洶湧的西方現代主義思潮和日本新感覺派小說有直接的聯繫，代表作家有劉吶鷗、穆時英、施蟄存等人。新感覺派小說使現代主義與現實主義、浪漫主義一起，共同組成 30 年代小說交響樂的不同聲部。

大致來看，30 年代小說的風格特徵是豐富的，它既有社會寫實的，也有諷刺幽默的；既有浪漫抒情的，也有心理分析的。30 年代小說以其整體的突破與發展載入中國文學史冊，它是 20

年代小說倡導的回應，是 20 年代小說耕耘的收穫，以其傲人的成績成為 20 世紀中國文學的重要組成部分。

三、40 年代：現代小說的動盪時期

在特殊的戰火背景下，40 年代的小說可以從地域、政治上分為國統區、「孤島」和淪陷區、中共佔領區等三大版塊。國統區、「孤島」和淪陷區小說，從內容和主體的取向上來看，大致可分為以下幾種類型：

第一，抗戰題材小說。「九一八」事變後，以抗日救亡為題材的小說陸續出現，迅速反映了當時前後方轟轟烈烈的抗戰現實，在配合抗戰、鼓舞鬥志的同時，也開拓了小說戰爭題材的廣闊天地。丘東平的〈第七連〉、〈一個連長的戰鬥遭遇〉取材於淞滬抗戰，由於他對戰鬥的場面有著真切的體驗，所以在這些作品中他真實地寫出了血與火交織的抗戰現實和愛國軍民的英勇鬥爭。他注重抗日將士的心理刻劃，顯示了悲壯之美。姚雪垠的成名作〈差半車麥秸〉，故事內涵深刻，寫一位落後的農民在抗日游擊隊裏的變化和新生。他以通俗生動的語言，塑造了個性鮮明的人物形象，表現了在戰火中鍛造國人靈魂和民族新性格的新主題，顯示了抗戰小說的逐漸深化。長篇《長夜》描寫了 20 年代中原地區農村土匪的活動，取材獨特。

第二，以社會剖析和世情諷刺為主要內容的小說。這些作家上承 30 年代左翼作家傳統，直面民族戰爭的大時代，以分析的眼光深入反映社會現實，剖析各式人等的性格心理，標誌著作家對現實認識的深化。張天翼、沙汀和艾蕪早在「左聯」時期就是嶄露頭角的左翼作家。到了抗戰時期，由於生活積累的日漸豐富

和藝術上的自覺探索，三人產生了更大的影響。其中一些小說顯露了犀利、辛辣的諷刺鋒芒，形成了又一波諷刺、暴露文學的浪潮。政治的積弊，歷史的陳垢，從官僚到豪紳，從政客到「儒生」，乃至落後的農民，都在作家的冷峻審視下，被淋漓盡致地剝露其真相。

沙汀（1904-1992），原名楊朝熙，四川安縣人。30 年代與艾蕪一起作為文學新人登上文壇，曾就寫作問題共同向魯迅請教。40 年代是其創作的高峰期，主要作品是合稱「三記」的三部長篇小說：《淘金記》、《困獸記》和《還鄉記》。《淘金記》[11]曾被卞之琳譽為「抗戰以來所出版的最好的一部長篇小說」。[12]小說以 1939 年冬四川農村北斗鎮開採筲箕背金礦的事件為線索，集中描寫了地主劣紳們為發國難財而掀起的內訌，在這個充滿諷刺和喜劇意味的故事中，精心地刻劃和展示了性格各異的地主階級的群醜圖，勾畫出一個陰森森的地獄般的黑暗世界。奸刁歹毒、詭計多端的白醬丹，鄙俗驕橫、兇悍無賴的林幺長子，精明慳吝、刻薄殘忍而又溺愛的何寡婦，一個個都寫得生動鮮明。

在藝術上，作者努力退隱到小說的背後，在不動聲色的敘述中，讓生活場景自身發言，以嚴謹客觀的現實主義手法，描繪了一個含蓄深沉的藝術世界。作家善於在構思精巧的戲劇性的情節中運用生動的細節，刻劃眾多的喜劇形象，富於地方色彩的語言

---

[11] 作於 1940 年至 1941 年，曾以《筲箕背》、《北斗鎮》為名分別在《文藝陣地》第 7 卷和《文學創作》第 1 卷發表。1943 年 5 月重慶文化出版社出版單行本時題名為《淘金記》。

[12] 卞之琳：〈讀沙汀淘金記〉，《文哨》，第 1 卷第 2 期，1945 年 7 月。

幽默質樸。

第三，注重文化分析的小說。他們把抗戰初期高昂的民族激情，深化到了理性的層次。廢名的〈莫須有先生坐飛機以後〉、沈從文的《長河》，或比較東西方文明的不同，或追索傳統的田園生活方式在現時代的「常」與「變」，隱現了對民族文化命運的沉思。巴金的《憩園》、老舍的《四世同堂》則對中國式的家族文化進行了叩問。在師陀的《結婚》中，抨擊了畸形的現代都市文明毀滅人性的罪惡。系列短篇小說集《果園城記》以「果園城」為封閉的傳統文化的象徵，從多角度對果園城人生活方式、生活情調的表現中，流露出處於文化過渡時代國人所共有的愛恨交織的文化情節，含蓄深沉，極富韻味。他對小說敘事視點與結構藝術，做了精心的實驗。馮至的《伍子胥》將歷史題材作詩話處理，將古代的傳奇故事與真實的人生體驗融合，以散文詩的敘事方式表現了一個存在主義的命題，自此可窺見存在主義對中國現代小說的最早影響。

第四，側重於人生探索的小說。他們主要表現知識者對人生與生存意義的求索追尋。錢鍾書的《圍城》朝向人本的、形而上的層次，而路翎以《財主的兒女們》為代表的作品，著重於社會範疇內的人生選擇，顯示了兩種不同的傾向。路翎（1923-1994），原名徐嗣興，江蘇蘇州人，是「七月派」的小說重鎮。他的小說，注重於對筆下人物精神世界的探索和開掘，他偏愛描寫性格複雜的人物，即表現所謂「人民底原始的強力，個性底積極解放」和「精神奴役的創傷」，[13]特別是表現筆下人

---

[13] 路翎：《饑餓的郭素娥・序》，希望出版社 1943 年版。

物的那種自發性、狂熱性的近乎病態的突發心理。強烈的主觀色彩，富於慷慨悲壯的悲劇美，構成了路翎小說的重要特色。《財主的兒女們》以蘇州巨室蔣捷三一家的風流雲散、分崩離析和其子少祖、純祖的人生歷程為中心，展現了廣闊的生活畫面，具有巨大的概括性，最終昭示：知識者唯一光明的出路，只有與人民結合。路翎小說展開的是「一個獷野、雄放、不同程度地染著原始蠻性的世界」，「漲滿在上述意向中的『渴慾』、『追求』的心理傾向，自然引出路翎小說『擾動』、『狂躁不安』的情緒特徵；這種情緒特徵必然在他的形象世界裏造成『動盪感』」。[14]

錢鍾書（1910-1998），字默存，號槐聚，曾用筆名中書君，出身於江蘇無錫一個書香門第家庭。1947 年出版長篇諷刺小說《圍城》，這是一部以舊中國中上層知識份子病態畸形生活為描寫對象的幽默而辛辣的諷刺小說。作品以歸國留學生方鴻漸在愛情和職業上的多次失敗來結構全書，在寫方鴻漸等人從這一「圍城」到那一「圍城」的不斷追求和不斷失敗的經歷中，寄託著作者深沉的哲學思考。

《圍城》是一部傑出的「學人小說」，是知識密度相當大的現代諷刺小說，作者「以小說見才學」，在中國現代諷刺小說之林中獨樹一幟。與革命家的暴露性諷刺不同，舉凡道德、風俗、人情，無不籠罩在他諷刺之下，古今中外的警句妙喻，隨手拈來，織成充滿機智、書香的諷刺文章。小說的敘述語言自成特色。就敘事、議論而言，議論成為小說中不可缺少的組成因素，

[14] 趙園：〈路翎小說的形象與美感〉，《論小說十家》，浙江文藝出版社 1987 年版。

通過議論，作者由具體的生活細節舉一反三，旁逸斜出，引申至對於社會人生的批評，在表現人生中發揮作者批評人生的智慧。作者善於經營新奇、犀利、多樣的比喻，比喻往往發展為象徵，形成貫穿全書的反諷。《圍城》的成功，與作者的學貫中西、博通經史和廣泛借鑑有著密切的關係。

40 年代上海文壇一批女作家引人矚目，有張愛玲、蘇青，還有楊繡珍、曾文強、程育珍、湯雪華、施濟美等。張愛玲、蘇青的小說都是從女性視角探視女性人生，且各有特色。她們是繼廬隱、馮沅君、丁玲之後，又一代新女性作家，其女性主義的視角與意識更為明確。張愛玲深受《紅樓夢》影響，又糅合西方現代心理分析小說藝術，在《金鎖記》、《傾城之戀》中刻劃女性的變態戀愛心理，精細深刻又纏綿沉醉。蘇青的長篇自傳體小說《結婚十年》（1944 年）以紀實筆法寫現代女性掙脫家庭主婦走上職業婦女的道路，其幻想、失落、痛苦、情慾饑渴的心理被表露得相當直率透徹。她表現女性人生道路，以其「赤裸裸的直言談相」而聲名鵲噪，《結婚十年》與〈蛾〉等短篇小說都是專寫女性的性慾心理的，主人公都在為性慾滿足而苦苦掙扎。女作家梅娘的水族系列小說《蚌》（中篇）、〈魚〉（短篇）、《蟹》（中篇），描寫大家庭的女性追求獨立、自由的道路，以女性細緻敏感的筆觸敘寫女性的人生處境，富有可讀性。

至於在中共佔領的延安地區，其小說創作則是別具一格。

1942 年以前，來自國統區大城市的作家與工農大眾擁有各自的世界，相對之下比較隔膜，所以會產生小資產階級知識份子視角的暴露式的寫法，以丁玲的〈在醫院中〉寫到根據地來的小資產階級知識份子最典型。1942 年以後，延安地區小說創作發生了變化，不再如早期作品那樣單薄、粗糙，顯示了延安地區小說創作的實績。

趙樹理（1906-1970），陝西沁水縣人，是這時期重要的代表作家。他出生於一個貧苦農民家庭，從小參加農業勞動，嘗受了生活的痛苦和辛酸，但他自幼醉心於民間藝術，喜愛民歌、民謠、鼓詞、評書及地方戲曲，不僅會演戲、說書，還是民間樂隊「八音會」的鼓板手。這種獨特的生活經歷和藝術素養，使他不但通曉農業生產和北方農村的生活習俗，也熟悉農民的文化心理、審美情趣及藝術愛好。這對他後來作品形成民族化、群眾化的風格產生了深遠的影響。趙樹理 1929 年起開始小說創作，1943 年 5 月創作了成名作〈小二黑結婚〉，同年又一代表作《李有才板話》面世。

〈小二黑結婚〉描寫了抗日根據地太行山區一對農村青年小二黑、小芹為了爭取婚姻自主而同封建傳統、惡霸勢力作鬥爭的故事。作品生動地塑造了農村中落後人物二諸葛、三仙姑的形象，集中反映了 40 年代抗日根據地農村中民主意識與封建意識和鄉村惡勢力的衝突，深刻地揭示了 40 年代特定區域裏階級鬥爭的新動向。

在延安地區大規模的「土地改革」運動中，產生了一些反映與表現「土改」的小說，其中最有代表性的是丁玲的《太陽照在桑乾河上》和周立波的《暴風驟雨》。

《太陽照在桑乾河上》（1948 年），是丁玲深入農村生活後創作的。在這部小說中，完全告別了〈莎菲女士的日記〉時代的藝術個性，轉而運用階級分析的觀點，表現了農村階級關係的複雜性與立體感，形成了丁玲創作的現實主義新特點。

《暴風驟雨》（1948 年）則側重於表現土改時期農村階級鬥爭的殘酷性和尖銳性。小說描寫了土改工作隊進駐東北一個叫元茂屯的村莊後，給這個偏僻鄉村所帶來的社會制度和階級關係暴風驟雨般的深刻變化，著重表現了以貧苦農民趙玉林、郭全海為代表的翻身農民與兇惡地主韓老六、杜善人之間你死我活的殘酷較量。作品的基本主題是，土地改革不僅推翻了地主的封建統治，而且更重要的是有力地啟發和促進了農村各階層農民的階級覺悟。

第二節

魯　迅

一、魯迅出現的意義

魯迅（1881-1936），原名周樹人，字豫才，「魯迅」是他發表〈狂人日記〉時開始使用的筆名。1881 年 9 月 25 日生於浙江紹興縣城內一個破落的地主家庭。魯迅祖父為清朝進士，做過京官，後因科場案入獄，一蹶不振；父親是一個秀才，體弱多病，鬱鬱不得志。少年魯迅為了父親的病，常出入當鋪和藥店，受盡周圍人的奚落，世人的冷眼永久性地毀滅了這顆幼小的心靈對人生的童話式的夢幻，使他感受了這個禮治之國裏人情的冷暖。他後來回憶這段往事還感慨地說：「有誰從小康人家而墜入困頓的麼，我以為在這途中，大概可以看見世人的真面目的。」[15] 魯迅母親娘家在紹興鄉下，由於家庭的變故，他常被送到農村暫

[15] 魯迅：《吶喊・自序》，《魯迅全集》，第 1 卷，第 415 頁，人民文學出版社 1981 年版。

避，因而得以了解農民的痛苦生活和思想狀況，結識了不少像少年閏土那樣淳樸善良的農民的孩子。這些在他的記憶中都留下深刻印象，清晰地再現於後來的文學作品。

魯迅在家鄉念完私塾即往南京，先後入滿清政府辦的江南水師學堂和礦路學堂。在南京求學時期，他開始接觸西方自然科學知識和各種社會科學學說。通過嚴復翻譯的赫胥黎的《天演論》，魯迅了解了達爾文的進化論學說，這對他後來的社會思想發展觀念的形成具有極大的推動作用。

1902年，魯迅於南京礦路學堂畢業後以官費保送日本留學，從此開始了他的日本留學時期。在日本，魯迅先是在仙台醫學專門學校攻讀醫學，預備醫治他父親那樣的病人，而且他知道日本「明治維新」開始就靠了醫學的推動。但不久，在一次課間放映的關於日俄戰爭的幻燈片上，他看到一個中國人被日本當成俄國間諜捉住，正要砍頭，一群我國同胞卻麻木地鑑賞這「盛舉」，這給青年魯迅以極大的震動。他後來說：「這一學年沒有完畢，我已經到了東京了，因為從那一回以後，我便覺得醫學並非一件要緊事，凡是愚弱的國民，即使體格如何健全，如何茁壯，也只能做毫無意義的示眾的材料和看客，病死多少是不必以為不幸的。所以我們的第一要著，是在改變他們的精神，而善於改變精神的是，我那時以為當然要推文藝，於是想提倡文藝運動了。」[16]他在東京專門從事文學活動，籌辦《新生》雜誌，翻譯域外小說，撰寫各類文章，直至1908年回國。

---

[16] 魯迅：《吶喊・自序》，《魯迅全集》，第1卷，第416頁，人民文學出版社1981年版。

魯迅歸國後，先是在杭州的浙江兩級師範學堂任生理學和化學教員，後又到紹興府中學堂任生物學教員並兼任監學。1912年，魯迅應教育總長蔡元培之邀到南京教育部任職，不久又隨部遷往北京。魯迅在北京教育部，曾積極推行文藝，但上司昏庸，不欲支持，只好憤然而止，到 1917 年「五四」新文化運動爆發，魯迅都處在極為苦悶的時期。除完成教育部任職內的一般事務以外，他的主要工作是抄寫古書、輯錄金石碑帖、閱讀佛經，以有限的經濟力量購置廉價古董書籍，並經由日本書店泛覽西書，一刻沒有停止嚴肅的思想探索。

從 1909 年回國到 1917 年「五四」新文化運動爆發的整個階段，可說是魯迅思想的沉潛期。在這一時期，「見過辛亥革命，見過二次革命，見過袁世凱稱帝，張勳復辟，看來看去，就看得懷疑起來，於是失望，頹唐得很了。」[17]因為目睹和親歷了晚清崩潰民國初建過程中政局的持續動盪，他更清醒地認識到現實的複雜性，更深切地感受到中國改革之難，留學期間開始的關於國民性的思考更加深入和細

受青年學子歡迎的魯迅，1932 年在北京師範大學演講的熱烈情景。

[17] 魯迅：《〈自選集〉自序》，《魯迅全集》，第 4 卷，人民文學出版社 1981 年版。

緻，用文學來表達這種思考的衝動也不斷增強。

1918 年 5 月，魯迅在《新青年》發表了在現代文學史上具有劃時代意義的白話小說〈狂人日記〉，此後魯迅一發而不可收地發表了一系列小說作品。1925 年到 1926 年，他在先後發生的「女師大風潮」和「三一八」慘案中聲援學生，支持群眾抗爭，受到北洋政府的通緝，於 1926 年 8 月 26 日離開北京前往廈門大學任文科教授。不久，又應中山大學之聘，於 1927 年 7 月抵達廣州，任文科主任兼教務主任。蔣介石「四一二」清黨後，魯迅向學校當局要求營救被捕學生，沒有結果，憤而辭去一切職務。

1927 年 9 月魯迅離開廣州，10 月定居上海。1928 年主編《語絲》半月刊，1929 年起，與柔石等組織朝花社。此間，在與創造社、太陽社進行的有關革命文學問題的論爭中，魯迅加深了對現實革命鬥爭的認識和對馬克思主義的理解。1930 年中國左翼作家聯盟成立，魯迅列名發起人，並參加了「左聯」的領導工作。這一時期，他先後編輯過《萌芽》、《前哨》、《十字街頭》和《譯文》等公開和秘密的刊物。在創作上，主要以雜文為武器，同時也以歷史為題材創作小說。1936 年 10 月 19 日，魯迅在上海逝世。

魯迅是中國現代文學的奠基人之一，他以非凡的實績奠定了他在中國 20 世紀文壇大師級的崇高地位。

首先，在藝術創作方面，魯迅為中國現代文學開創了多種風格的文學作品樣式，並使每一種樣式一一臻於成熟。《吶喊》、《彷徨》小說集就是現在也仍然是清醒地看取現實而又顯示了高超藝術的典範之作。歷史小說集《故事新編》是現代歷史小說開山之作，是一部神話、傳說及史實的演義的總集，文筆灑脫、想像奇詭、詼諧風趣、寄託遙深，開啟了中國傳統演史小說的新面貌。魯迅一生共寫出了16本雜文集，可謂洋洋大觀，成果斐然。魯迅的雜文是最足以發揮他創造天才的文體，是他對古今中外所有可用於現代中國語境的文章形式的創造性綜合，從這種意義上說，魯迅的雜文就具有了某種不可重複性。散文詩集《野草》以哲理性、象徵性和形象性相結合的藝術風格，開創了中國散文詩的先河。敘事散文集《朝花夕拾》也是文字優美、感情醇厚的散文精品。

其次，在思想精神方面，魯迅為中國現代文學奠定了現實戰鬥精神和現代反抗意識的優秀傳統。這是他一生最重要的貢獻，也是中國20世紀最寶貴的精神財富之一。魯迅的一生，是批判的一生，是戰鬥的一生，他的文學道路，是覺醒了的現代個人的獨特選擇。為了打破「無聲的中國」千年如斯的沉寂，衝開傳統和現代「瞞和騙」的語言騙局所遮蔽的奴役關係，他手拿如椽巨筆在世界文學的語境中發出自己生存的叫喊。他「敢於直面慘澹的人生，敢於正視淋漓的鮮血」，他反對任何形式的忍從，「絕望的反抗」是他的最終指向，體現了可貴的現實戰鬥精神和現代反抗意識。

二、《吶喊》、《彷徨》和《故事新編》

「中國現代小說在魯迅手中開始，又在魯迅手中成熟，這在歷史上是一種並不多見的現象」。[18]魯迅以現實題材創作的小說除〈懷舊〉以外全部收入《吶喊》、《彷徨》，先後於1923年

[18] 嚴家炎：〈魯迅小說的歷史地位〉，《求實集》，第101頁，北京大學出版社1983年版。

和1926年出版。這兩本小說集共收入25篇，不論就其思想意義之豐厚，還是就其藝術價值之崇高，它們在中國現代小說史上都占有特殊重要的地位，是中國現代小說的奠基之作和經典之作。

魯迅的第一篇小說〈狂人日記〉表現的是家族制度和封建禮教吃人的主題：

> 我翻開歷史一查，這歷史沒有年代，歪歪斜斜的每頁上都寫著「仁義道德」幾個字。我橫豎睡不著，仔細看了半夜，才從字縫裏看出字來，滿本都寫著兩個字是「吃人」！

這裏的「吃人」，決不僅僅是肉體上的吃人，而更是精神上的「吃人」，是傳統的封建道德扼殺了中國人民的生命活力。〈狂人日記〉是「五四」新文化運動向整個封建傳統宣戰的戰鬥檄文。封建傳統吃人不僅是〈狂人日記〉的主題，同時也是《吶喊》、《彷徨》的總主題。〈狂人日記〉是「吃人筵宴」的象徵性的總體描繪，其餘各篇則是它的各個細部的真實具體的描繪。

魯迅小說依託的歷史背景主要是辛亥革命前後中國社會各階層生活狀況，人物有農民、鄉紳、農村遊民、知識份子和下層官僚，可以說是近現代之交中國社會一個縮影，主體為農民和知識份子。魯迅是中國文學史上以巨大悲憫與嚴正態度描寫農民和知識份子的第一人，他創設了這兩種嶄新的小說題材模式。

「哀其不幸，怒其不爭」是魯迅對中國農民這個最廣大的弱勢群體的情感態度。他深切同情農民的苦難命運，也洞察他們的弱點與病態，當然也更理解造成他們精神上病弱的社會原因和歷史原因。在創作中，魯迅嚴格遵循「典型環境中的典型人物」這一創作原則，把中國農民放在當時的社會狀況中加以考察，揭示出他們愚昧和麻木的靈魂，真實地反映了農民在辛亥革命前後的社會地位和經濟地位，從而展現了一個封建、半封建農村落後和閉塞的典型環境；同時通過著力塑造在這一典型環境中生存、掙扎的中國農民的典型形象，找出了農民性格中病態思想的社會根源和歷史根源。在這方面，〈阿 Q 正傳〉堪稱代表，其他如〈藥〉、〈風波〉、〈故鄉〉等也是如此。

阿Q是一個落後的、不覺悟的、帶有精神病態的農民形象。首先他是一個被剝奪得「上無片瓦，下無插針之地」的流浪雇農，他沒有家庭，沒有「籍貫」，甚至連個真實的姓名也沒有。沒有固定的職業，只能靠打短工，作幫工維持生活，是一個徹底赤貧的鄉村勞動者。由於沒有固定的職業，他常常被擠進遊手之徒的隊伍中去。所以，魯迅說過：阿 Q「有農民式的質樸，愚蠢，但也很沾了些遊手之徒的狡猾」[19]其次，在阿Q的精神世界裏，因受封建觀念侵蝕和毒害，小生產者那種狹隘、保守、愚昧、麻木和喪失獨立人格的特點完全佔據了他的主導性格。他不敢正視現實，常以健忘來解脫自己的痛苦；他同時又妄自尊大，進了幾回城就瞧不起未莊人，又因城裏人有不符合未莊生活習慣的地方便鄙薄城裏人；他有守舊的心態，如對錢大少爺的剪辮子深惡痛絕，稱之為「假洋鬼子」；他身上有畏強凌弱的卑怯和勢利，在受了強者凌辱後不敢反抗，轉而欺侮更弱小者。

阿 Q 的不覺悟，更突出地表現在他對「革命」的態度和認

[19] 魯迅：《且介亭雜文・寄〈戲〉週刊編者信》，《魯迅全集》，第6卷，第150頁，人民文學出版社 1981 年版。

識上。他最初「以為革命黨便是造反，造反便是與他為難」，所以一向是深惡痛絕的。但當他看到「革命」竟「使百里聞名的舉人老爺有這樣害怕」，「況且未莊的一群鳥男女」又是這樣的「慌張」，於是，阿 Q 成了未莊第一個起來歡迎革命的人。但是，他對革命在態度上的這種變化，並不是謀取一個自由平等的社會，而是要把自己提高到統治別人、壓制別人的上等人的地位上去：

> 「這時未莊的一夥鳥男女才好笑哩，跪下叫道，『阿Q，饒命！』誰聽它！第一個該死的是小D，還有假洋鬼子，……留幾條麼？王鬍本來還可留，但也不要了。……」
>
> 「東西，……直走進去打開箱子來：元寶，洋錢，洋紗衫，……秀才娘子的一張寧式床先搬穀祠，此外便擺了錢家的桌椅，——或者也用趙家的罷。自己是不動手的了，叫小 D 來搬，要搬得快，搬得不快打嘴巴。……」
>
> 「趙司晨的妹子真醜。鄒七嫂的女兒過幾年再說。假洋鬼子的老婆和沒有辮子的睡覺，嚇，不是好東西！秀才的老婆是眼胞上有疤的，……吳媽長久不見了，不知道在哪裏，——可惜腳太大。」

阿 Q 思想性格最突出的特點是他的精神勝利法。他能用誇耀過去來解脫現實的苦惱：「我先前——比你們闊多啦！你算什麼東西。」他能用虛無的未來寬解眼前的窘迫：「我的兒子會闊的多啦！」他能以自己的醜惡去驕人，別人說到他頭上的癩瘡疤時，他卻認為別人「還不配」，他能用自輕自賤來掩蓋自己所處的失敗者的地位，他能用健忘來淡化自己所受的欺侮和屈辱。總之，阿 Q 雖然常常遭受挫折和屈辱，而精神上卻永遠優勝，總能得意而滿足，所憑藉的就是這種可悲的精神勝利法。

因此，完全可以說，〈阿 Q 正傳〉的不朽的思想價值主要在於它高度概括地表現了在數千年封建文化窒息下形成的中國國民性的弱點，阿 Q 則是這種國民性弱點的集中體現者。阿 Q 是一個人，同時又是封建時代所有的人，在阿 Q 的身上，能找到各種不同人的影子。

在《吶喊》和《彷徨》中，知識份子形象主要有兩種類型。首先，是雖寄予同情但基本表示否定的孔乙己、陳士成那樣被封建科舉制度毒害一生的下層知識份子，魯四老爺和四銘（《肥皂》）等封建衛道人士，高幹亭（《高老夫子》）和方玄卓（《端午節》）等酸腐的新式文人。這些嚴格說來只是傳統的文人，多半如魯迅雜文所諷刺的，不僅「無行」，而且「無文」。孔乙己和陳士成固然是科舉制度的犧牲品，但他們又何曾具備真才實學？魯四老爺書房對聯是「事理通達心氣和平」，案頭所陳也皆理學名著，立身行事卻難與之相符。高幹亭景仰俄國文豪高爾基而改名高爾礎，不解中俄姓名倒也罷了，即使赴女子學校指教，卻只為了「去看看女學生」。

魯迅傾注了更多心血的，是那些在革命中尋找道路、彷徨、苦悶與求索的知識份子。他們屬於「夢醒之後無路可走」的現代中國最痛苦的靈魂，是真正現代的知識份子。呂緯甫（〈在酒樓上〉），魏連殳（〈孤獨者〉），涓生（〈傷逝〉），夏瑜

（〈藥〉），N 先生（〈頭髮的故事〉）都是這樣的典型。呂緯甫原是拔掉神像鬍子、整日議論改革中國方案的熱情有為的青年，但一步入社會，他的改革熱情便慢慢被銷蝕了。為了生活，為了親人之間的那點溫情，他不得不步步退讓，最終變成了一個敷敷衍衍、模模糊糊的人，失卻了往日的勇氣。魏連殳則是被社會的經濟壓力和精神壓力摧毀的，當他窮困潦倒、無路可走的時候，他要向整個社會進行報復，而這報復正是他的失敗。子君和涓生只是希望獲得婚姻的自主和愛情上的自由，他們的理想實現了，共同組織了一個小家庭。但整個社會的沉滯、腐朽不可能不毀滅這個愛情的綠洲。他們失敗的主要原因不在於他們自身，而在於整個社會思想環境的保守和落後。魯迅在他們身上往往寄寓自己的思想感受，不僅寫了他們曾經有過的真誠和希望，也寫到他們後來的失望、彷徨、懺悔、落伍、頹敗、沉淪，並在極度暗淡和壓抑的情緒低谷中積蓄力量，探尋出路。魯迅也是知識份子，他描寫知識份子，是想認識自己和同類，以此掙脫往往由知識份子自造的精神牢籠，殺出一條生存的血路來。

魯迅的小說在藝術的貢獻與其在思想上的貢獻同樣偉大。他在融合中國傳統小說的長處的基礎上又大膽借鑑了西方小說的表現手法，從而創造了中國現代小說的嶄新樣式。在創作方法上，魯迅打破了古典小說的故事性框架，開始根據小說題材的獨立需要自由地選取敘事角度和敘事方式。從敘事角度而言，有第三人稱的小說，如〈藥〉、〈明天〉、〈離婚〉等；有第一人稱的小說，如〈狂人日記〉、〈故鄉〉、〈孤獨者〉等；有第一人稱和第三人稱結合在一起的小說，如〈祝福〉。從時序安排上來看，魯迅小說有順敘，如〈藥〉、〈離婚〉等，但也常用倒敘的方式來改變固有的時序關係，如〈祝福〉、〈傷逝〉等。魯迅更重視在空間上的拓展，如〈孔乙己〉透過截取人物生平片段的方式來概括人的一生；〈藥〉從事件中途起筆；〈離婚〉則主要寫了船上和慰老爺家這兩個場面。這些寫法，打破了中國傳統小說有頭有尾、單線敘述的格式。在表現手法方面，古典小說已經具有的心理描寫、肖像描寫、語言行動描寫、景物描寫、環境描寫在魯迅那裏獲得了新的發展。尤其是心理描寫受到了前所未有的重視，〈傷逝〉幾乎全篇都是涓生心理變遷過程的描寫。此外，魯迅還借鑑了象徵、意識流、精神分析等純屬現代形式的表現手法。〈藥〉、〈長明燈〉等廣泛地運用了象徵主義的表現手法，〈狂人日記〉則帶有現代意識流小說的特徵。〈肥皂〉、〈高老夫子〉、〈弟兄〉的表現中心則是揭示主人公的潛意識心理動機。魯迅是創造新形式的先鋒，他的小說「幾乎一篇有一篇新形式」。[20]在塑造人物方面，魯迅注重採用「雜取種種人，合成一個」[21]的辦法，對生活中的原型進行充分的集中和概括，使人物形象具有較為廣泛的典型性。例如，阿 Q 這個形象「就像一個所謂箭垛，好些人的事情都有堆積在他身上」，[22]正因為如此，不同階層、不同身分的人都能在阿 Q 身上看到自己的影子，從而使阿 Q 形象能在讀者心目中產生非常廣泛的影響。魯迅強調寫出人物的靈魂，因此他在塑造人物形象時，常常是以「畫眼睛」的方式，通過眼睛這一心靈的窗戶來「極節省的畫出一個人

---

[20] 沈雁冰：《讀〈吶喊〉》，《時事新報》，1923 年 10 月 8 日。

[21] 魯迅：《且介亭雜文末編‧〈出關〉的關》，《魯迅全集》，第 6 卷，第 519 頁，人民文學出版社 1981 年版。

[22] 周遐壽（周作人）：《魯迅小說中的人物》，人民文學出版社 1957 年版。

的特點」，[23]例如〈祝福〉中前後幾次對祥林嫂眼神的描畫，非常傳神地寫出了人物的精神狀態。

創作《吶喊》、《彷徨》的同時，魯迅還嘗試著搜尋歷史材料寫小說，這就是 1936 年 1 月出版的《故事新編》，包括〈補天〉、〈鑄 劍〉、〈奔 月〉、〈非 攻〉、〈理 水〉、〈采薇〉、〈出關〉、〈起死〉共八篇。

八篇小說分為兩類三組。第一類包括〈補天〉、〈奔月〉、〈鑄劍〉三篇。它們取材於神話和傳說，不是真實的歷史人物和歷史事實，帶有明顯的虛構性質，對文獻資料的記載也有較大幅度的改造，可以說是用藝術家的眼光探索中國精神的源頭。其餘諸篇為第二類，都是對真實歷史人物或真實歷史事件的藝術表現。〈采薇〉、〈出關〉、〈起死〉為一組，主要表現中國古代各種消極避世的思想傾向和它們的代表人物的精神特徵；〈非攻〉、〈理水〉為一組，表現中國古代拯世救民的政治家和科學家的奮鬥精神。

〈補天〉是中華民族創世者的悲劇。作品通過對女媧摶土造人煉石補天的壯舉的描寫，歌頌了創造精神，同時也尖銳地諷刺了種種沒有創造精神的庸俗小人。〈奔月〉敘述射日的英雄后羿整天要為嬌妻飯食奔波，家人蠢笨，學生背叛，自己箭術通神卻一無可射之物，處處失敗，處處滑稽可笑，嫦娥也偷食了后羿的仙丹獨自跑到月亮上去了。〈鑄劍〉寫的是一個悲壯宏麗而又詭奇神秘的復仇故事。〈采薇〉重新表現了伯夷、叔齊不食周粟，餓死首陽山的歷史故事。〈出關〉描寫了老子的孤獨和寂寞，也

[23] 魯迅：《南腔北調集‧我怎麼做起小說來》，《魯迅全集》，第 4 卷，第 513 頁，人民文學出版社 1981 年版。

寫出了他脫離現實追求目標的抽象哲學的可笑特徵。〈起死〉通過一個幻想性的情節，揭示了莊子無是非觀的荒謬性和虛幻性。〈非攻〉和〈理水〉塑造了墨翟和禹這兩個不尚空談、埋頭苦幹的歷史人物。

《故事新編》在創作上的最大特點，就是依據古史和容納現代。為此作者在小說藝術上進行了大膽的實驗，他有意打破時空界線，採取古今雜糅的手法。作為歷史小說，雖非「博考文獻，言必有據」，但也大多有「舊書上的根據」。小說中除主要人物（如女媧、羿、禹、墨子、老子、莊子等）大都有史料記載的根據外，還創造了一些次要的喜劇性的穿插人物，並加入了大量的現代語言、情節和細節，如〈理水〉「文化山」上的許多學者既以古人身分出現，又開口「OK」，閉口「莎士比亞」，顯然將古今熔為一爐。在寫法上，魯迅「只取一點因由，隨意點染」。「點染」就是藝術虛構，在古籍材料的基礎上進行加工、創造，將古代情節和現代情節有機地融為一體，形成了《故事新編》古今交融的藝術特點。

《故事新編》可以看作是關於中國的一則大寓言，它只重於追求寓言的真實，至於究竟採了哪些舊事，用了哪些今典，倒在其次。作者深信「縱使誰整個的進了小說，如果作者手腕高妙，作品久傳的話，讀者所見的就只是書中人，和這曾經實有的人倒不相干了——這就是所謂人生有限，而藝術卻較為永久的話罷」。[24] 因為作者的創作非常灑脫，掙脫了具體描寫的許多牽

---

[24] 《〈出關〉的「關」》，《魯迅全集》，第6卷，人民文學出版社1981年版。

制，所以用語狂放有如雜文，想像奇詭不讓《野草》，加以作者特有的風趣幽默，讀之真可令人忘倦。《故事新編》是中國現代歷史小說的開山之作，也是這一門類中的傑作。

第三節

茅盾、巴金

一、描摹大時代的寫實巨匠：茅盾

茅盾（1896-1981），原名沈德鴻，字雁冰，出生於浙江省桐鄉縣烏鎮。烏鎮是一個古老的文化氣息濃厚的水鄉小鎮，地處杭嘉湖平原，離上海較近，屬於近代經濟較早獲得發展的地區。茅盾少年時代特別喜愛閱讀中國古典文學。1916 年北京大學預科期滿後由於家境窘迫進入上海商務印書館任編輯工作，同時翻譯、編纂中外書籍，並開始了一生的文學事業。

「五四」運動時期，茅盾以新文學運動的積極擁護和參加者的姿態為之搖旗吶喊。1921 年「文學研究會」的成立以及它所倡導的文學主張，與作為中堅力量的茅盾密不可分。同年，茅盾接手《小說月報》的主編工作，從此這個刊物成為「文學研究會」作家發表新文學、向封建主義文學進攻的堅固陣地。這一時期茅盾還撰寫大批論文，闡述和充實「為人生的藝術」的主張。

1927 年，茅盾完成了三部曲《蝕》。《蝕》是茅盾的處女作，它是一部反映動盪年代裏知識份子真實心態的發軔之作，對知識份子心靈世界描摹的精確性與當時許多同類作品相比，獨領風騷。《蝕》由三個系列中篇組成：《幻滅》、《動搖》和《追求》，各自又獨立成篇，有著內在的互相關聯。整部作品以小資產階級知識青年的生活經歷和心靈歷程為題材，揭示了革命營壘中林林總總的矛盾和在動盪鬥爭中的階級分化。作品表現「現代青年在革命壯潮中所經過的三個時期：(1)革命前夕的亢昂興奮和革命既到面前時的幻滅；(2)革命鬥爭劇烈時動搖；(3)幻滅動搖後不甘寂寞尚思作最後之追求。」[25]在這一總主題的統領下，茅盾創造了具有鮮明個性和獨特價值的人物形象，他們從苦悶到熱情，從熱情到動搖，從動搖到幻滅——這一性格發展邏輯顯示了茅盾對中國社會與中國革命的深刻認識和把握，以及清醒的現實主義精神，也顯示了「為人生的藝術」的觀念與現實社會血肉相連，唇齒相依的聯繫。這是一部用血的洗禮和淚的激情寫成的作品，《幻滅》原稿筆名為矛盾，後由葉聖陶改為「茅盾」，作者在血與火的鬥爭中經歷的無比痛苦的心靈，矛盾複雜的心情可見一斑。

在《幻滅》中，茅盾著力描寫一位抱著美好幻想參加革命的小資產階級女性的悲劇。小說主人公靜女士從小在母愛的羽翼下長大，因此把革命看成一件充滿詩情畫意的事情，然而一接觸現實生活，個人的得失、好惡便與現實抵觸，這個理想家的革命者靜女士就感到精神世界的「幻滅」。這個人物的塑造讓我們清楚

[25] 茅盾：〈從牯嶺到東京〉，《茅盾全集》，第 19 卷，第 179 頁，人民出版社 1991 年版。

地看到小資產階級知識份子在走上革命道路前後的思想境界，他們認識不到革命鬥爭的艱巨性和革命形勢的嚴峻性，一旦身臨革命現實，勢必幻想破滅，即由失望、空虛而退出革命，回到個人戀愛的小天地，在革命的動盪中必然就會出現個人主義的悲觀幻滅心態。

《動搖》反映的是 1927 年春夏之交，「武漢政府」叛變之前，湖北一個小縣城裏的風波。作品以較大的場面反映了那一時期政治風雲變幻中的各色人等，寫得最好的人物是主人公方羅蘭。方羅蘭是軟弱妥協知識份子的典型代表，身為國民政府管轄下的縣黨部委員兼商民部長，在激烈的階級鬥爭面前，他表現出軟弱和動搖，既不敢打擊敵人，又不敢依靠工農群眾，在動搖、妥協之中葬送了革命與自己。同時，作者還給他披上一件戀愛的外衣來表現這一性格內核，使人物形象更具有質感。方羅蘭在戀愛中也充分表現了其「動搖」的本性。一方面，他對溫柔賢慧的結髮妻子陸梅麗的純情不能背負；另一方面又經不住浪漫風流具有新潮色彩新女性孫舞陽的誘惑。作為一個從「五四」時代走過來的青年，方羅蘭屬於那種既不敢越傳統道德雷池，又渴望舞弄時代新潮的知識份子，他在傳統與新潮當中猶疑徘徊，不能定奪，永遠不能主宰自己的命運。透過他的戀愛生活，從另一個角度揭示了小資產階級革命者性格的本質特徵。

《追求》中的青年男女在革命失敗後，既看不到未來和希望，又不願苟活沉淪，只能盲目掙扎而最終失敗，他們實際上是時代病症的患者。張曼青是一個曾受過革命風暴洗禮的戰士，在失望中還企圖以教育救國的方式來拯救下一代，他認為自己這一代已經毫無希望，他把希望寄託於下一代。他的所謂救國夢想被黑暗的現實無情地擊得粉碎，沉淪是他必然的歸宿。章秋柳是《追求》中刻劃得最精緻的一個女性形象，1927 年清黨事件後，章秋柳在精神上受到了折磨，她採取了一條病態的反抗道路，以「頹廢的衝動」來尋歡作樂，滿足感官上的刺激，以此來報復黑暗現實。這種反抗方式不能損害黑暗現實一根毫毛，反而使得她墮落沉淪。這個形象蘊藉著豐富的美學內涵，一方面顯示了小資產階級女性有著革命的要求，另一方面革命動盪時期又顯示了自身軟弱的本質；一方面想有所作為顯示個人的價值和尊嚴，另一方面當找不到方向時，只能採取盲目病態的反抗方式，甚至自甘沉淪。總之，這些形形色色的小資產階級知識份子在沒有航標的河流上尋找自己心靈之舟的歸宿。

藝術上，《蝕》是一個：「狂亂的混合物」[26]，茅盾本想以客觀的視角再現 1927 年前後一代小資產階級的心靈歷程，創作的出發點是寫實，但是由於受到一種熾熱情感驅動，在客觀描述的同時又融入了自己的主觀情緒，這樣就使得小說呈現出一種再現與表現相融合的創作技巧。作者描寫人物，描繪社會生活的動盪，革命運動起伏，呈現出鮮明的現實主義創作方法；但是，作者在處理人物心理世界時，汲取了現代派的技巧和手法，尤其採取了局部象徵主義和多重視角的表現方法，因此，能夠準確、逼真地展示出 1927 年前後波雲詭譎的氣氛對小資產階級精神靈魂產生的衝擊和震盪。《蝕》採用了「三部曲的形式」：各部的結構自行獨立，章法各異，連貫起來，反映一段時期的生活，這在

[26] 茅盾：〈從牯嶺到東京〉，《茅盾全集》，第 19 卷，第 186 頁，人民出版社 1991 年版。

現代文學史上是一個創舉。

《虹》寫於1929年4月至7月，主人公梅女士是一位被「五四」思潮喚醒的女性，她從少女、少奶奶的家庭牢籠中衝出來，謀得了獨立的社會職業，但在「新」的環境下，腐朽的社會積習，黑暗的社會勢力時時侵襲著她。她要「征服環境、征服命運」，毅然決定從家庭走向社會，從封閉的四川來到大上海，單槍匹馬到人海中闖蕩。在上海，她傾慕革命者梁剛夫，「醒獅派」的走卒李無忌也接二連三的糾纏著她，她克服了自負、孤傲的個人意識，做出了正確的抉擇。最後，梅女士在五卅運動中匯入了群眾遊行的行列，她對女友說：「時代的壯劇就要在東方的巴黎上演，我們應該上場，負起歷史的使命來」。在茅盾早期的創作歷程中，《虹》具有一種過渡的色彩，意味著作者從苦悶的思想困惑中走了出來，他的情緒因時代的發展而振奮，並顯出了一種積極進取的心態，反映了作者在黑暗現實面前，臨危不懼，知難而進的奮鬥精神。

〈林家鋪子〉創作於1932年，是茅盾的代表作之一。它敘述了「一二八」前後江南小鎮林家雜貨小店倒閉過程的故事。作品雖然描寫的是江南小鎮，但它卻是當時中國社會的一個縮影。它揭示了城鄉人民無法擺脫的厄運，強烈地抨擊了當局趁民族危難之際，大肆掠奪，敲詐和欺壓小商人以及窮苦貧民致使他們破產的罪行，挖掘出處在水深火熱之中的下層百姓悲慘命運的根源。作品的主人公林老闆是一個「手段高明」，謹慎懦弱的小商人，他目光如豆，在日寇入侵、民族危亡的關頭，一心只顧自己「做生意，度難關」。作者主要著眼點不在於揭露商人「惟利是圖」的奸詐性，而在於刻劃出一個小商人在銷路停滯、同業中傷、錢莊逼迫的困境中又逢日寇入侵的危難時分，卻被敲詐勒索，導致傾家蕩產的結局，矛頭直指官僚集團的黑暗和腐朽。結構方面，小說以林老闆的掙扎與破產的情節為主線，以林小姐的婚姻糾葛為副線，兩者交織成一個有機的整體。作品以林老闆與黑麻子、卜局長之間的衝突為主要矛盾，又以若干小事多方鋪陳，情節紆徐緩疾，主次分明，細密謹嚴。

同期創作的農村三部曲〈春蠶〉、〈秋收〉、〈殘冬〉，反映了中國農村階級矛盾的日益尖銳，農民迅速破產的悲慘命運以及他們產生的反抗意識，顯示了「五四」時期開拓的「鄉土小說」的發展和深化。三部曲當中〈春蠶〉寫得較為突出，〈春蠶〉描寫了20世紀30年代中日淞滬戰役前後，江南農村蠶農老通寶一家養蠶「豐收成災」的悲慘事實，揭露了帝國主義的經濟侵略給中國農民帶來的沉重災難，展示了中國民族資本家和買辦資產階級為了轉嫁危機與農民階級形成的尖銳矛盾。作品中主要人物老通寶深受傳統思想意識的影響，他如牛負重，勤懇掙扎，在艱難的生活中學會了忍受，他不明白導致家庭災難的原因，對前途仍抱著希望，他憑直覺仇恨一切帶「洋」字的東西，把家庭的敗落歸於迷信的因果報應。老通寶的悲劇在於中國農民階級從漫長的封建制度中走過來，他們認識不到社會在變化，以及自己在社會變化過程中所處的位置，同時他們自身還固守因循守舊的弱點，兩相交織，他們無法改弦易轍使自己適應時代，因而無法把握自己的命運。〈春蠶〉具有江南水鄉風俗人情的韻致，在描寫優美的自然景物中又蘊藉象徵的意味，作品中小火輪通過官河時把農民的赤膊船推入浪巔之中，農民抓住岸邊茅草的情景的描寫，這一意象蘊蓄著30年代帝國主義經濟侵略給中國農民帶來的衝擊和產生的恐懼之感。

1933 年 1 月出版的《子夜》標誌著茅盾創作達到了一個高峰，同時也顯示了左翼文學的實績，被稱為扛鼎之作，正如瞿秋白肯定道：「一九三三年在將來的文學史上，沒有疑問的要記錄《子夜》的出版」[27]，《子夜》是中國現代新文學的一個重大的收穫。在 1930 年的中國社會性質的大論戰中，有人認為「中國已經走上了資本主義道路，反帝反封建的任務應由中國資產階級來擔任」。[28]作者決定用形象思維的文學作品來駁斥，這樣更具有說服力，這是他創作《子夜》的意圖。1930 年夏秋之交，他走訪於企業家、金融家、商人、經紀人之間，奔走於交易所、交際場，廣泛搜集資料，做了大量細緻的準備工作。《子夜》展示了 30 年代中國社會的真實風貌，見證了民族資產階級的失敗過程，揭示中國民族資產階級在帝國主義、買辦資產階級和當局重重壓迫下必然破產的歷史悲劇，具有史詩的價值。

以長篇小說《子夜》在現代文學史上奠定地位的茅盾，晚年在書房留影。

《子夜》中的人物眾多，民族資本家吳蓀甫的形象更是一枝獨秀。吳蓀甫是30年代中國民族資本家的典型，作者匠心獨運，

[27] 瞿秋白：《〈子夜〉與國貨年》，《瞿秋白選集》，第 227～280 頁，人民文學出版社 1955 年版。

[28] 茅盾：〈再來補充幾句〉，《茅盾論創作》，第64頁，上海文藝出版社 1980 年版。

把他置身於錯綜複雜的社會關係中來刻劃。主要圍繞(1)他與官僚資本家趙伯韜的關係，他們之間形成的衝突構成了作品的主要線索；(2)他與工人的關係；(3)他與中小資本家朱吟秋等的關係；(4)他與沒落地主吳老太爺的關係，與下屬屠維岳的關係，以及與雙橋鎮農民的關係等。在一系列社會關係的展開中，吳蓀甫複雜的性格得到充分表現。他曾遊歷歐美，學會了一套資本主義的現代管理方法，精神上與西方資產階級同盟，他具有發展民族工業的遠大理想和擺脫帝國主義以及買辦束縛的雄心壯志；在與帝國主義經濟侵略鬥爭中，他表現出剛強、自信、大膽果敢的性格。他雄心勃勃、兼併八個小廠，成立益中信託公司，接著辦一個絲廠和綢廠，並大刀闊斧地整頓工廠；在與趙伯韜鬥法中顯示了法蘭西式的資產階級性格，沉著幹練，剛愎自用，但隨著情節的發展，他性格中強與弱的兩種成分在相互吞噬，最終強的方面逐漸消亡，弱的方面不斷膨脹，在公債市場上，他與趙伯韜拼死一搏而慘遭失敗，懦弱、頹廢、妄自菲薄甚至企圖自殺，完全暴露了民族資產階級軟弱的致命弱點。吳蓀甫是現代中國社會發展過程中產生的第一代企業家代表，他是與地主階級完全不同的民族資產階級，茅盾稱他為「20 世紀機械工業時代的英雄，騎士和王子」。他確實應該是時代舞臺上的主角，他在弱者面前是強者，強者面前是弱者，外強中乾，這是吳蓀甫基本性格特徵。他出色地實踐了一個現代民族企業家的歷史使命，也充分顯示了一個具有現代意識的企業家的巨大能量和足夠的才幹，特殊的時代環境釀成了他的悲劇，他的毀滅帶有悲壯的意味。吳蓀甫的悲劇命運明確地昭示：在帝國主義統治下，中國民族工業永遠不可能得到正常發展，中國不可能走上資本主義道路。

吳蓀甫的對立面、買辦資產階級代表人物趙伯韜的形象也塑造比較成功。他是帝國主義壟斷資產階級在中國豢養的走狗，並且與反動統治勢力相勾結，依靠這些後臺撐腰，他一手遮天，為所欲為，主宰了上海灘金融市場。他詭計多端，螳螂捕蟬，黃雀在後，先讓吳蓀甫吃掉一些中小民族資本家，然後再吞掉吳蓀甫這條大魚。他的邏輯是：「中國人辦工業沒有外國人幫助都是虎頭蛇尾」，由此可見，他對中國社會的形勢和狀況看得較清楚，進一步顯示了他老謀深算、老奸巨滑的性格。他驕奢淫逸，像做公債一樣玩弄女人，從這個人物形象中我們可以看出買辦階級卑鄙骯髒、無恥糜爛、荒淫貪婪的卑劣靈魂。

另外，屠維岳這個資本家走狗的形象塑造得也很成功。作為走狗他死心塌地為主子賣命；當吳蓀甫曲解他，要開除他時，他又顯示出做人的尊嚴；而當吳蓀甫再一次重用他，甘心做走狗的奴才相又表現十足。

《子夜》的結構宏大而嚴謹。作者把紛繁的社會生活內容與歷史進程展示，以及日常生活的描寫交融匯集，各條線索交織成龐大而複雜的「網狀」架構，這便是這部作品的一個顯著特徵。作者具有大家風範，開門見山，綱舉目張，在吳老太爺弔唁儀式上讓與吳蓀甫有關係的人物登臺亮相，構成人物關係網絡，為情節的發展作鋪墊，以人物之間相互關係的變化推動情節的變化，這種「網狀」架構顯得大氣磅礡。

茅盾是一個擅長心理描寫的作家。《子夜》的心理描寫給作品增添了不少色彩，尤其是對人物的下意識和幻覺的描寫增強了作品心理分析的色彩。如第十七章裏，作者詳細描述了吳蓀甫的亂夢，這個夢把他內心深處失控現象表現很清晰；第十九章裏，吳蓀甫看到僕人亂哄哄地拆換沙發套，禁不住暴躁起來，覺得屋子裏的傢俱都在顯示一種敗象，這些心理活動正是與趙伯韜鬥法的必然反映。作者透過挖掘吳蓀甫的內心世界，揭示出吳蓀甫積澱著的社會和遺傳的深層心理，揭示出人物性格多維化，同時，又讓人感受到人物真實可信，達到一種藝術真實的效果。

茅盾在《子夜》的寫作提綱中特別強調「色彩與聲浪應在此書中占重要地位，且與全書之心理過程相合」。[29]各種色彩和聲音的描寫能夠與小說中人物心理的刻劃相得益彰。《子夜》第七章在描寫吳蓀甫內外交困的心境時，作者緊緊抓住自然景象的描繪：灰色的雲塊、閃電、雷鳴、雨吼、濃霧、金色的太陽、綠色的樹林、琴韻似的水滴等等，各種混和的音響和不同基調的色彩交相輝映顯示了吳蓀甫內心世界的動盪變化。

《子夜》是一部優秀的長篇小說，但是仍然存在美中不足之處。30 年代文壇正是左翼思潮盛行時期，茅盾必然會受到左翼思潮的某些影響，這種影響在《子夜》中有明顯的表現。例如作者在主題先行的情況下進行創作，因而作品的政治性較強，同時，作品中議論較多；另外，人物性格較單純，缺乏一種靈魂的深度，這些欠缺在一定程度上削弱了作品的藝術價值。

此外，抗戰時期，茅盾還創作了《腐蝕》、《霜葉紅於二月花》等長篇，以及其他中篇小說和散文。

二、堅持寫實理想的小說大家：巴金

巴金（1904-2005），出生於四川成都一個傳統大家庭，原

[29]《〈子夜〉寫作的前前後後》，《新文學史料》，第 4 期，1981 年。

名李堯棠，字芾甘。「五四」運動以後，巴金深受新思潮的影響，1923 年他離家到上海、南京求學，1927 年赴法國留學。年輕的巴金深受克魯泡特金等激進的無政府思想影響，同時對俄國的民粹派也心馳神往，他曾經直接參加過無政府主義的運動。當政治活動失敗，理想破滅之際，他以創作來渲洩心中的痛苦和矛盾，1928 年巴金發表處女作《滅亡》，以鬱結悲憤的情緒，強烈悲愴的情感方式走上了文壇。誠如作家所說，「我寫的是感情，不是生活。」[30]

巴金在現代文學的創作歷程中可分為前期和後期兩個階段。從創作《滅亡》到抗戰爆發為前期；抗戰爆發為後期。前期巴金以戰士的姿態從事創作，選材著眼於封建舊式家庭，揭露舊式家庭的虛偽、罪惡和崩潰，以及青年一代的叛逆反抗。前期的作品中無政府主義的色彩較為明顯，但作品中那種叛逆的行為、追求的激情、躁動的情緒，以及反封建反專制的主旨更引人注目，具有獨特的藝術價值。此外，個人的生活經歷、個人對社會獨特的感知、個人對人生獨特的理解，在前期作品中烙上了鮮明的印痕。年輕的巴金血脈中貫流著詩人的氣質，因而他筆下青春的苦悶和熱情強烈地感染年青讀者的心靈。

巴金前期的創作又可以分為兩類：一類是正面描寫青年、革命者所從事的社會鬥爭，如長篇《滅亡》、《新生》和《愛情三部曲》等；另一類是揭露封建舊家庭殘害青年的罪惡及其走向崩潰的命運，以《家》為其代表作。

---

[30] 巴金：〈談我的短篇小說〉，原載《人民文學》，1958 年 6 月號。

處女作《滅亡》是巴金在留法期間完成的。這部長篇小說寫了一群青年為反抗軍閥專制統治而進行的種種革命活動，作者鍾愛和宣揚的主人公杜大心與俄國民粹派英雄一脈相承。巴金以一種浪漫的激情，充滿張力的筆調來刻劃年青的革命者杜大心，傾注了他本人理想情感和社會實踐觀念。在《滅亡》這部長篇中，主人公杜大心患了嚴重的肺結核病，身體的狀況使他看不到個人前途，社會的黑暗使他看不到人類前途，但是他卻忍受痛苦為反抗專制而拚命工作。他雖然被人愛過，但他所信奉的革命「教義」卻容不得他去談請說愛，最終喪失了愛情，這使他的痛苦更深一層。杜大心是一個對自己、對人類徹底絕望的人，但是在絕望中他仍然堅持抗爭，勇於獻身，這種寧死不屈的鬥爭精神強烈地震撼了讀者。

進入 30 年代後，巴金進入了創作高峰期。他以創作來消解痛苦，試圖從信仰迷失的困境中突圍。《愛情三部曲》便是其中的產物。《愛情三部曲》由三個中篇《霧》、《雨》、《電》集合而成。《霧》的主人公周如水是有革命傾向的新青年，但是他深受封建思想觀念的束縛，優柔寡斷、患得患失，最終自我釀成一幕愛情悲劇。《雨》的主人公吳仁民是個不滿現實卻又找不到出路的病態人物，他的愛情仍然是逃不脫悲劇的命運。《電》的主人公李佩珠是一個「近乎健全的女性」，她純潔、美麗、堅強，有比較冷靜的頭腦，不主張激進主義的盲動和冒險犧牲。作者在這個人物身上傾注了自己的革命理想和愛，試圖把她塑造成一個睿智成熟的女革命家，李佩珠這個人物形象仍然投射了法、俄革命者的影子。「《電》裏面的主人公有好幾個，而且頭緒很多，它很適合《電》這個題目，因為在那裏面好像有幾股電光接連地在漆黑的天空中閃耀。」[31]。巴金在《愛情三部曲》中刻劃了各種不同類型的青年，使當時的青年讀者能了解同一時代人的種種不同的心境和理想，引起他們對自己未來生活道路的深思。

《激流三部曲》（包括《家》、《春》、《秋》）是巴金的代表作，其中《家》（1933 年）成就最高、影響最大，具有不朽的藝術價值。

《家》是以愛情故事為情節發展的主幹，作品中一方面描寫了隨著封建宗法制度的崩潰，垂死的封建統治力量無情地吞噬著年輕的生命，另一方面，深為革命潮流所吸引的青年一代開始了覺醒、掙扎與反抗的悲壯歷程。《家》中人物眾多，但主要刻劃了高老太爺、覺慧和覺新這三個典型人物。高老太爺是這個封建大家族的最高統治者，有一種君臨天下的意味，他掌握著全家人的命運，按照封建社會「君君臣臣、父父子子」的等級制度，全公館的人對他奉若神明，畏之如虎。他就像一個無處不在的幽靈貫穿全書，給高公館籠罩上一層森嚴恐怖的氣氛，《家》裏發生的一系列悲劇直接間接都與高老太爺有關。小說通過高老太爺這個人物形象的塑造，控訴了封建家長制和封建禮教對於人青春、愛情、生命的摧殘和虐殺，同時也指出封建宗法式舊家族和封建專制制度必然崩潰的歷史命運。

覺慧是一個封建專制制度的叛逆者，是一個虎虎有生氣的典型人物。覺慧受到了「五四」啟蒙新思潮的洗禮，他對舊家族敢於叛逆反抗。他堅決不做高老太爺們所期望的「紳士」，也不願

[31] 巴金：《愛情三部曲・總序》，《巴金全集》，第 6 卷，第 29 頁，人民文學出版社 1988 年出版。

像大哥覺新那樣忍受順從，他要做「自己的主人」，「自己把幸福拿過來」。他關心社會的進步，熱情洋溢地投入社會革命活動，編輯進步刊物，撰寫討伐封建思想的檄文；他敢於向封建等級制度和封建禮教挑戰，支持和幫助覺民逃婚，大膽向婢女鳴鳳表示純潔的愛情，他對尊長們「捉鬼」行孝的醜劇公然揭穿，最後毅然地走出了這個罪惡的家庭。從這個層面來看，覺慧已經具有自覺反叛舊制度的意識，作者塑造覺慧這個形象，表明了作者對青春的禮讚和對生活充滿了新的希望。

《家》中藝術功底最深厚的人物形象是覺新。覺新是一個能清醒地認識到自己悲劇命運而又怯於行動的人；是深受封建思想和封建禮教毒害，人格分裂的悲劇典型。覺新原先是一個眉清目秀、聰穎上進的青年，他正直、忠厚、心地善良，但是因為他父親的一句話，擇偶時採用荒唐透頂的拈鬮方式斷送了他的甜蜜愛情。這個受過「五四」新思潮影響的青年人就這樣吞下了父親強加給他兒戲式的婚姻苦果，更可悲的是他成了三親六故的婚娶、葬喪、陪客、慶典的主持或幫手，他的聰明才智僅局限發揮在此等類型的事上。他明明反對長輩的意志，卻又洗耳恭聽，躬身而行，他清醒地認識到封建舊家庭和封建禮教剝奪了他的青春和生命，卻又無力反抗。覺新深受封建倫理道德當中「孝」的毒害，即長房長孫特殊的地位，大家庭未來的主要責任應由他負起，致使他處處受到約束。他是愛情的犧牲品，卻又是遏阻這些愛情的「同謀」；他是新思想的接受者，卻又兢兢業業地維繫一切舊的禮數規矩。小說中，他是夾在兩類「不肖子」中的唯一「肖子」，承受了巨大的心理壓力，承受了最多的苦難、災難和責難。舊家庭、舊意識將他的生命活力和棱角消磨殆盡，造成了他委曲求全、懦弱順從的性格。「家」對於覺新來說，既意味著一種精神牢籠和煉獄，也意味著一種血緣關係上的難以割捨的生活著落和情懷。他的理智和情感之中存在著尖銳的矛盾，思想上受過新思潮影響，情感上行動上依然留戀舊家庭，這樣就導致了不滿專制，而又在專制面前妥協，不滿壓迫，又在壓迫面前順從，最終形成了性格的兩重性。

覺新是一個極富個性的藝術形象，巴金在塑造這個形象時懷有強烈的感情色彩。覺新的原型是作者的大哥，因而巴金一方面刻劃覺新軟弱、妥協、忍讓、委曲求全的性格，另一方面懷著不可言說的溫愛之情，描寫了保留在覺新身上人性之美的閃光之處，如他與瑞玨在不幸中相濡以沫的愛情描寫，使得這個形象更富於藝術魅力、更具有複雜性。同時，覺新這個人物形象還表現了懦弱苟且國民性的形成原因。覺新所處的環境，上邊有馮樂山，高老太爺，還有克明，克安，克定等長輩，他處於金字塔的底端，動彈不得，真有點「一年三百六十日，風刀霜劍嚴相逼」之意。此外，覺新周圍還有一個無形無情的劊子手，它就是封建倫理觀念，這是一張束縛覺新的無情網羅，從這個人物形象可以看出封建等級制度的重壓、封建傳統思想意識的毒害最終導致了妥協、懦弱、苟且的國民性。《家》的巨大成功，有力地實現了作者寫作初衷：「我要反抗這個命運」，「我要向一個垂死的制度叫出我的 J'accuse（我控訴）！」

《春》、《秋》這兩部續篇取材仍源於四川那個破敗的高家大院[32]，舊家庭的衰落與新一代的反抗仍然是他表現的主題，但

[32] 巴金：《關於〈家〉》，《巴金全集》，第1卷，第442頁，人民文學出版社1986年版。

昔日那種充溢的激情已經有所抑制，風格趨於平實，戲劇性的激烈衝突明顯地減少了，生活化的瑣事描寫增多了。作者用較多的筆墨來展示高家崩潰前青年一代與「家」的複雜感情糾葛，他們憤慨舊家庭守護者們的糜爛墮落；社會的動盪又令他們感到不安，同時他們與「家」在靈魂深處有著千絲萬縷的聯繫，這顯示巴金對社會發展認識的成熟，表明作者認識到除舊布新絕不是一件簡單平常的事。

20 世紀 40 年代中期，巴金的創作進入了又一個高峰期，但是作品風格發生了根本變化。這段時期，他開始寫沒有英雄光環的凡人小事，寫生活重壓下那些司空見慣的「委頓生命」，筆調變得抑鬱和蒼涼，展示血淚交加的人生世相。巴金風格衍變，一方面跟窒息黑暗的社會現實以及作者坎坷的生活經歷有關，另一方面，作者已經告別青春期甜膩的粉紅色玫瑰夢幻而趨向中年人的成熟和沉穩。

巴金的後期小說創作從題材分為兩大類：一類仍舊是沿著《家》的路子寫舊式家庭的沒落，如《憩園》；另一類是反映抗戰時期現實生活，主要有《火》三部曲，《第四病房》和《寒夜》。這些作品中，中篇《憩園》和長篇《寒夜》最富感染力，內涵豐富，特別受讀者歡迎。

《憩園》通過一位作家重歸故土寄居憩園時所見、所聞和感受，展示了一所大公館新舊兩代主人共同的悲劇命運。舊主人楊老三在吃喝嫖賭中揮霍盡祖傳遺產，淪為乞丐。往昔寄生蟲式的生活使他毫無謀生能力，根深柢固的封建等級觀念又使他不屑於自食其力，他沒有任何謀生技藝，只好靠偷竊度日，最終導致在監獄中默默死去。新主人姚國棟又如出一轍、重蹈覆轍，靠父輩的遺產過著無聊奢侈的寄生蟲生活，姚家兒子小虎又變成了蠻橫邪惡的紈絝子弟。《憩園》秉承了作者對舊式家庭批判的旨意，批判了封建倫理道德中福蔭後代、長宜子孫的封建意識，以及地主階級的寄生蟲生活對人的腐蝕，最終導致人性的扭曲和人自身無可挽回的墮落。這部小說中巴金對代表封建統治階級的角色不再一味正面抨擊，巴金已經意識到人性與世事滄桑的複雜性，也表現了作者自身閱歷的豐厚，對人情世故認識的深刻，顯示了作者創作的進一步成熟。作者把楊老三這樣一個墮落沉淪的浪子塑造成一個悲劇形象，悲天憫人的情感之中夾帶著對人自身弱點理解和寬容，甚至有同情的意味，使得作品中充溢一股淒清悲涼，夢斷歸程的基調。與前期的作品相比，《憩園》在藝術追求方面也有新的突破。《憩園》新舊兩代主人和他們家庭的變故都帶有傳奇色彩，故事性強，耐人尋味，但是作者在敘述時卻採用婉約的文字和舒緩自如的筆調，字裏行間蘊藏著詩的清麗和典雅。《憩園》標誌著巴金激情傾瀉的風格開始向溫蘊婉約的方向衍化，到了《寒夜》已經渾圓嫻熟、爐火純青。

《寒夜》寫成於 1946 年底。這是一部最能代表巴金後期風格的作品。關於這部作品，巴金本人反覆強調寫這部小說是為了「控訴舊社會、控訴舊制度」，是為了「宣判舊社會，舊制度的死刑。」[33]八年抗戰的勝利並沒有給作家帶來歡快興奮之情以及對未來的憧憬，他沉重地寫了主人公之一即小公務員汪文宣在慶祝抗戰勝利的鑼鼓中默默地死去。這就是那個年代人們司空見慣

[33] 巴金：《關於〈寒夜〉》，載《巴金全集》，第 10 卷，第 390 頁，人民文學出版社 1986 年版。

的凡人小事，作者真實地加以揭示，揭露了社會的黑暗腐朽和沒落。作者筆下的人物，在黑暗中慘痛地掙扎呻吟，作者為他們喊出了痛苦的嘆息和呼聲。在個人淒慘命運與社會浮面的喜慶場面的鮮明對比中，青春已經夭折，理想已經破滅，道路已經盡頭，這一切表明作家對當時時局的清醒認識，也表現了文化精英層的社會良知和社會責任感。

小說主人公汪文宣和曾樹生是一對大學畢業的夫婦。他們曾經受過西方現代新思潮的薰陶和啟迪，在個性解放的信念下自由戀愛，自由結合，他們曾有過共同的「教育救國」理想。但是在艱難的生活面前汪文宣很快就喪失了銳氣，生活的重壓和窒息的環境致使他變成一個善良、怯懦、軟弱的小公務員。他沒有絲毫野心，沒有非分的想法，卑微的願望不過是掙一碗飯吃，一家子能和睦平安地生活下去。儘管他摯愛妻子和敬重母親，但他的卑微、平庸、多病已經與妻子之間產生了距離，妻子對他的愛已褪色，只剩下一絲燈鴿的溫情，婆媳之間無休止的吵鬧，他束手無策，精神更是倍受煎熬，更為嚴重的壓力是他根本無力擺脫經濟的窘迫，最後拖著病羸的身軀在抗戰勝利消息傳來之際滿懷怨憤地死去。

在《寒夜》這部長篇中，作家對家庭題材的創作模式做了變化，巴金不再把家庭鬥爭簡單地歸結為兩代人的鬥爭，或新舊兩種思想的衝突。他詳細地寫了三個小人物的複雜心理狀態，這些心理意識可以上升為社會發展過程中產生的現代的文化因素與傳統文化因素不可避免地發生衝突，而衝突的主要原因仍來源於社會黑暗現實。因此作者在處理汪母這個人物時，較前期作品作了較大的調整。汪母一反家庭題材中「惡婆婆」的形象，她是一位善良、富有自我犧牲精神的母親，但她不是一個好婆婆，她不滿意媳婦，瞧不起媳婦的職業，可是不得不間接地用媳婦掙來的錢；在意識的深處她想恢復往昔婆母的威儀，但事實上她不得不做著「二等老媽子」的事情。現實處境中她處於下風，為此她異常痛苦，於是她以精神勝利法為武器自衛：「你不過是我兒子的姘頭，我是拿花轎接來的」。這一點顯示了舊時代人物在喪失原先優越地位，在生活大變動前面盲目掙扎、自欺欺人的精神狀態。這個細節的出現表明了作家對生活嚴峻地深入思考，反映了人的思想觀念改變和更新不是一件輕而易舉、唾手可得的事。

曾樹生是小說中刻劃得最有深度的人物，她的性格複雜而有多維性。曾樹生年輕漂亮，充滿活力，思想開放。她也愛過自己的丈夫，也曾經想遵循傳統道德的規範，做一個安分守己的賢妻良母，可在現實前面她本來的想法一觸即碎，她無法忍受丈夫了無生氣的生活方式，無法容忍婆母惡語中傷，甚至無法容忍早熟的兒子沉默寡言，整個家庭籠罩著一股死氣沉沉的氣息。她深感壓抑，為了企圖擺脫家庭壓抑，她面臨著道德的抉擇和感情折磨，最後離棄丈夫和家庭，隨陳經理而去，作家細膩地把握了這一心理變化過程。

汪文宣、曾樹生的悲劇歸根結底是社會的悲劇，貧窮、失業、疾病等一切不幸都與罪惡的戰爭和社會的黑暗密切相關，作者的批判力度入木三分，同時，作品中還蘊涵著對人性對家庭倫理關係的理性思索，發人深省，引人深思。在藝術上，體現了巴金後期的美學理想：無技巧的藝術。小說一開始，淒厲的防空警報聲展示了抗戰後期國民黨統治區的典型環境：戰爭失利，物價飛漲，人心浮動，謠言紛起，警報迭起，喝酒，吵架，生病，死亡——小公務員汪文宣一家就是在這種環境下拉開了悲劇的序幕：生活艱難造成了婆媳失和，婆媳窩裏爭鬥導致家庭破裂。人物命運的悲劇在廣闊的社會背景中找到了根源。作品結構上沒有刻意布局，情節在日常生活的瑣事中自然推進，整部作品達到了不資爐冶，自然天成的藝術境界。

作品充滿激情、帶強烈個人色彩的巴金，1949 年攝於北平華文學校。

巴金是一位具有使命感的作家，他不但把文學創作看作個人情思的寄託，而且把文學看成一項事業。前期作品藝術形象較為單純鮮明，汪洋恣肆的情感，噴薄而發的語言，強烈地衝擊著讀者的心扉，到後期隨著作者對社會認識的深刻和自身的成熟，作品中熱烈、酣暢的激情依舊動人魂魄，但是作品趨向深沉渾厚，穩健持重，讀者可以從理性的層面思索形而上的東西。巴金的創作形成了自己獨特的風格，為中國現代文學的繁榮和發展作出了貢獻。

第四節

老舍、沈從文

一、從市井巷裏走出來的京味小說家：老舍

老舍（1899-1966），原名舒慶春，字舍予，筆名老舍，滿族人。生於老北京城的一個貧民家庭，在大雜院度過艱難的幼年和少年時代。他非常熟悉社會底層的市民生活，愛好流傳於市井巷裏的戲曲和說唱藝術，這種閱歷導致了他日後創作的平民化與「京味」風格的形成。老舍青年時代沒有直接參加過激進的新文化運動，因此早年的創作與時代的主流保持一定的距離。1924之後，他旅居英國5年，異域的風情開闊了他的眼界，也激發了他的創作興趣。1926年完成長篇小說《老張的哲學》，接著又完成長篇《趙子曰》與《二馬》，1930年回國，30年代中期創作進入了鼎盛時期，其間成果不斷，貢獻了中國現代文學史上最出色的精品之一——長篇小說《駱駝祥子》。另外還有《貓城記》、《離婚》、《牛天賜傳》等長篇巨制，《月牙兒》等中篇，以及〈短魂槍〉、〈柳家大院〉、〈微神〉等短篇小說。

抗日戰爭爆發把老舍捲進了時代的洪流，1938 年中華全國文藝界抗敵協會成立後，老舍曾任總務部主任，積極投身抗戰文藝工作，40 年代又創作了優秀長篇《四世同堂》。

《老張的哲學》與《趙子曰》以老北京為背景。《老張的哲學》集中批判了信奉「錢本位而三位一體」的市儈哲學的老張，通過半封建半殖民地社會中這個惡棍命運的描寫，沉痛地揭示了封建傳統觀念對國民性的嚴重侵蝕，正是他們這樣的人構成了軍閥官僚統治的基礎。《趙子曰》的主角是一群住在北京「天臺公寓」裏的大學生，透過趙子曰的喝酒、打牌，追逐女友，鑽研做官門路的觀照，剖析了他們卑微的心理和空虛的靈魂。《二馬》是早期三部長篇中的翹楚，以馬則仁（老馬）、馬威（小馬）父子從北京到倫敦的生活為線索，以一種開闊的文化視野，對中英兩國國民性展開了橫向比較，老舍塑造了一個迷信、中庸、懶散、無所事事、奴才式人物老馬，他的生活信條就是得過且過，老舍在中西文化比照的背景下更明顯地突出老馬這個「老中國中的老兒女」落後國民性的背謬之處。

《離婚》寫 20 年代北平一個財政所裏的各色人等和他們各種折中、敷衍、平庸的生活，是一部世態諷刺小說。《離婚》中的張大哥的生活準則就是：知足認命。這條古訓千百年來人們都習慣於遵從，他害怕一切的「變」，小說開頭就用誇張的筆墨介紹：「張大哥一生所要完成的神聖使命：做媒人和反對離婚。」「離婚」在張大哥的辭典上，其含義已不限於一對夫婦的離異，而是意味著對一切既成秩序的破壞。彌合裂縫，化解是非，消弭「危機」，以使天下太平，是他一生的事業。張大哥所代表的人生哲學可以歸結為兩個字「敷衍」，而實現「敷衍」的方式則是以「退一步想」、軟弱妥協，向一切既成秩序低頭為代價。《離婚》的構思巧妙、含義雋永，用象徵、諷喻的手法，把這一套精緻的人生哲學的要義概括在婚姻、家庭問題之中。《離婚》也體現了老舍創作的思想核心即批判市民性格以及造成這種性格的原因。

《駱駝祥子》最初連載於《宇宙風》雜誌（1936 年 9 月—1937 年 10 月），1939 年出版單行本。作品成功地塑造了祥子這個典型人物。

祥子從農村來到城市謀生，「帶著鄉間小夥子的足壯與誠實，凡是賣力氣能吃飯的事兒幾乎全做過了。」他的生活目標是買一輛車，幻想著有了車就如同在鄉下有了地一樣，用自己的勤勞換取安穩的生活。經過三年的艱辛，祥子終於如願以償買下一輛車，不料才半年就被匪兵搶去。劫後餘生，路上撿到三匹駱駝，賣了三十五元錢，他繼續積攢著，準備買第二部車，不久積蓄又被孫偵探敲詐搶走。車廠老闆劉四的女兒虎妞喜歡他，而他卻討厭虎妞，嫌她又老又醜，卻又跌入虎妞性誘惑的陷阱，結果不得不與她結婚，婚後用虎妞的私房錢買下了第三部車子。不久虎妞難產而死，祥子只得賣掉車子料理喪事，此生已不復再有車的希望，最後，他得知自己的意中人小福子也已離開人世的時候，祥子終於不堪這最後的致命一擊，再沒能爬起來，徹底絕望、沉淪，變成了又賭又嫖的無賴。為了幾個錢出賣人命，連原來作為安身立命之本的拉車，也厭倦了，他形容猥瑣，舉止骯髒，齷齪不堪，喪失靈魂，如同行屍走肉。祥子是近代中國農村破產而成批湧進城市的赤貧農民的典型，他的不幸遭遇具有強有力的悲劇意義。小說中初出場的祥子，作者用了這樣一個貼切的比喻：「他確乎有點像一棵樹，堅壯，沉默，而又有生氣。」這個初到北平，懷抱著尋找新希望，剛開始奮鬥的祥子的確是希望的象徵，這棵從鄉野的泥土中生長起來的「樹」，「堅壯、沉默、又有生氣。」他年青力壯，善良正直，樂於幫助與他同命相憐的窮人，這時的祥子是積極向上的。隨著情節的展開，祥子連遭厄運，命運無情地捉弄了他，一方面他努力追求的車得不到，另一方面他一心躲避的女人卻揮之不去。但他仍然不改自己做一個獨立勞動者的初衷，還是迫使虎妞為他買了一輛車。所有這些都表明祥子不甘屈從命運的安排和捉弄，仍竭力掙扎和抗爭。至此，祥子仍然值得同情，甚至讓人刮目相看。隨著情節的進一步發展，讀者看到，昔日「體面的，要強的，好夢想的，利己的，個人的，健壯的，偉大的」祥子，變成了「墮落的，自私的，不幸的社會病胎裏的產兒，個人主義的末路鬼！」小說寫出了吃人的社會怎樣殘酷地、一點一點地剝蝕祥子的農民美德，將他的人格異化，直到把「樹」一樣執拗的祥子連根拔起，拋入城市流氓無產者的行列中，讀起來令人驚心動魄。此外，作者不只從社會環境方面，而且從這些人物自身發掘他們悲劇的原因，揭示了生活給予這些人物的限制。「他們想不到大家須立在一塊兒，而是各走各的路，個人的希望與努力蒙住了各個人的眼，每個人，都覺得赤手空拳可以成家立業。在黑暗中各自去摸索個人的路。」正是分散的個體的謀生之道，使祥子所屬的一幫各自為政，各不相顧，導致他們的願望最終破滅。

《四世同堂》是老舍 40 年代的長篇代表作。《四世同堂》從書名到整個藝術構思，都清楚地表達出對於保守、苟安、妥協的生活信條的批判態度。「四世同堂」的祁家老太爺是一位識見不出狹小生活範圍的老人，謹奉著「知足保和」的古訓，他善良，蒙昧，一輩子磕頭說好話。在小說的開頭，他對即將把整個民族捲在其中的戰爭無動於衷。他最關心的是家裏是否「存著全家夠吃三個月的糧食和鹹菜，」在他看來，只要「關上大門，再用裝滿石頭的破缸頂上，」便足以消災弭禍。正如他聰明的長孫媳婦所說的：「反正咱們姓祁的沒有得罪東洋人，他們一定不能欺負到咱們頭上來！」

他雖然自己也地位卑微，市民階層狹隘的文化意識偏見，仍使他「在心裏」把小羊圈的各色人等分了尊卑貴賤；儘管忠厚善良，真誠地同情於鄰人錢詩人的遭遇，但他在即將踏上錢家門檻的那一時刻又改變主意，「他絕不願因救別人而連累自己」，「他知道什麼叫謹慎」，因為他是個顛顛倒倒的苟安的小百姓。小說中有一段文字，寫祁老人當便衣偵探肆行滋擾時的反映：「老人一輩子最重要的格言是『和氣生財』。他極和藹地領受『便衣』的訓示，滿臉堆笑的說：『是！是！你哥兒們多辛苦啦！不進來喝口茶嗎？』」。「便衣沒說什麼，昂然的走開。老人望著他的後影，還微笑著，好像便衣的餘威未盡，而老人的謙卑是無限的。」作者痛心疾首地揭露了現代中國社會生活中普遍存在的封建文化傳統的落後性，顯示了他對此的強烈批判態度。

在結構方面，《四世同堂》幾乎跨越了八年抗戰的全過程。從珍珠港事件爆發到日本侵略者繳械投降，從空間範圍來說，它的筆觸遍及北平全貌：大雜院、街頭、工廠、商店、戲院、城郊、鄉村、旅館、妓院、古廟、學校、監獄、刑場乃至日偽機關、大使館——作品描繪了一幅淪陷了的北平全景圖。這種全景式的廣闊場景，兼以頭緒繁多的交匯方式，突破了老舍過去長篇小說的格局，在深度、廣度和氣勢上都富有史詩般的雄渾氣魄，顯示了他雄健的筆力。作品的鏡頭定格在一個具體、特定的名不見經傳的小胡同，但卻牽連整個社會，以少總多，以有限的天地見出了無限的風雲。當中交織著一系列矛盾，既有中國人民與日本侵略者之間的矛盾，又有維護民族尊嚴者與漢奸之間的矛盾，也有同一家庭內部正義與邪惡之間的矛盾，雖然頭緒繁雜，但結構嚴謹，剪輯得當，敘事寫情層次分明，具有大手筆做大文章的風範。而對於獨具韻味的北平文化多層次的評析，也使作品具有凝重的歷史感和濃厚的文化感。

〈月牙兒〉和〈微神〉是老舍短篇小說中的精品。〈月牙兒〉展示了母女兩代相繼被迫淪為暗娼的悲劇，發出了對非人世界的血淚控訴。〈月牙兒〉結構精緻玲瓏，描寫精細入微。「月牙兒」在作品中是抒情的線索，是主人公命運的詩意象徵，既增強了情節的韻律感，又使小說從頭至尾洋溢著一種淒清哀婉的情愫，含蓄雋永，渲染了悲劇氣氛，衝擊著讀者的心扉，具有久恒的藝術魅力。

在中國現代小說史上，老舍提供的市民人物的豐富性和生動性極為引人注目。三教九流、三姑六婆、五行八卦，崇洋車夫、行商坐販、剃頭匠、「窩脖兒的」、唱戲、演鼓書、說相聲的、娼妓、土匪、拳師、巡警、八旗子弟、小市民知識份子，他的藝術範圍幾乎包羅萬象。如果將這些人物集合起來，那將是一個完整的市民社會，而且是富於中國特色、地域色彩的市民社會。如此眾多的人物形象有他內在的統一性，即「市民性格」這一核心將這些人物聯繫起來，形成了他個人的風格，這是老舍在中國現代小說史上作出的獨特貢獻。

老舍小說藝術風格最突出之處是幽默。老舍認為幽默不同於滑稽和諷刺，幽默是一種心態。文學作品中，真正的喜劇性是由描寫事物本身的喜劇性和作者從喜劇角度看生活的主觀態度的結合產物。老舍很多作品藝術地把握了市民人物性格中實際存在的喜劇性矛盾：舊派市民人物的美德與落後的市民意識之間的矛盾，以及這種市民意識與新的時代內容，與新的道德觀念，新的價值標準之間的矛盾，因而他的幽默顯得自然恰當，使老舍小說能達到真正的喜劇性的效果。《老張的哲學》中趙姑母用她那番糊塗荒唐的「老媽媽經」訓誡侄女，「哭的淚人兒似的」把侄女送進火坑，她的每一句話，每一個動作，都讓人由衷地感到可悲可笑。而老馬先生（《二馬》）這位迂腐、守舊、顢頇、昏饋的舊派人物，被安置在近代英國這樣一個文明的環境裏，喜劇效果自然而然就出現了。《四世同堂》的「吃瓦片的」金三爺有江湖義氣，也有市儈氣，二「氣」相逼，喜劇性的情節猝然而生，使這個人物可笑可愛。正是由於對這種喜劇色彩衝突的把握，形成了老舍小說笑裏藏鋒的幽默風格：溫和的嘲笑和善意的揶揄，「笑裏帶著同情。」[34]，諒解、

老舍的作品總是洋溢著濃厚的北京味與市井氣息，是出色的幽默小說家，此照片為其60年代所攝。

[34] 老舍：〈談幽默〉，收入《老舍論創作》，第69頁，上海文藝出版社1982年8月第2版。

悲愴的主觀態度，與作者個性有關，更來自作者對於筆下人物的關愛和深刻理解。當然遺憾之處在於早期的作品有點為幽默而幽默，顯得較為膚淺。

老舍小說的文字風格也獨特迥異，具有北平地域色彩。鋪張、簡練最能顯示出老舍的小說筆墨趣味，老舍根據情節的進展和刻劃人物的需要有時鋪張揚厲，潑墨如雲，有時字斟句酌，惜墨如金。例如《離婚》中這樣介紹張大哥的兒子時髦青年張天真：「天真漂亮，空洞，看不起窮人，錢老是不夠花，沒錢的時候也偶爾上半點鐘課。漂亮：高鼻子，大眼睛，腮向下溜著點，板著笑臉，所以似笑非笑，到沒要笑而笑的時候，專為展列口中的白牙。……高身量，細腰，長腿，穿西服。愛『看』跳舞，假裝有理想，皺著眉照鏡子，整天吃蜜柑。拿著冰鞋上東安市場，穿上運動衣睡覺。每天看三份小報，不知道國事，專記影戲園的廣告。非常的和藹，對於女的；也好生個悶氣，對於父親。」這段文字句型的簡縮和描寫的鋪排有機的結合在一起。簡縮加快了語言的節奏，一氣貫通；鋪排又使特徵顯著，印象鮮明。有話則長，無話則短；鋪排時巨細不遺，省儉處一筆不拘的文風正是因為老舍深受市民群眾喜聞樂見的說唱藝術以及戲曲劇本、古典小說等我國傳統文學影響的結果。

縱貫老舍一生的創作來看，老舍的藝術修養是多方面的，他不斷地尋找僅僅屬於「自己」的東西，最終形成了自己獨特的藝術個性。正如他自己所言「我的好處與壞處總是我自己的」[35]，

---

[35] 老舍：〈閒話我的七個話劇〉，收入《老舍論創作》，第 55 頁，上海文藝出版社 1982 年 8 月第 2 版。

這使得老舍成為中國現代小說史上傑出的幽默小說家。

二、從邊城走向世界：沈從文

沈從文（1902-1988），京派代表作家，原名沈岳煥，生於荒僻、富有傳奇性的湘西鳳凰縣。他出生於行伍世家，身上流淌著漢、苗、土家等民族的血液，湘西秀麗的自然風光和少數民族長期被歧視的歷史，使他形成了特殊的氣質，既富於幻想，又在心靈上積澱著深沉的隱痛。少年時代就認識到社會給予人的不幸和痛苦，生命的智慧多半直接從生活中得來。高小畢業（14 歲）按當地風習進入地方行伍，先後當過衛兵、班長、司書、檔案收發員，看慣了湘兵的雄武，以及各種迫害和殺戮。過早地看到了社會的不公道和周圍生活的愚昧，對他日後的創作產生了深刻的影響。1923 年，他獨自跑到北京。沈從文少年流浪，擁有一份感性的鄉土情懷，後來靠自學而達到能在大學任教，獨特的經歷使他的文學之路充滿了傳奇色彩。他創作量豐富，作品集有 80 多部，碩果纍纍。1930 年起先後在武漢大學、青島大學任教，1933 年回北京，編《大公報・文藝副刊》；抗戰爆發後任西南聯大教授，勝利後為北京大學教授。1949 年以後從事文物研究，出版《中國古代服飾研究》等著作。

沈從文的作品充滿了湘西精神，筆下展示了一塊無比淳樸、自由、漫溢了生命力的湘西神奇的土地，成了湘西人民情緒的表達者。

沈從文一生都自命為「鄉下人」，他當然不可能是個原生態的「鄉下人」。實際上自從進入北京城之後，他就以都市知識者身份帶著「鄉下人」的眼光，來看待中國的「常」與「變」。只有這時候，他才深切領悟了宗法農村自然經濟在近代解體的歷史過程，經過「五四」的啟蒙，在對西方文明了解的基礎上，利用豐富的鄉村生活積累，自覺充當中國現代文化的批判者角色。沈從文這種從文化立場出發而創作，在當時顯得卓爾不群，他不是從政治、經濟的角度來寫農村的凋敝和都市的罪惡，也不是從現代商業文化角度來表現物欲橫流和道德的淪喪，他從城鄉對峙的角度來批判現代文明在與傳統文化交會過程中呈現的人格異化與人性醜陋之處，謳歌古樸美好的人性，這構成了沈從文小說創作的主題。沈從文的這種審美選擇外化在小說題材領域中。一般來講，他的小說可分為兩類：第一類寫城市知識階級，第二類寫鄉村農耕文明。

第一類作品可以以〈紳士的太太〉、〈八駿圖〉、〈某夫婦〉、〈大小阮〉、〈有學問的人〉等為代表。〈紳士的太太〉以冷雋的筆調揭露了兩個紳士家庭內部紳士淑女們的種種醜行；紳士偷情，太太以與另一紳士家少爺通姦方式予以報復，而那位紳士家的少爺在與父親三姨太亂倫的同時，又宣布與另一名媛訂婚。城市高等人精神空虛、道德墮落已經無可救藥。〈八駿圖〉以犀利的筆觸活畫了幾位教授的精神病態。受傳統文化的抑制，他們的活力已經退化，性意識已經嚴重扭曲；表面上道德岸然，內心深處卻鬼影重重，齷齪骯髒。八駿之一的甲教授在蚊帳裏掛著一幅半裸體的香煙廣告美女畫；主人公達士先生在熱戀之中，竟然因另一對美麗眼睛的誘惑而推遲了三天歸期。作者在這篇小說中提出了都市「閹侍性」問題，這是他對中國文化最有力的批判。作者以性愛為視角，透視出中國文化生命力萎縮的現象。那些自認深得文明真諦的高等知識者和普通湘西鄉民一樣，阻擋不了性愛或隱或現的湧動，所不同的，鄉下人反能返樸歸真，讓情欲以適當的方法獲得滿足；都市知識者卻被「文明」的繩索無形地捆綁住，在情欲的捆綁與湧動之中衝突，導致失態，陷入更加不文明的惡性循環的怪圈中。在沈從文看來，性愛是代表生命存在、生命意識的符號，他肯定自然、和諧、健康的生命，反對生命被戕害，變得營養不足，睡眠不足，生殖力不足，形成近於被閹過的侍宦狀態。

沈從文第二類小說是自然、和諧、健康生命的正面顯現。在這類由鄉村農耕文明構築起來的「湘西世界」中，沈從文正面構建了未被現代文明浸潤污染的人生形式。作者透過對所謂「神性」的讚美，表達對這種人生形式的熱情歌頌。這裏的神性就是「愛」與「美」的結合，就是人自然屬性的最高表現。〈龍朱〉、〈媚金・豹子・與那羊〉、〈神巫之愛〉和〈月下小景〉，以民間傳說和佛經故事鋪衍成章，從歷史中尋找理想的人生形式，藉此頌揚了人性之美。〈龍朱〉敘寫白耳族王子龍朱與黃牛寨公主的愛情故事。〈媚金・豹子・與那羊〉寫愛的英雄豹子與「頂美的女人」媚金約會，因尋找避邪的白羊發生誤會，先後拔刀自盡，為「愛」和「美」雙雙殉葬。〈月下小景〉的男女主人公，為了反抗只同第一個男人戀愛而與第二個男人結婚的習俗，在性愛之後又無法再與相愛者結合，便雙雙服毒而死。這些哀婉淒美的文字，所讚揚的愛和美都上升到人性的極致。這些選材一般來自少數民族長期流傳的愛情故事，貫穿了人類已有的純真愛情，純潔性愛，無不符合「神性」的主題。這類即使與民間傳說無關而取材於現實的題材，在沈從文筆下也都演繹得舒展自然、神奇浪漫。〈阿黑小史〉敘述鄉間少男少女婚前性關係，雖無「神性」的光環，但至少不粉飾，不虛偽，符合人之常情。而〈神巫之愛〉從巫師經不住愛的誘惑的角度也形象地訴說了人間的愛不可抗拒。在這些小說中，沈從文藉助於傳說、故事的素材，用浪漫的手法表現了自己對人性真諦的思考，借「神性」宣揚了自己的生命意識，同時作品中洋溢著化外民族青年男女情感真摯、熱烈、活潑的生命力，謳歌了浪漫野性的原始生命型態。

沈從文把健全的人生形式放到具有原始特徵的文化環境中去表現，這是作者的睿智，也是作者的無奈。當原始的生命型態與現代社會環境相遭遇時，由這種生命型態引發的人生悲喜劇就出現了。〈柏子〉、〈會明〉、〈燈〉、〈丈夫〉等篇目，在對「鄉下人」性格特徵的展現中，對湘西兒女人生悲喜劇進行了價值重估。〈柏子〉寫了妓女和水手不可理喻的性愛，字裏行間透出哀婉的藝術效果。一個叫做柏子的水手，每月一次與相好的妓女會面，每一次都花盡用性命換來的金錢他倒覺得滿足，像一條隨時被掀翻的船在無所顧忌地前行，假如有一天遭到不幸，有所領悟，還是脫不掉生命的「自在狀態」。〈丈夫〉反映邊地農民忍受屈辱讓妻子出外賣身的嚴酷現實，丈夫開始沒有什麼想法，但有一次去探望在河船上為娼的女人時，引發了他混合了原始男性主義的人性醒悟，第一次想到業已喪失做丈夫的權利，感受到地位低下的屈辱和痛楚。在對鄉下人生存方式的價值重估中，〈蕭蕭〉達到了較為深刻的程度。蕭蕭是個童養媳，她沒有人身自由，也無法把握自己的人生命運。在失身懷孕之後，面臨的將是沉潭或者發賣的命運。作品結尾處，發人深省地寫到蕭蕭的大兒子又再迎娶年長六歲的媳婦，生命的悲劇在重複，在不斷輪迴，根本原因就在於鄉下人理性的缺席和蒙昧。

1934 年出版的中篇《邊城》是沈從文最負盛名的代表作，它是沈從文創作的一首美好的抒情詩，一幅秀麗的風俗畫，也是支撐他所構築的湘西世界的磐石。小說中，地處湘、川、黔三省交界的邊城茶峒，青山連綿，綠水悠悠，美不勝收。秀麗的自然風光教化著茶峒白塔之下兩個相濡以沫、相依為命的擺渡人。外公年逾古稀，卻精神矍鑠；翠翠情竇初開，善良純情。他們沿水而居，以黃狗為伴，守著渡船，向來往的客船展示著邊城鄉民的古道熱腸，在古樸而絢麗的風俗畫中敘述了一個美麗而淒婉的愛情故事。作者主旨只是要表達一種社會理想和健全的人生形式，作者無意開掘這一愛情的悲劇內涵，也無意刻劃悲劇性格，塑造悲劇形象，而是意在創造一支理想化的田園牧歌。在端午節賽龍舟的盛會上，翠翠與外公失散，幸得當地船總的小兒子、被人譽為「嶽雲」的美少年儺送相助，順利地返回渡口。從此翠翠平添了一件不能言明也無法言明的心事。而儺送的哥哥天保也愛上了翠翠，虔誠地派人說媒。此時，儺送也被王團總看上，他情願以碾坊作為女兒的陪嫁與船總結為親家。結果儺送選擇了渡船，與哥哥天保相約唱歌讓翠翠選擇。天保自知唱歌不是弟弟的對手，也為成全弟弟，遂外出闖灘，不幸遇難。儺送因哥哥的罹難悲痛不已，他無心留戀兒女之情也駕舟出走。外公為翠翠的未來牽腸掛肚，在一個風雨交加的夜晚溘然與世長辭，留下了孤獨的翠翠。翠翠守著渡船一往情深地等待著那個用歌聲把她的靈魂喚醒的年輕人：「這個人也許永遠不會回來了，也許明天回來！」小說達到了鄉情風俗、人事命運，下層人物形象三者描寫渾然一體的境地，風俗描寫本色當行，充滿詩情畫意，與故事、人物的情調和諧交融。

作品重點塑造了作為「愛」與「美」化身的翠翠形象，提供了典型的湘西人生形式。翠翠的純潔無暇表現在毫無心機，超出一切世俗功利關係的愛情之中。她對儺送的感情像是一直處於少女期的夢境狀態。翠翠接觸男性不多，但在少有的接觸中對儺送印象比較微妙，她很少聽周圍閒言，但也聽到了船總欲與有碾坊陪嫁的人家結親家而儺送偏不要碾坊的傳言；寫儺送為翠翠唱夜歌而歌聲逕直進入姑娘的夢裏，絲絲入扣。翠翠的愛情真有點「月朦朧，鳥朦朧，簾卷海棠紅」的味兒。圍繞翠翠描述的人情美、人性美、人心向善、信仰簡單而執著的地方民族性格，加上鄉村風俗自然美的渲染，由此呈現出作者心之嚮往那塊人類童年期的湘西神土。汪曾祺稱「《邊城》的生活是真實的，同時又是理想化了的，這是一種理想化了的現實」。「《邊城》是一個溫暖的作品，但是後面隱伏著作者的很深的悲劇感。」「《邊城》是一個懷舊的作品，一種帶著痛惜情緒的懷舊。」[36]作為一部帶「牧歌」情味的鄉土小說，與「五四」以來形成的表現壓迫和不平，或者批判愚昧、落後、挖掘民族精神積澱的鄉土文學傳統截然不同。它也有文化批判的傾向，是用「夢」與「真」構成的理想模式圖景，同文本外的醜陋現實相比照，啟示人們認識「這個民族過去偉大處與目前墮落處」[37]，這就是沈從文創作的出發點。

作品中其他人物如老船公的古樸厚道，天保的豁達大度，儺送的篤情專情，順順豪爽慷慨，楊馬兵的熱誠質樸，都是從某一

[36] 汪曾祺：《又讀〈邊城〉》，《汪曾祺文集》文論卷，第100頁，江蘇文藝出版社1993年版。

[37] 沈從文：《〈邊城〉題記》，《沈從文別集》，第96頁。岳麓書社1992年版。

方面詮釋了理想人生形式的內涵。作者還濃墨重彩地渲染了茶峒民性的淳樸厚道作為這些人物活動的背景：這裏的人們無不誠信自約，仗義輕財；酒家屠夫，來往顧客，人人均有君子之風；「即使是娼妓，也常常較之講道德知羞恥的城市中紳士還更可信任」。沈從文之所以對邊城人性美、人情美作理想化的表現，其意就在於從道德視角出發，為中華民族的文化精神注入新的活力因素。

不過從道德視角出發，沈從文的作品也不無遺憾地有失偏頗。在充滿血與火的時代裏有意迴避從政治經濟角度表現尖銳的社會矛盾，不可避免地影響了剖析人性的深度；而且單純的道德批評極容易導致對宗法式社會的美化，對現代文明的抵制。從歷史發展的角度看，這必定帶有一種落後的性質。

在中國現代小說史上，沈從文形成了自己獨特藝術風格，被稱為「文體作家」。他首創了一種特殊的小說形式：抒情小說。這是指小說具有深沉的歷史滄桑感，濃厚的文化意蘊以及具有獨特風貌的鄉土內容。這種小說，不重情節的設計與人物的刻劃，而是強調敘述主體的感覺，情緒在創作中所起的重要作用。這與作者較多受到外國文學影響有關，作者曾經較多地讀過契訶夫、屠格涅夫等俄國批判現實主義的作品，「尤其對屠格涅夫的《獵人筆記》「把人和景物相錯綜在一起」的手法頗為讚賞，

沈從文與夫人張兆和的合影，兩人一生相知相愛，並在文學道路上一起走過光耀與艱困的歲月。

「認為現代作家必須懂得這種人事在一定背景中發生」[38]的情況。因此作者在創作《邊城》這類富有牧歌情調的愛情，從人與自然的契合的泛神論思想出發，刻意淡化故事情節，以清新淡雅的寫意筆調抒寫自然風情。如《邊城》對西水邊的吊腳樓、河街、茶峒、繩渡、碧溪、竹篁、白塔等作了工筆細緻的描繪，勾畫了一幅湘西邊陲風俗畫。同時，作者在對湘西風物描寫時又用溫柔淡雅的筆調鋪敘，於是創造了靈動飄逸的審美意境，釀就他的小說清柔甜美的牧歌情調。

而且，作者追求小說的抒情性，重視創作主體情緒的投入也有他的獨特之處。作者通常藉助「夢」或象徵的手法釀造濃郁的抒情性，曲折地表達主體的情感評價，〈柏子〉、〈蕭蕭〉等對人生實存狀態描寫過程中，沈從文把自我情緒傾注到柏子和蕭蕭等人物的身上，使這些人物烙上了作者主觀的印痕，〈月下小景〉寫愛情悲劇，卻用男女主人公雙雙含笑殉情作結；《邊城》將人物和環境都作了理想化的處理，可以清晰地看出作者主觀理想的流露。〈菜園〉裏的菊花，〈夫婦〉中的野花，〈八駿圖〉中的大海，都成為一種意象，其涵義都超越了形象本身，令人浮想聯翩。〈八駿圖〉中的大海，海的形象更是氣韻生動。至於《邊城》更可以看成是一種整體的意象，白塔的坍塌和重修分別象徵著古老湘西人情事態的終結和新的人倫關係的確立，而且翠翠愛情的波折和無望地等待也從整體上寓示了人類的生存處境，使小說整體上具有詩的韻味。

---

[38] 淩宇：〈沈從文談自己的創作〉，《中國現代文學研究叢刊》，第 1 期，1980 年。

沈從文的文字功底歷來為人稱道。他的小說語言具有特有的風貌，「格調古樸，句式簡峭，主幹凸出，少誇飾，不鋪張，單純而又厚實，樸訥卻又傳神。」[39]沈從文小說語言簡約凝練，生動活潑。如《邊城》描寫翠翠的一段文字：「翠翠在風日裏長養著，把皮膚變的黑黑的，觸目為清山綠水，一對眸子清明如水晶。自然既長養著她且教育她，為人天真活潑，處處儼然如一隻小獸物，人又那麼乖。如山頭黃麂一樣，從不想到殘忍事情，從不發愁，從不動氣——」這段文字參差簡練，形神畢肖，質樸清新。沈從文語言風格的形成既受到古典文學的影響，又得力於豐富的湘西生活的經驗，他的小說語言古色古香，活潑生動，體現了我們民族語言旺盛的生命力和潛在的創造性。

一言以蔽之，沈從文的小說結構疏放，情節淡化，意境飄逸，風格婉約。加上作者想像幽遠，筆觸淡雅，讀他的作品正如鴻鵠翩翩之鳴入寥廓，緲緲餘音縈縈駐心頭。

[39] 淩宇：《從邊城走向世界》，第 318 頁，三聯書店 1985 年版。

第五節

張愛玲、張恨水

一、海上未完的傳奇：張愛玲

1943 年 4 月，當周瘦鵑將一位新進女士介紹給《紫羅蘭》雜誌的讀者時，他說「這位張女士生在北平，長在上海，前年在香港大學讀書，再過一年就可畢業，卻不料戰事發生，就輾轉回到上海……從事賣文活動，而且賣的還是『西』文，給英國泰晤士報寫劇評影評，又替德國人所辦的英文雜誌《20 世紀》寫文章。至於中文方面的作品，除卻以前給《西風》雜誌，寫過一篇〈天才夢〉後，沒有動過筆，最近卻做了兩個中篇，演述兩段香港的故事……請讀者共同來欣賞張女士的一種特殊情調的作品，而對當年香港所謂高等華人的那種驕奢淫逸的生活，也可得一個深刻的印象。」[40]

這就是 20 世紀 40 年代上海淪陷時最走紅的女作家張愛玲。

---

[40] 周瘦鵑：《寫在〈紫羅蘭〉前頭》，《紫羅蘭》創刊號 1943 年 4 月。

她生於天津，後隨家遷居上海。祖父張佩綸是晚清名流，其父則是遺少型人物。1937 年張愛玲畢業於上海聖瑪利女校，後入香港大學就讀，至大學三年級，因太平洋戰爭爆發而學業中斷。1942 年張愛玲回到上海，次年在周瘦鵑所辦的《紫羅蘭》創刊號發表〈沉香屑：第一爐香〉，名聲大振，兩年間創作大量短篇小說及散文作品（散文收入《流言》）。1943 年張愛玲寫出〈兩爐香〉、〈茉莉香片〉、〈傾城之戀〉、〈金鎖記〉等作品，使得該年既是張愛玲的起步，也是張愛玲最多產的一年。這些小說，用非同以往的言情體來描述，融彙古典小說、現代小說於一體，形成古為今用、洋為中用的新小說文體（有評論家稱之為「新鴛蝴體」、「新洋場小說」、「娛情小說」等），其中活動著各色舊人物，字裏行間滲透著雅俗共存的氣息。

40 年代張愛玲在散文集《流言》一書的作者照。

張愛玲的父親雖是荒淫而性情殘暴的遺少，但也風雅能文，張愛玲從他處受到古典文學的啟蒙。母親是個新派女性，因與丈夫不和而兩次出洋，有著西方化的生活情趣和藝術品味，後雖與丈夫離異，但對於女兒的影響無疑是深遠的。張愛玲的童年孤獨而寂寞，整日處在暴虐和摧殘的紛爭生活之中，後母的凌辱、虐待，使得少女時代的張愛玲敏感、早熟而且內向，這對她以後的人生體驗與感悟有相當影響。作為作家，張愛玲是多才多藝的，「善繪畫，又好音樂，作品中新舊文學的糅合，新舊意境的交錯，也成為作者特殊的風格。」[41]她在技巧方面始終下著極深的工夫，博覽群書，以吸收眾家之所長，古典名著如《紅樓夢》、《老殘遊記》、《醒世姻緣》、《金瓶梅》、《海上花列傳》、《廣陵潮》、《歇浦潮》等，還有新通俗小說如張恨水的作品都是她的必讀；在新文學作品中，她則喜愛《二馬》、《離婚》、《日出》等；外國作家則喜讀毛姆、勞倫斯和哈克斯萊等，這對她在以後作品中熟練運用古今中外技巧是有很大幫助的。此外，張愛玲始終目光深邃，冷眼旁觀自己的周遭，以獲得更好的素材，來融合間接經驗與直接經驗。她決不諱言自己的局限，而是想方設法彌補。閱讀張愛玲作品，躍然紙上的除了豐富的技巧外，就是欲之自由與生之苦悶的平行發展，人性與獸性的齊頭並進。經過對人性中最根本的東西剖析以及對「飲食男女」四個字的洞察，張愛玲形成一種固定且偏執的創作觀念，即她是決計否認人類已經跳出單純的獸性圈子——幾千年來，人始終是囚禁在「食」、「色」的雙重枷鎖之下，不得脫身。她寫作品的目的就是要將她的感知和體驗告訴讀者：人性中深藏著無處不在的獸性。張愛玲有一句驚人的譬喻：「生命是一襲華美的袍，爬滿了蝨子。」從中也可以看出她文學作品的切入點。即在表現故事發生地——滬、港兩地的男男女女、紙醉金迷、千瘡百孔的狀態時，用華美絢麗的言辭來表達。同時，於其中也可以看到中國都市人生新舊交錯的一面，即現代環境下的封建物質、心理，甚至文化的殘存。在她的小說集《傳奇》中，〈傾城之戀〉裏一對戀人是現代文明與舊式文明的尷尬組合；〈封鎖〉則是表

---

[41] 譚正璧：〈論蘇青及張愛玲〉，見《當代女作家小說選・敘言》，太平書店 1944 年版。

現了最典型的現代性——都市警戒電車上的邂逅，彷彿是一則寓言，待特定時間一過，一切都回歸、融入我中有你、你中有我的都市海洋；〈茉莉香片〉講述的是少年聶傳慶，身體殘障，飽受家庭環境的粗暴與壓抑，無比自卑，視教授言子夜為自己的父親，未得相應關愛，反而因為學業問題遭到斥責，他還近乎於神聖與變態的愛戀上了教授的女兒丹珠。遭拒絕後，以對丹珠施暴，來發洩自卑。一副畸形面孔展現在讀者面前。這是一齣由於畸形環境而形成的畸形性格悲劇。另外佟振保（〈紅玫瑰與白玫瑰〉）、潘汝良（〈年輕的時候〉），這些構成城市的主體的人，軟弱且不徹底，皆以失敗者的面目示人，張愛玲藉他們的漂泊歷程，上演了一場場城市舞臺的浮世悲歡。

作為一位女性作家，張愛玲無疑是相當關心新舊時代交錯階段女性的命運的。她不但進行深刻的心理挖掘，更多傳遞了對人生的獨到感悟，以及對於文化敗落的深層思考。張愛玲筆下的女性形象，多是懂得舊式的妻道，出生大家，後家道中落，具備舊式的嫻淑修養，卻無法適應現實的社會，以至於無法自立自養，唯一可以依靠的就是一樁樁不甚穩固的婚姻。她們或想方設法，處心積慮，想轉正而成為別人的太太，或是終於成功轉正的。前者無疑是悲劇人物，而後者，也會逐漸變得無比蒼涼。比如〈傾城之戀〉中的白流蘇、〈花凋〉中的鄭川嫦、〈封鎖〉中的吳翠遠、〈紅玫瑰與白玫瑰〉中的王嬌蕊。她們皆有相似的經歷，都有對愛情的夢想，只是有的早早凋零，有的做著不近情理的夢，或是只得成為別人的「朱砂痣」。較為幸運的，如白流蘇，雖然成為「太太」，其結局也不過是在平淡的生活中逐漸失寵。〈留情〉中的敦鳳，寡居多年，後再婚，聽人言說其丈夫只還有十二年陽壽時，歡欣鼓舞，充滿期待，足以說明這場婚姻的名存實亡。〈鴻鸞禧〉中的玉清，根本不知道喜氣洋洋的婚禮對她意味著什麼，對她來說，這彷彿是使氣一樣地隨便購物。〈紅玫瑰與白玫瑰〉中的煙鸝，只有在丈夫公然嫖妓時，她才感覺到有了自尊心、社會地位、同情和友誼。凡此種種，都表明了一種宿命論：她們的追求過程是無意義的，而追求到手的結果也同樣是無意義的。

傅雷在〈論張愛玲的小說〉中說道：「遺老遺少和小資產階級，全部為男女問題這惡夢所苦，惡夢中是陰雨連綿的秋天，潮膩膩的、灰暗、骯髒、窒息與腐爛的氣味，像是病人臨終的房間。煩惱、焦急、掙扎、全無結果。惡夢沒有邊際，也無從逃脫。零星的折磨，生死的苦難，在此只是無名的浪費。青春、幻想、熱情、希望，都沒有生存的地方。川嫦的臥室，姚先生的家，封鎖期間的電車車廂，擴大起來便是整個的社會，一切之上還有一隻瞧不及的巨手張開著，不知從哪兒重重地壓下來，要壓癟每個人的心房，這樣一副圖案印在劣質的報紙上，線條和對照模糊一點，就該和張女士的短篇差不多。」[42]

代表作〈沉香屑：第一爐香〉中有這樣精彩的一段：

> 梁太太不端不正坐在一張交椅上，一條腿勾住椅子的扶手，高跟織金拖鞋蕩悠悠地吊在腳趾尖，隨時可以拍的一聲掉下地來……薇龍站在她跟前，她似乎並不知道，只管把一把芭蕉扇子磕在臉上，彷彿睡著了。

---

[42] 傅雷：〈論張愛玲的小說〉，載《萬象》，1944 年 5 月。

> 薇龍趔趄著腳，正待走開，梁太太卻從牙縫裏迸出兩個字來道：「你坐！」以後她就不言語了，好像等著對方發言……
>
> ……她那扇子偏了一偏，扇子裏篩入幾絲金黃色的陽光，拂過她的嘴邊，正像一隻老虎貓的鬚，振振欲飛。

〈沉香屑：第一爐香〉發表於鴛鴦蝴蝶派雜誌《紫羅蘭》，重點講述的是少女沉淪的故事。主人公葛薇龍為上海普通少女，原本品行端正且有上進心，欲在香港求學，然而為解決飲食等生存問題，不得不向姑母——荒淫無恥的富孀梁太太求救。梁太太極其自私，自有打算，她把葛薇龍推上浮華萎靡的所謂上層社交社會，作為男女調情的色餌，淹沒在驕奢淫逸的空氣裏。葛薇龍原本只想讀書，卻終於身不由己，虛榮心自我擴張，跌人墮落的深淵。書中的主要人物，小型西太后梁太太，是張愛玲筆下的傑作。對於她的描寫可謂精彩紛呈。梁太太初次接見薇龍的第一幕描寫，既有寫實，又有暗示，極其細微的刻劃了兩者之間的微妙心理。在初來乍到的侄女面前，梁太太身居豪宅，貌似高雅、溫柔，雖然以扇子掩面，卻無法掩飾逼人的寒氣，這哪裡是尚存親情的姑母，全然就是妓院裏整日買進賣出的鴇母。從此段描寫的象徵意義來說，簡直就是一隻殘忍狠毒的母老虎。葛薇龍身處這食人的魔窟，必然是危機四伏，這就為少女的沉淪結局作了一定程度的鋪墊。

具有象徵意義的不僅只是「第一爐香」，〈傾城之戀〉開頭也同樣是以「白公館裏用的是老鐘」暗示這個上海的破落戶。這是一個連接上海與香港兩地的故事，昔日名門望族中的離婚少婦白流蘇，身上帶著某些「新女性」的影子，在殘酷的現實面前無法立足，於是到香港待價而沽，將自己推銷給華僑富商、花花公子范柳原，把自己僅餘的青春和名譽都賭在這樁婚姻的冒險上。然而兩人都是無比精明的，在他們之間出現的對話，都是亦攻亦守、真真假假，不動聲色的挑逗、試探深淺的防禦，無不若即若離、欲擒故縱。經歷了無數個回合的較量，白流蘇卻只能成為范柳原的情婦，既無婚姻上的保障，也無經濟上的安全。但時局出人意料，太平洋戰爭爆發，香港淪陷，在他們連生命安全都得不到保障時，她卻從情婦升格為太太。書中說：「他不過是一個自私的男子，她不過是一個自私的女子。在這兵荒馬亂的時代，個人主義者是無處容身的，可是總有地方容得下一對平凡的夫妻……香港的淪陷成全了她，但是在這不可理喻的世界裏，知道什麼是因，什麼是果？」真是說不完的苦澀蒼涼故事。

〈金鎖記〉是張愛玲最苦澀而又最深厚最豐富的作品。在小說的前一部分中，僅僅安排了極短的一天，但內容卻是蘊涵極多：曹七巧出身一家麻油店，可謂社會的最底層；姜家二爺身患骨癆，這一樁親事可謂門戶不對；七巧哥嫂與七巧話中帶刺，足見親情被金錢所左右；三爺季澤，常與七巧言語調笑，從七巧的話中可見她的性壓抑。這些，既是人物的亮相，又是故事的開端與初步發展，為後面情節的高潮化做了充分準備。後半部分才真正是情感與金錢的角力場，並且，金錢逐漸佔據上風，直至取得絕對優勢。此部分中，季澤向七巧表白，曹七巧在一剎那的精神恍惚之後，閃過一個念頭的轉變，「他難道是哄她麼？他想她的錢——她賣掉她一生換來的幾個錢？」這亦應了小說的題目——

她寧願永久放棄人倫之樂，獨守空房，獨守金庫。戴了半輩子金鎖鐐銬，雖然已經熬來「夫死公亡」的曹七巧，精神世界開始向深淵滑落，情欲壓迫的心靈已經嚴重變態，變態到要扼殺人心的初步欲求和一切美滿的婚姻。於是引發了一系列的惡性循環。她極其猥瑣的打聽長子長白夫妻之間的隱私，藉此來羞辱折磨自己的兒媳婦，以此來親手戕害她；她處心積慮，設局斬斷女兒還算美滿的婚姻，還「給它加上了一個不堪的尾巴」，決意要讓這原本鮮活的花朵在家枯萎；她還讓兒子的小妾活活吞生鴉片死去，手段之殘忍，令人髮指。「三十年來，她戴著黃金的枷。她用那沉重的枷角劈殺了幾個人，沒死的也送了半條命。」

著名作家柯靈先生曾說過：「我扳著指頭算來算去，偌大的文壇，哪個階段都安放不下一個張愛玲；上海淪陷，才給了她機會，日本侵略者和汪精衛政權把新文學傳統一刀切斷了，只要不反對他們，有點文學藝術粉飾太平，求之不得，給他們點什麼，當然是毫不計較的。天高皇帝遠，這就給張愛玲提供了大顯身手的機會。」[43]的確，張愛玲在當時較為自覺的不去接觸戰爭或革命之類的題材，她認為人在戀愛的時候比在戰爭或革命時更加樸素和放恣，革命總是被強迫的。她只是放筆去寫上層華人家庭的情欲的幽靈的猖獗，黃金的魔影的肆掠，以及為此而出現的瘋狂而變態的心理。她那些通過自己「深而不廣」的視野來揭示出來的各種畸形扭曲而又習以為常的世界，倒是十分迎合了讀者的口味，這從另一個角度看，也是迎合了以作者為代表的當時的都市

---

[43] 柯靈：〈遙寄張愛玲〉，載《柯靈六十年文選 1930-1992》，第 382 頁，上海文藝出版社 1993 年版。

市民政治觀念的冷漠和生活態度的虛浮的現狀。這顯然是特定時期特定地點（淪陷的上海）的特例。

二、現代通俗小說大家：張恨水

新文學產生以前通俗小說曾是小說的主流，其頗為壯觀的創作隊伍和作品鋪就了現代通俗小說的道路。「言情小說」、「武俠小說」、「歷史小說」等現代通俗小說常見的幾種類型基本上是繼承、延續和拓展了傳統小說。「五四」的到來，為新文學創造了迅猛發展的可能，通俗小說面對新文學的異軍突起，不可避免的開始了攻守，這樣的過程是漸進的。在新文學作家的挑戰與批判中，舊派的通俗文學也開始了「現代化」，試圖在理論與實踐上尋求自己的發展蹊徑。通俗小說家們以章回體為根本，嘗試過言情以外的武俠、偵探、歷史、諷刺、荒誕、幻想等各種手法，跟隨新的潮流，使其功能不斷得以擴張，同時，讓不同時代的題材內容融入章回小說，注意變化其章回的回目格式，使之新舊結合，富於彈性，這以張恨水為代表。在這樣一個學習過程中，通俗文學與新文學和外國文學不斷磨合，不斷提升自身的品位，逐漸由俗及雅。當然，與此同時，新文學也在積極的反思與糾正，以力圖挽回自己業已流失的下層讀者，海派作家就是從新

張恨水是中國現代通俗小說史上的集大成作家。

文學陣營內部分化的典型。1936年10月，以魯迅、郭沫若、茅盾等領銜的文藝界各方面代表人士共20人共同簽署了《文藝界同人為團結禦侮與言論自由宣言》，列名其中的有通俗小說代表作家包天笑、周瘦鵑。此可以視為雅俗文學漸趨合流的標誌。

張恨水（1895-1967），中國現代通俗小說史上的集大成作家，也是現代文學史上的最多產者，一生大約寫了三千萬言。原名張心遠，原籍安徽潛山，出生在江西廣信一個小康之家，其父是江西景德鎮的一個稅務官。張恨水從小入私塾，念《百家姓》、《三字經》、《千字文》、「四書五經」、《左傳》，後為《紅樓夢》、《三國演義》、《千家詩》之類書所吸引，少年時開始看《紅樓夢》和《聊齋》、《野叟曝言》等書。15歲時，張恨水進了學堂，接受了一些「新教育」，在思想上產生新的傾向，看《經世文編》、《新議論策選》之類。16歲時，他開始嘗試通俗小說創作。1912年，年僅17歲的張恨水因父親去世而未能去英國留學，隨母親回到安徽潛山老家，種田度日。隨後，經不住生活的貧困，張恨水不得不想辦法自謀出路。1913年，應《小說月報》的徵稿，寫〈舊新娘〉、〈桃花劫〉兩篇通俗小說，未能刊載，後模仿《花月痕》，創作第一部章回體長篇白話小說《青衫淚》，共寫了17回，終放棄。1914年，張恨水開始自學寫小說，後文言中篇小說《紫玉成煙》在蕪湖《皖江日報》上刊載。1918年，張恨水任《皖江日報》總編輯，連載長篇小說《南園相思譜》。1924年接編《世界晚報》，以「報人」的眼光去觀察社會，體驗生活，在新聞界的幾年，他看了也聽了不少新聞幕後的新聞，這其中包括達官貴人的政治活動、經濟技倆、豔聞趣事，寫作《春明外史》的念頭因此而觸發，並一舉成名。從此，他開始真正踏上通俗文學的創作之路，一發不可收，一生創作中長篇通俗小說達一百多部。

縱觀張恨水一生的寫作，從20年代開始，他不斷努力，不斷超越，不斷嘗試，筆耕不輟，危機感頗強。至40年代，胸懷強烈的責任感、使命感，與新文學作家一樣承載文藝的希望，此時，文學於他而言，決不是僅僅為謀生的手段。「我們這部分中年文藝人，度著中國一個遙遠的過渡時代，不客氣的說，我們所學，未達到我們的企望。我們無疑的，肩著兩份重擔，一份承接著先人遺產，固有文化，一份是接受西洋文明。而這兩份重擔，必須使它交流，以產生合乎我們祖國翻身中的文藝新產品。」[44] 同時，他認為，「章回小說，不盡是可遺棄的東西，不然，紅樓水滸，何以成為世界名著？」中國章回小說雖然浩如煙海，但卻不是現代的反映，所以需要一點寫現代事物的小說，不能「讓這班人永遠去看俠客口中吐白光，才子中狀元，佳人後花園私訂終身的故事。」他寫作的一生，始終未走出章回小說的路子，為的就是「似乎要負一點責任」[45]

張恨水的通俗小說代表作主要有《春明外史》、《金粉世家》、《啼笑因緣》、《八十一夢》等四部。

《春明外史》作為社會言情小說，全書以「報人」楊杏元的戀愛過程為主線，順帶觸及社會的其他角落。作者張恨水同樣身為「報人」，其視野自然是無比寬廣的，正因如此，才使得這部長篇成為難得的生活長卷。這其中，對軍閥顯貴、遺老遺少腐朽

[44] 張恨水：〈郭沫若‧洪深都五十了〉，重慶《新民報》，1943年1月5日。
[45] 張恨水：〈總答謝——並自我檢討〉，重慶《新民報》，1944年5月20日。

糜爛的生活進行了較為深刻揭露，對狎妓陋習、爾虞我詐的黑幕也有一定程度的批判。

具體說來，小說的布局具有通俗小說的一般特性，即以才子佳人的愛情故事為貫穿全篇的線索，同時輻射到20年代北京社會的三教九流，使這些人物（總理、大帥、嫖客、妓女）置於同一平面，由此，形成了一個單珠連結鬆散性結構。主人公楊杏園本是才子，一日偶遇雛妓梨雲，兩人一見傾心，然而天妒紅顏，美人終於香消玉殞。日後，楊杏園又遇到女主人公李冬青，相見恨晚，終於心有所屬。李冬青雖出身大家庭，卻並非正出，因而身世飄零，於是促成一段才子佳人故事。兩人心心相印，柳蔭花下，一雙蝴蝶，一對鴛鴦。然而楊杏園終不能與李冬青結為連理，原因是李冬青因先天的疾病不能與之結合。作者沿用了徐枕亞《玉梨魂》中的老路，讓李冬青薦史科蒂以代己，想促成楊史婚姻。結局自然是楊杏園始終矢志不移，史科蒂離開北京，心緒惆悵，後楊杏園皈依佛門，心灰意冷，了無凡心。未及李冬青來探望，楊杏園已經歸天。

楊杏園是皖中才子，客居北京，是一個在「新」與「舊」之間的「過渡人物」，不斷尋求著兩棲的心靈居所。這一人物的氣質是與作者相通的，他也是位頗有點『兩重人格』的「報人」。楊杏園少年老成，潔身自好，以清白自許。作為一個新聞記者，為人正直，置身於「首善之區」這個污濁黑暗的環境中，卻要把持自己成為出污泥而不染的人物。一方面，他似能分清善惡，對貧困者重俠義，而另一方面，他對不義者，對惡勢力，卻不進行鬥爭，往往僅是腹徘心謗而已。以至於在最後甚至藉口「恬淡學佛」，來追求道德上的自我完成。他只想在新舊婚姻之間尋找平衡點，並視之為自己的理想。可是，一方面，落後於當時真正的「反傳統」，不能實現真正意義上的「現代化」，所謂的不肯「解放過度」；另一方面，又不願意沉淪於純粹的舊世界，並與之同流合污。於是，所謂的「新舊摻半」、「新舊得兼」就成了他首選的處世哲學。現實最終是殘酷的，環境的迫壓，情場的失意，一浪一浪向他襲來，使得他只得研習佛學，醉心於「萬事皆空」，而最終不能苟活在這災難深重的世道上。至此，兩重人格最終分裂，悲劇也由此而生。

可以肯定的是，雖然當時盛傳楊杏園即作者本人，《春明外史》即作者自傳，但楊杏園並非等同於作者本人，這是真實的；但楊杏園和作者之間有相似，這也是真實的。尤其是在精神氣質上更是一脈相承。即少年時代的才子佳人氣重，革命精神薄弱。

在《春明外史》剛剛面世，讀者還意猶未酣時，另一部巨著《金粉世家》又在《世界日報》上連載，讀者中竟然出現「金粉世家迷」，張恨水名聲大振。此作品連載於《世界日報》副刊《明珠》上，從 1927 年 2 月至 1932 年 5 月，歷時四年有餘，並在 1933 年由上海世界書局出版單行本。與《春明外史》不同的是，《金粉世家》以「家」為寫作背景和故事發生地，藉之以發散到整個社會。時間則為北伐戰爭之前，人物眾多，紛繁複雜。借「六朝金粉」的典故，影射北京金姓的內閣總理的繁花綺麗、枝葉婆娑、盤根錯節的大家族，鋪敘了豪門貴族所形成的一個龐雜的社會倫理關係網絡，樹倒猢猻散之後的淒涼景象，以及當年官場和一般上中層的社會相。全書具體寫了金銓總理一家荒淫無恥、悲歡離合的生活，以金燕西、冷清秋一對夫婦的戀愛、結婚、反目、離散貫穿全篇，此外，還有金銓及其妻妾、四子四女、和兒媳女婿的精神面貌和寄生蟲的生活。

很明顯，從結構上看，《金粉世家》有著很深的模仿《紅樓夢》的痕跡。承繼著《紅樓夢》的人情戀愛小說，在小說史上我們看見《繪芳圖》、《青樓夢》……等等的名字，則我們應該高興地說，我們的民國《紅樓夢》——《金粉世家》成熟的程度其實遠在它的這些前輩之上。《金粉世家》有一個近於賈府的金總理大宅，一個摩登林黛玉冷清秋，一個時裝賈寶玉金燕西，其他賈母、賈政、賈璉、王熙鳳、迎春、探春、惜春諸人，可以說應有盡有。這些人物被穿上了時代的新裝，我們並不覺得有勉強之處，原因是他寫著世家子弟的庸俗、自私、放蕩、奢華，種種特點，和一個大家庭的樹倒猢猻散，而趨於崩潰，無一不是當前現實的題材，當前真正的緊要問題。作者張恨水，在描寫人物個性的細膩及布局的精密上是做得綽綽有餘的。作者所有作品中也惟有這部是「用了心血的精心傑作。」[46]這的確非常精闢的概括了《金粉世家》的特色。

冷清秋是一個很值得分析的人物。在金燕西要準備拋棄她另娶軍閥之妹白秀珠時，她堅強人格魅力由此展現：「我為尊重我自己的人格起見，我也不能再向他求妥協，成一個寄生蟲。我自信憑我的能耐，還可以找碗飯，縱然找不到飯吃，餓死我也願意。」顯然，作為《金粉世家》中著力刻畫的一個主要人物這位女主人公，她是理想性的，貌美、才高、出眾，比較清高，多少有點虛榮心；但是能夠理性清醒地認識到自身弱點，忍辱負重，淡泊自甘，潔身自好。《金粉世家》的中心思想是「齊大非

[46] 徐文瀅：〈民國以來的章回小說〉，《萬象》，第1卷第6期，1942年12月。

偶」，冷清秋則頗有楊杏園氣質，她生活富庶，卻堅持淡泊以自甘本性，決不同流合污，這是難能可貴的。她責怪自己曾經愛慕虛榮，遭到金燕西的冷淡後，更是就一心向佛，並且自閉於小樓，終於脫去「錦繡重枷」，在一場大火中悄然隱去。

《金粉世家》雖然藉封建家族的衰落過程，多少揭示了宗法家族的危機，但缺少時代意義的深刻性。《金粉世家》中的豪門貴族成員分為兩類。一類是以金鳳舉、金鶴蓀、金鵬振、金燕西這金氏四兄弟為代表的紈絝子弟、敗家子；一類是以金銓為代表的豪門家長、創業者。對後者作者在一定程度上雖有批判和諷刺，但並不掩飾寬容、袒護甚至美化的態度。而對前者則一律貶低，挖掘其寄生的腐朽沒落生活之深層，加以尖銳的諷刺和批判。如此的結果便是「敗家子」單方的品德和行為成了豪門貴族興衰的原動力，而忽視了其他更為深層和客觀的原因。這與《雷雨》、《家》相比，無疑是有相當差距的。

《啼笑因緣》於 1929 年至 1930 年在上海《新聞報》副刊《快活林》連載，與前兩本著作一樣，也可謂轟動一時。嚴獨鶴為出單行本作序時說：「一時文壇竟有『啼笑因緣迷』的口號。一部小說，能使閱者對於它發生迷戀，這在近人著作中，實在是創造小說界的新紀錄。」[47]

《啼笑因緣》的故事情節也是多角戀情加武林俠義：青年樊家樹在北京遊學途中，偶遇並結識俠客關壽峰父女，關壽峰的女兒秀姑愛戀上了樊家樹，後樊家樹又結識賣藝女沈鳳喜，兩人一見傾心。不巧的是，財政部長何廉的獨女何麗娜也因為樊家樹表

---

[47] 嚴獨鶴：《〈啼笑因緣〉序言》，三友出版社 1931 年版。

兄嫂的一心撮合捲入其中。於是，樊家樹陷入了與沈鳳喜、關秀姑、何麗娜三人之間的多角戀愛網中。情節在樊家樹南下探母回京後突變，軍閥劉國柱見沈鳳喜美貌，千方百計誘騙，沈終於未能抵擋而成了劉府的太太。秀姑心腸俠義，寧可捨卻自己的愛情也要成全樊家樹，她去劉府做幫工，尋找機會了卻兩人能見上一面的心願。然而，樊沈兩人雖再度舊地相逢，卻無法彌合破裂的情感。後來事情敗露，劉將軍將沈鳳喜毒打成瘋，又見秀姑青春貌美，決意要占有。秀姑將計就計，在洞房花燭夜將劉將軍刺殺後逃走。北京城風聲鶴唳，樊家樹為躲避風聲而往天津探親，途中巧遇何麗娜。樊家樹叔父力勸樊何婚事，樊家樹不肯應允，何麗娜一氣之下離家，不知所終。日後樊家樹欲回到學校，不巧路遇暴徒，遭綁架勒索，此時，幸遇關壽峰和秀姑行俠仗義，大敗暴徒，解救了樊家樹。此後，關氏父女的精心策劃、一心撮合之下，樊家樹與何麗娜終於喜結連理。

《啼笑因緣》能夠紅極一時，原因是多方面的。首先，張恨水小說中情節結構巧妙，故事性與可讀性強，大大吸引讀者。張恨水沒有把樊家樹等同於為金燕西等一樣的紈袴子弟，而是在這場多角愛情戀愛中以巧為機緣，透過書中的一系列誤會，使得樊家樹的情感責任大大減輕。這一切全都因為由於緣自於一張相片——沈鳳喜和何麗娜長相極為相似——而這一切會讓人感覺到樊家樹的戀愛還是嚴肅且有道德的。這一系列可謂「錯上加錯，越巧越錯」連環套式的誤會，使讀者感到懸念頓生。最後，作者安排了大結局又是歷盡磨難而有情人終成眷屬。這無疑迎合了很大一個層面的讀者。其次，作品中體現了強烈的反霸道、反強權的精神內容，在當時社會，受壓迫極深的那一部分下層老百姓在此尋到知音。從作品中看，光是樊家樹這樣的平民化大少爺還遠不能助貧濟困，當時的社會中卻需要「除暴安良」、「鋤奸扶弱」的豪俠，如關壽峰父女，來鏟平那些暴虐的強者，如為富不仁的劉國柱之流。樊家樹儘管能做到慷慨解囊和分金續命，卻始終也是半個弱者。因此，這也是當時市民階層典型心理的反映。第三，言情小說的纏綿悱惻和武俠傳奇驚險緊張，傳統章回小說和西洋小說新技法，在作品中合而為一，使得作品既具有立體感又有現代感。《啼笑因緣》是集通俗小說之大成者，新舊方法套路相容並包，完善了小說樣式。固然其故事核心依然是「言情」，卻很好地將武俠的招數和社會內容糅合在一起。按照張恨水的理解，在他創作《啼笑因緣》前後，上海洋章回小說，走著兩條路子，一條是肉感的，一條是武俠而神怪的，而他自以為《啼笑因緣》完全和這兩種不同。這無疑吸引了更多層面的讀者。

《啼笑因緣》有明顯的藝術特色。首先是藝術構思頗具匠心，通過諸如「誤會」、「巧合」等手段，再冠以「驚險」「傳奇」等因素，用看似平常的生活素材整合情節，讓人物的性格隨情節的發展而發展，各自鮮明的個性附著了不同程度的典型意義，一幅中國舊社會的生活場面頓時呈現在讀者面前。其次，在展示社會生活場景的時候，作品中流露出相當濃郁的地方色彩。老北京的天壇、先農壇、什剎海、北海，西山等盡收筆端，構成《啼笑因緣》中全方面的景觀，而這些風俗景觀，無一不具有較高的民俗學價值。再次，《啼笑因緣》的語言，無論在口語中還是敘述，皆有聲有色，有動有靜，極具層次感，少繁冗，少堆砌，有真意。

《八十一夢》連載於1939年12月至1941年4月重慶《新民報》副刊《最後關頭》，1943年9月由重慶新民報社出版單行本。這部作品完成於抗戰時期，亦以抗戰為成書背景，是一部社會諷刺小說。在烽煙滿目、山河破碎、寇氛日深、民無死所的國難時期，張恨水心如火焚，決意要以小說來喚醒國人，盡一點鼓勵民氣的責任。所以，他在短篇小說集中蘊蓄著「彎弓射日」之意，題名《彎弓集》。他在抗戰時期寫作代表作《八十一夢》也有其直接影射對象——那些正在毒化抗戰氛圍、消極抗日和大發國難財的豪門。作為社會諷諭小說，《八十一夢》參照《西遊記》、《鏡花緣》、《儒林外史》及近代譴責小說，以夢幻的形式，站在清貧市民的立場，憑藉作家對現實的愈來愈清醒的認識，諷刺國民黨貪官污吏、大後方官紳的腐朽醜惡紙醉金迷的生活。

《八十一夢》最大的藝術特色是「借夢言志」。「……我使出了中國文人的老套，『寓言十九托之於夢』。……既是夢，就不嫌荒唐，我就放開手來，將神仙鬼物，一齊寫在書裏。書中的主人翁，就是我。我作一個夢，寫一個夢，各夢自成一段，互不相涉，免了做社會小說那種硬性熔化許多故事於一爐的辦法。這很偷巧，而看的人也很乾脆的得一個印象。大概書裏的〈天堂之遊〉、〈我是孫悟空〉幾篇，最能引起讀者的共鳴。……事過境遷，《八十一夢》無可足稱。倒是我寫的那種手法，自信另創一格。」[48]

如此的諷喻，自然為當局者所不容。作者在「楔子」中有所

[48] 張恨水：《我的寫作生涯・八十一夢》，四川人民出版社1981年版。

交代，小說原稿因沾了點油腥，刺激了老鼠的特殊嗅覺器官，乘著天黑，老鼠鑽進故紙堆磨勘一番，書稿大遭蹂躪。作者隨後感慨云：「耗子大王雖有始皇之威，而我也就是伏生之未死，還能拿出《尚書》餘燼呢。好在所記的八十一夢是夢夢自告段落，縱然失落了中間許多篇，與各個夢裏的故事無礙。」

至此，張恨水結束了他的章回小說改造的任務，成為現代通俗小說的大家。

第二章

詩歌卷

第一節

現代詩歌概論

一、20年代：新詩創作是五四文學革命的突破口

1917年初，胡適、陳獨秀相繼發表〈文學改良芻議〉、〈文學革命論〉，豎起「文學革命」的旗幟，新文學的創作開始登上歷史的舞臺。新詩的創作則有幸成為「五四」文學革命在創作實踐上的突破口。

新詩誕生以前已有晚清的「詩界革命」的探索，但所有的努力都囿於古典詩歌體制內。真正打破中國古典詩歌形式規範束縛的，是以胡適為代表的白話詩人的創作，並成為20世紀中國漢語詩歌的主流樣式。

「新詩運動從詩體解放下手」[1]，其關鍵是「詩體大解放」。初期白話詩主要發表於《新青年》、《新潮》、《少年中

[1] 朱自清：《中國新文學大系詩集・導言》，第2頁，上海文藝出版社1935年版。

國》、《星期評論》、《學燈》、《覺悟》等刊物，胡適、劉半農、沈尹默、俞平伯、康白情、劉大白、周作人、朱自清等既是重要的白話詩人，又是新文化運動的骨幹。胡適（1891-1962）率先於 1920 年 3 月出版《嘗試集》，這是新文化運動中的第一部白話詩集，分為兩編。第一編 21 首寫於 1916、1917 年留美期間，這些詩已經採用白話，但大多是五、七言體，只是一些洗刷過的舊詩；第二編收 25 首，寫於 1917 年 9 月回北京後至 1919 年底。《嘗試集》主要有以下幾個方面的特點：一，語言明白曉暢，詩意淺露。胡適主張「作詩如作文」，「有什麼話就說什麼話，話怎麼說就怎麼說」[2]，《嘗試集》中的很多作品體現了這一特點：「我大清早起，/站在人家屋角上/啞啞的啼。／人家討嫌我，說我不吉利：——／我不能呢呢喃喃討人家歡喜！」（〈老鴉〉），「奴隸做了一萬年的工，／頭頸上的鐵索漸漸的磨斷了。／他們說：『等到鐵鎖斷時，／我們要造反了！』」（〈威權〉），〈人力車夫〉更大膽的引用「車夫」的俗語俚語，樸實無華，一改古詩詞的雕琢粉飾之風；二，托物寄興，意境平和沖淡。一些常見的意象，如〈蝴蝶〉中形單影隻的蝴蝶，〈老鴉〉中孤鶩不馴的老鴉，〈鴿子〉中任意飛翔的鴿子，都賦予了詩人的主觀感情，顯現出強烈的主體意識；三，形式自由，不拘一格。在詩的形式和用韻上，《嘗試集》中的代表詩篇，大都句不論長短，聲不拘平仄，音節自然，用韻自由，詩風清新、活潑。

《揚鞭集》的作者劉半農尤為注重詩體的多樣化和平民化，

[2] 胡適：《〈嘗試集〉初版自序》，上海亞東圖書館 1920 年版。

曾效仿江陰的民歌創作《瓦釜集》，這是新詩史上第一部用方言寫作的民歌體新詩集。〈相隔一層紙〉、〈車毯（擬車夫語）〉、〈賣蘿蔔人〉、〈一個小農家的暮〉等，以鮮明的對比揭示貧富力量的懸殊，階級對立的社會現實，為作者贏得了「平民詩人」的稱號。沈尹默的詩作雖然不多，但〈月夜〉被認為是「第一首散文詩而備具新詩的美德」[3]的佳作，〈三弦〉以音節的和諧和意境的含蓄而傳誦一時。周作人的〈小河〉以其樸素的語言，紆徐的節奏，憂懼的情感構成張力，在當時廣受好評。康白情以新詩寫景記遊，被譽為「設色的妙手」，朱自清的〈小艙裏的現代〉，劉大白的〈賣布謠〉、〈田主來〉等詩作都是對民生疾苦、社會人生的真實寫照，體現了詩人強烈的現實主義精神。

「五四」是掙破一切束縛、重新估定一切的時代。白話詩的出現有它充分的時代意義，體現了「五四」文學平民化、思想啟蒙的特點。但是，白話詩也存在重理輕情、平鋪直敘、過於直白等缺點，缺少詩應有的飛騰的想像力和審美想像的藝術空間，茅盾說「早期白話詩大都帶有『歷史文件』的性質」[4]，是不無道理的。

1921 年，郭沫若的《女神》問世，充分體現了詩的抒情本質和詩的個性化特徵，成為中國現代新詩的奠基之作，開一代浪漫詩風，這在後面專門討論。

---

[3]《新詩年選》編者按，北社 1922 年版，轉引自朱自清《中國新文學大系詩集‧選詩雜記》。

[4]茅盾：〈論初期白話詩〉，《茅盾全集》，第 21 卷，第 238 頁，人民文學出版社 1991 年版。

與《女神》同時出現的是湖畔詩人和小詩。湖畔詩人是指汪靜之、應修人、潘漠華、馮雪峰等人。他們於 1921 年左右開始寫詩，1922 年春在杭州成立湖畔詩社，1922 年 4 月出版詩合集《湖畔》。同年 8 月出版汪靜之的個人詩集《蕙的風》，1923 年出版詩合集《春的歌集》。詩作多為歌唱清新美麗的大自然和純真的友情，而率真、單純的愛情詩的創作又是他們最主要的貢獻，詩中清純可愛的抒情主人公形象是對「五四」個性解放精神很好的註解。

小詩的形成受到了日本短歌、俳句以及泰戈爾的《飛鳥集》的影響。小詩，在當時是指「流行的一行至四行的新詩」[5]。朱自清、劉半農都是較早的小詩作者，對詩壇產生重大影響的則是冰心的《繁星》（1923 年）和《春水》（1923 年）。冰心的小詩從形式上看，最短兩行，最長十八行，一般是三五行，多抒寫個人及時的感興，或托物寓理，或借景抒情。此外，宗白華的《夜》以及徐玉諾、何植三的小詩都在當時產生重要的影響。小詩側重表現內心世界，手法簡約凝煉，豐富了新詩表現的空間，為其以後的發展作出了有益的嘗試。

稍後出現在詩壇上的重要的抒情詩人馮至，著有詩集《昨日之歌》（1927 年出版），曾被魯迅譽為「中國最為傑出的抒情詩人」[6]。馮至的抒情詩感情深沉含蓄，哀婉清麗，節奏舒緩，音

[5] 周作人：《自己的園地・論小詩》，《周作人散文》，第 2 集，第 184 頁，中國廣播電視出版社 1992 年版。

[6] 魯迅：《中國新文學大系小說二集・序》，《魯迅全集》，第 6 卷，第 242 頁，人民文學出版社 1981 年版。

韻柔美，語言明淨，形成「五四」新詩中獨具一格的幽婉的風格。同時，他的抒情詩往往有一種「沉思」的底色，追求抒情的哲理化。在其後期的創作中，詩歌更向「哲理抒情化」方向發展。朱自清則看重馮至在敘事詩上的貢獻，以為其「敘事詩堪稱獨步」[7]，代表作有〈蠶馬〉、〈吹簫人的故事〉、〈帷幔〉、〈寺門之前〉。這些詩歌頗受德國歌德、席勒敘事謠曲的啟示，加之感傷、孤獨的抒情底蘊和神秘色彩，使其具有重要的藝術價值。以後馮至又出版了頗具現代主義詩風的《十四行集》。

新月派以北京《晨報副刊》「詩鐫」為基本陣地，主要詩人有聞一多、徐志摩、朱湘、饒孟侃、楊世恩、孫大雨、劉夢葦、于賡虞等。新月派最主要的美學原則是「理智節制感情」，反對感傷主義和偽浪漫主義，反對郭沫若式的不加節制的感情的氾濫和直抒胸臆的抒情方式，注意意象的選擇，將主體感情客觀化，使主客體交融互動，與「哀而不傷、樂而不淫」的中國傳統的古典主義美學風格取得一致。就此，聞一多指出，感情強烈的時候不寫詩，而在「感觸已過，歷時數日，甚至數月之後」[8]。同時，新月派強調詩歌的「和諧」、「均齊」，但絕不同於梁啟超的簡單保留舊風格、舊格律，而是建立了新詩自己的形式規範。除了聞一多提出的「三美」主張之外，他們還嘗試了現代敘事詩、戲劇獨白體、無韻體、十四行等多種樣式。

隨著新詩的進一步發展，其不足之處進一步暴露出來。此

---

[7] 朱自清：《中國新文學大系詩集‧詩話》，第 28 頁，上海文藝出版社 1935 年版。

[8] 聞一多：〈致左明〉，《聞一多全集》，第 12 卷，第 245 頁，湖北人民出版社 1994 年版。

時，詩壇上出現了「純粹的詩歌」的概念，認為詩歌的世界是純粹的表現的世界。與這一理論相呼應的是象徵詩派的出現。象徵詩派以 1925 年李金髮的詩集《微雨》出版為標誌，其代表詩人有李金髮、穆木天、馮乃超、王獨清、姚蓬子、胡也頻等。

象徵詩派強調詩歌是個體生命對外部世界的感覺，是對生命潛意識的自我觀照，是個人世界的獨語。這種「向內轉」特質明顯的受到了法國象徵派詩人的影響，同時也是對中國傳統詩歌主流，特別是晚唐詩和宋詞的自覺學習。語言突兀、怪異，破壞既定的法則，追求陌生化的表達效果，文言辭彙也大量入詩；講求感官的享受與刺激，重視剎那間的幻覺；不同於「新月派」重視音節美的主張，象徵派否定詩歌與音樂的關係，完全把詩看成為視覺藝術。其作品有所謂「觀念聯絡的奇特」：單獨一個部分一個觀念可以懂，合起來反而涵義難明。詩歌的音樂美和形式美服從內心的情緒流動的需要，追求旋律般的表達效果。李金髮的〈有感〉：「如殘葉濺／血在我們／腳上，／生命便是／死神唇邊／的笑」，字與字，句與句之間並無邏輯上的必然的聯繫，表達的只是一種感傷的、憂鬱、頹廢的情緒。代表作〈棄婦〉借夕陽、灰燼、煙突、遊鴉、海嘯、舟子之歌等意象，寫出了棄婦難以名狀的隱憂，也暗含了詩人對人生無奈的感慨。穆木天的〈旅心〉為了增加詩的朦朧性和暗示性，作了廢除詩的標點的實驗；馮乃超的〈紅紗記〉加強了詩的色彩感；王獨清的〈聖母像前〉有更多的異域情調和病態情緒的渲染。總之，象徵詩派走的是詩歌貴族化的道路，不講求人人可懂的效果，詩風朦朧、新奇，但有時也帶來艱澀難懂的流弊。

與新月詩派、象徵詩派注重詩歌本身的藝術不同，另有一批詩人感應時代的要求，側重追求詩歌內容的革命性，從激烈的時代背景中尋找詩情，將「五四」以來的「平民化」詩歌發揮到極致。這類政治抒情詩的代表作是蔣光慈的《新夢》（1925 年）、《哀中國》（1927 年），並成為 30 年代的「中國詩歌會」普羅詩歌的先驅。

二、30 年代：普羅詩歌與現代派詩歌的對立與競爭

這一時期的新詩仍然迎著「非詩化」和「純詩化」的方向發展，出現了以殷夫為前驅，蒲風為代表的「中國詩歌會」，和以徐志摩、陳夢家為代表的後期新月派，以戴望舒、卞之琳為代表的現代派詩人兩大派別之間的互相對立、互相競爭的發展態勢。

1932 年 9 月「中國詩歌會」於上海成立，是左聯領導下的一個群眾性的詩歌團體。其先驅詩人殷夫有詩集《孩兒塔》、《伏爾加的黑浪》等。「中國詩歌會」的發起人有蒲風、穆木天、楊騷、任鈞等，1933 年創辦《新詩歌》旬刊（後改為半月刊、月刊）。該會還在北平、天津、廣州、青島等地成立了分會，繼承和發展了 20 年代後期的無產階級詩歌的鬥爭精神，強調詩歌的現實意義和戰鬥性，宗旨要使詩歌成為大眾的詩歌，在當時產生了較大的影響。代表作如蒲風的詩集《茫茫夜》（1934 年）、長篇敘事詩《六月流火》（1935 年），用澎湃的激情，自由的形式，自然的音韻，描繪了被壓迫民眾的痛苦和他們的鬥爭情緒，體現了農村急劇變化的現實。此外，「中國詩歌會」在實踐詩歌大眾化方面取得了很好的成就，他們嘗試創作了諷刺詩、兒童詩、朗誦詩、大眾合唱詩等新詩體，尤其是創作了大量的長篇敘事詩。代表作有楊騷的《鄉曲》、穆木天的《守堤者》、王

亞平的《十二月的風》、柳倩的《震撼大地的一月間》、溫流的《我們的堡》、江嶽浪的《饑餓的咆哮》等，別有一種剛健、粗獷、壯闊的力的美，渲染了強烈的理想主義和英雄主義的色彩。但是「中國詩歌會」的創作過分注重對重大題材的把握，完全抹殺非重大題材的意義，又過分強調以時代的「大我」消解「小我」，造成了詩歌題材的單一和藝術個性的缺席，且大多詩歌成就於暴風急雨的現實鬥爭中，容易忽視詩歌應有的藝術品質，最後只能成為意識型態的傳聲筒。

與「中國詩歌會」相似、具有進步思想並產生重要影響的詩人有艾青、田間、臧克家。艾青（1910-1996），匯集了詩人早期創作成果的詩集《大堰河》於 1936 年出版，田間（1916-1985）先後出版了詩集《未明集》、《中國牧歌》、敘事長詩《中國農村底故事》。田間以他充滿革命激情和節奏短促的聲音，唱出了特定時代裏中國農民的憤懣情緒和詩人內心的熱情、騷動。

臧克家出生於山東諸城縣的農村裏，從小熟悉農村，熱愛農民，他的詩篇多為歌唱農村之作。1933 年《烙印》出版，翌年又出版《罪惡的黑手》。臧克家的詩有其獨特的風格，以錘煉的語言、沉鬱的感情，揭露舊世界的種種不合理，抒寫舊中國農民的苦難與不幸，「總得叫大車裝個夠，／它橫豎不說一句話，／背上的壓力往肉裏扣，／它把頭沉重地垂下！／這刻不知道下刻的命，／它有淚只往心裏咽，／眼裏飄來一道鞭影，／它抬起頭望望前面」（〈老馬〉）。這裏歌詠的是一匹老馬，卻象徵地概括了多少年來農民背上的苦難的重荷。此外，〈洋車夫〉、〈歇午工〉、〈不久有那麼一天〉、〈罪惡的黑手〉等，詩風樸實無華而又有厚重感，出語清新，造境渾圓，努力追求生活的堅實和藝術完整的統一。

徐志摩主編的《詩刊》在上海創刊，標誌著新月詩派的創作進入後期階段。其基本成員除了前期新月派的徐志摩、饒孟侃、林徽因等老詩人以外，還有以陳夢家、方瑋德等為基幹的南京詩人群。後期新月派詩風的轉變主要體現在以下兩個方面：一是題材向外擴展。隨著生活視野的擴大和時代局勢的變化，部分新月詩人跳出了前期固守的自我，顯示出走向時代的新趨向。二是借鑑世界現代主義的藝術手法，詩歌創作退守到更為隱幽的精神領域，而後期新月派給予詩壇重要影響的也就是這一點。象徵主義的純詩理論使後期新月派不少詩人不再追求含蓄朦朧的意境，而傾向於用暗示和象徵構成隱晦的藝術境界，明顯可看到 T•S•艾略特及其《荒原》對新月派的影響。

30 年代的現代派由後期新月派和 20 年代末的象徵詩派演變而來。被稱為現代派詩壇首領的戴望舒早在 1927 年創作的〈雨巷〉，已顯示出新月派向現代詩派過渡的傾向，而 1929 年出版的《我的記憶》可以稱為現代詩派的起點。1932 年《現代》雜誌創刊，成為現代詩派的主要陣地。以後又有戴望舒主持《現代》（1935 年），1936 年 10 月戴望舒、卞之琳、梁宗岱、馮至主編《新詩》月刊，進一步擴大了現代詩派的影響。其代表詩人除了戴望舒以外，還有「漢園三詩人」何其芳、李廣田、卞之琳，因 1936 年出版詩合集《漢園集》而得名，內收何其芳的《燕泥集》、李廣田的《行雲集》、卞之琳的《數行集》。

「漢園三詩人」中最引人注目的是卞之琳。他是一位具有自覺哲學思維的詩人，善於穿透客觀事物的外象而把握其內在的邏輯因緣，他的詩歌在當時被稱為「新的智慧詩」[9]，〈斷章〉一詩可謂膾炙人口：「你站在橋上看風景，／看風景的人在樓上看你。／明月裝飾了你的窗子，／你裝飾了別人的夢」，通過對日常事務的剎那感悟，主客體的相對性得到了形象化的討論。詩情與哲學意味互相生成，相得益彰。另外，〈距離的組織〉、〈圓寶盒〉、〈無題〉等都各有特色，時有詩人玄思的流露。卞之琳還積極的探索詩歌的技巧和形式意味，融會傳統的意境與西方的「戲劇性處境」，化合傳統的含蓄和西方的暗示。尤其是卞詩「常傾向於寫戲劇性處境，作戲劇性獨白或對話，甚至小說化」，代表作如〈路過居〉、〈酸梅湯〉等。

三、40年代：救亡意識與藝術追求的糾葛與突破

1937年七七事變以後，為民族而歌幾乎成為所有詩人的共同信念，不少年輕詩人如艾青、田間、柯仲平等迅速成長。抗戰前期的短短幾年，出現了大量的抗日救亡的詩篇，但詩歌本身的藝術成就明顯不夠。為適應抗日宣傳的大眾化需要，很多詩人對詩歌的內容和形式進行了新的嘗試，大量鏗鏘有力的短詩應運而生。武漢、重慶等地興起了朗誦詩的熱潮，馮乃超、錫金、高蘭等人，既是這個運動的推行者，也是朗誦詩的作者。高蘭的《朗誦詩集》還出版了專集，而〈我的家在黑龍江〉、〈哭亡女蘇菲〉等詩篇也深受人們的喜愛。素有民族史詩之稱的光未然的〈黃河大合唱〉歌詞，也曾經以朗誦詩的形式廣為流傳。與國統區的朗誦詩相輝映，延安地區出現了街頭詩運動。街頭詩也稱傳

[9] 柯靈：〈論中國新詩的新途徑〉，載《新詩》，第4期，1937年1月10日出版。

單詩、牆頭詩、岩頭詩等，比較直接地發揮了宣傳教育功能。

田間是這一時期最受歡迎的詩人之一。在〈中國牧歌〉、〈中國農村的故事〉中，作者已開始探索詩歌的藝術形式，到了〈給戰鬥者〉，技藝表現得更為成熟，創作了所謂「鼓點」式的詩行。作者善於以精短有力的詩句表現戰鬥的激情，又以連續的反覆渲染雄壯的聲勢，這精短和反覆，自然地在節奏上形成一種急促感，增強了鼓動性。

力揚有詩集《枷鎖與自由》、《我底豎琴》、《射虎者及其家族》，也是這時期有影響的詩人。這些詩歌感情深沉而並不低徊，高昂又不流於浮泛，反映了一個要求革命的知識份子對於現實鬥爭生活的嚴肅的思索和理想。藝術上注意形象的表現，語言樸實清新，富有感染力。

臧克家，抗戰開始後帶著充沛的熱情寫下大量詩歌，《從軍行》、《泥淖集》、《嗚咽的雲煙》等集子，是較早的收穫。作者自己比較重視的是稍後的詩集《泥土的歌》和長詩《古樹的花朵》等。抗戰勝利前夕，臧克家又創作了大量的政治諷刺詩，代表作如〈寶貝兒〉、〈生命的零度〉、〈謝謝了「國大代表」們〉等，抓住當時一些滑稽荒唐的事情，進行義正辭嚴的揭露和斥責。同一時期袁水拍的《馬凡陀的山歌》是影響最大的政治諷刺詩，多用漫畫式的手法和諷刺的語言，汲取民歌、民謠、兒歌的藝術經驗，採用群眾喜聞樂見的形式，在新詩的民族化、大眾化方面取得了較好的成就。

七月詩派，是以文藝理論家胡風主編的《七月》和《希望》為主要陣地的一個現實主義的抒情詩派。主要代表詩人有魯藜、綠原、阿隴、曾卓、盧甸、孫鈿、化鐵、方然、牛漢等。七月詩派以胡風的文藝理論為依據，在創作中堅持現實主義精神，要求詩人在生活中、戰鬥中發現詩意，強調詩歌的主觀戰鬥力作用，追求一種斑斕壯闊的美感特質。同時，詩人也十分注重抒情的形象化，運用新穎的意象、奇特的想像、深刻的象徵來營構詩意。在詩的形式上，以詩情的內在旋律為依據，進行多種體式的實驗，語言樸素純真、健康新鮮、簡潔有力。綠原是七月詩派最有成就的詩人之一，創作從充滿浪漫氣息的《童話》走向振聾發聵的《給天真的樂觀主義者們》，〈終點，又是起點〉、〈伽利略在真理面前〉、〈你是誰？〉等都是傳誦一時的名篇。其他如魯藜的詩集《醒來的時候》、《鍛煉》，胡風的《為祖國而歌》、孫鈿的《行程》、阿隴的《縴夫》、牛漢的《鄂爾多斯草原》等都呈現出一種生命的張力和時代的激情，足以體現七月詩派的創作風格和成就。

當戰爭進入相持階段以後，大後方悄悄的出現了一個相對寧靜的精神家園，即西南聯大。在朱自清、聞一多、馮至、卞之琳、李廣田等老一批詩人的周圍，聚集了一群年輕、熱情而又才華橫溢的年輕詩人，有穆旦、辛笛、陳敬容、杜運燮、杭約赫、鄭敏、唐祈、唐湜、袁可嘉等，形成了一個追求現實主義和現代主義相結合的詩派，後因《九葉集》的出版，人們稱之為「九葉詩派」。

艾青曾經準確的說明了九葉詩派的特點：「接受了新詩的現實主義傳統，採用歐美現代派的表現手法，刻劃了經過戰爭大動亂以後的社會現象」[10]。在內容上，九葉詩人既有強烈的現實

---

[10] 艾青：〈中國新詩六十年〉，《艾青全集》，第3卷，花山文藝出版社1991年版。

感，又富有超越性的形而上的哲學思考。代表作有辛笛的〈布穀〉、杭約赫的〈復活的土地〉、杜運燮的〈追物價的人〉、唐祈的〈騷動的城〉等。與西方現代派的最直接也最深刻的聯繫表現在對人的精神世界的關注。隨著西方文明的發展，「人的失落」越來越成為有識之士的共同的憂慮。九葉詩派這方面的代表作有辛笛的〈識字以來〉、穆旦的〈活下來〉、唐祈的〈三弦琴〉等；對西方現代派的學習借鑑還表現在運用現代派的語言和暗示、象徵等藝術手段，表現詩人現代性的情緒和對世界的新的感受和認知，詩風含蓄朦朧，給讀者以審美、思考的空間。穆旦是九葉詩派中最有成就的詩人，與鄭敏、杜運燮並稱為西南聯大「三星」，先後有《探險隊》、《穆旦詩集》、《旗》等詩集問世。他既是一位自覺的現代主義者，又是一位有強烈的民族意識的詩人，在他的詩中，生命的厚重感、歷史的凝煉感、現實人生的時代感交相輝映，具有很強的藝術震撼力。

第二節

郭沫若、聞一多

一、浪漫激情的天狗詩人：郭沫若

郭沫若（1892-1978），出生於四川省樂山縣沙灣鎮的一個地主兼商人家庭，幼年時，《詩經》、《唐詩三百首》、《千家詩》、《詩品》等書的薰陶，較早培育了他對詩歌的興趣。在小學和中學時代，郭沫若對我國古典文學作品，如《莊子》、《楚辭》、《史記》、《文選》等，有了較廣泛的涉獵，培養了他的浪漫主義詩情；而閱讀梁啟超、章太炎等人的政論文章和林紓翻譯的外國文學作品，使其初步受到民主主義思想的啟迪。1913

開一代詩風，且又以歷史劇作揚名文壇的郭沫若。

年底，郭沫若離國經朝鮮，於翌年初抵達日本，考入東京第一高等學校預科。1915 年升入岡山第六高等學校，三年畢業後，考入福岡九州帝國大學醫科。郭沫若選擇醫學，是想以它來作為對於國家社會的切實貢獻。但在日本，由於受到民族歧視加上個人婚事的失意，生活並不如意。在日本前四年的學習裏，他閱讀了不少著名的外國文學作品，從泰戈爾、歌德、海涅、惠特曼等人的作品裏汲取了多方面的滋養；而泰戈爾、歌德的作品以及荷蘭哲學家斯賓諾沙的著作，又使他受到了泛神論思想的影響。當然，這一方面是因為泛神論思想跟他當時蔑視偶像權威、表現自我、張揚個性的精神大體上契合，另一方面也因為泛神論所提供的「物我無間」的境界，正適於詩人馳騁自己豐富的藝術想像力，把宇宙萬物擬人化、詩化，視之為有生命的抒情對象。同時，也正好切合了「衝決一切網羅和束縛，破除一切偶像和迷信」的「五四」前夕的時代氛圍。

1916 年，郭沫若與日本女子安娜（本名佐藤富子）熱戀並同居，在泰戈爾無韻詩的啟迪下，郭沫若寫下了〈死的誘惑〉、〈新月與白雲〉、〈別離〉等愛情詩，開始了他的詩歌創作。他還同留日的一部分愛國學生一起組織夏社，從事反對日本帝國主義的宣傳工作。1919 年 2 月至 3 月間，郭沫若寫了具有反帝愛國思想的小說〈牧羊哀話〉。不久，他的新詩開始在上海《時事新報》副刊《學燈》（宗白華編輯）上發表。從 1919 年下半年至 1920 年上半年，郭沫若詩歌創作處於最旺盛的時期，著名詩篇如〈鳳凰涅槃〉、〈晨安〉、〈地球，我的母親！〉、〈匪徒頌〉等，就寫在這一時期。1921 年詩集《女神》出版，氣勢恢宏，格調峻朗，突出地表現了「五四」的時代精神。1921 年 6

月創造社在郭沫若和成仿吾、郁達夫、田壽昌、張資平等人的努力下，在日本正式成立。這是稍後於文學研究會而同樣發生了廣泛影響的文學團體。

1921 至 1922 年，郭沫若曾三次回國，國內的黑暗現實，使他對「五四」後祖國新面貌的美麗憧憬，以及希望透過個人努力以達到社會進取的願望，陡然歸於破滅，向來為詩人所讚美的大自然，也一變而為寄託其滿懷抑鬱和無邊寂寞的所在。詩集《星空》中那些含著「深沉的苦悶」、借抒寫自然以求解脫的詩篇，就是這種思想情緒的明顯反映。

1923 年，郭沫若從日本帝國大學醫科畢業後回國。繼《創造》季刊之後，又與郁達夫、成仿吾等合辦《創造週報》和《創造日》，經常在這些刊物上發表作品。這是前期創造社活動的極盛時期。郭沫若這個時期的文藝思想也表現了相當程度的複雜性。一方面，作為一個進步知識份子，他日益覺悟到半殖民地半封建的中國社會沒有給他準備下「象牙之塔」，目睹「五四」高潮後尖銳深刻的社會矛盾，不能不使他在自己的文學創作和文學主張中表示對時世的關切；另一方面，他一時又未能擺脫純藝術論思想的影響，在闡述詩歌的特徵和浪漫主義創作要求的時候，往往夾雜著文藝無目的論和非功利主義的主張。《前茅》是這一時期的思想轉變的真實寫照，詩人決心向《星空》時期的「低迴的情趣，虛無的幻美」相告別。

1924 年，《創造》季刊和《創造週報》相繼停刊，創造社的幾個主要作家如郁達夫、成仿吾均先後離散，創造社前期的活動到此告一段落。郭沫若因為刊物在出版上受到挫折，個人生活又十分窘迫，思想上產生了一種「進退維谷的苦悶」[11]。

1926 年 3 月，郭沫若赴廣州，任廣東大學文學院院長，著名戰鬥檄文〈革命與文學〉就是去廣州後不久寫出的。同年 7 月，北伐戰爭開始。郭沫若投入到戰爭的洪流中去，先後擔任北伐革命軍政治部秘書長、政治部副主任、代理主任。詩集《恢復》就創作於這一時期。

1928 年以後，郭沫若在日本度過了十年的流亡生活。在這期間，他運用歷史唯物主義的觀點研究中國的古文字學和古代社會歷史，在學術研究上取得了卓越的成績。此外，創作了自傳〈我的童年〉、〈反正前後〉、〈創造十年〉（1946 年又寫了續篇）、〈北伐途次〉等。

抗日戰爭爆發後，郭沫若別婦拋雛，回到闊別十年的祖國，從事抗日救亡運動，是全國文藝界抗敵協會的主要領導人之一，並在抗日統一戰線中擔任了軍事委員會政治部第三廳廳長，負責有關抗戰的文化宣傳工作。在文藝創作方面，《屈原》、《虎符》等六部歷史劇的創作是這一時期的最主要的成果，另有《戰聲》、《蜩螗集》等詩集以及抒情散文集《波》等作品問世。抗戰勝利後，郭沫若堅持了反內戰、爭民主的鬥爭，始終站在運動的前列。

詩歌和戲劇是郭沫若取得重大成績的兩個領域。而《女神》不僅確立了郭沫若在我國現代文學史上卓越的地位，同時也為中國新詩開闢了一個嶄新的時代和廣闊的天地。

《女神》的成功之處就在於：詩人將自己的創作個性與「五

[11] 郭沫若：〈創造十年〉及續篇，見《沫若文集》，第 7 卷，第 165、183 頁。

四」的時代精神充分融合，體現了狂飆突進的時代精神。它燃燒著對一切舊秩序、舊傳統、舊禮教的大膽否定和無情詛咒，以火一樣的熱情呼喚創造與光明，民主與進步，喊出了全民族的心聲。在內容上，《女神》主要有以下幾個方面的特點：

1. 大膽創新、不破不立的時代精神

在〈地球，我的母親〉、〈天狗〉、〈立在地球上放號〉等詩篇中，郭沫若憑藉地球、大陸、海洋、宇宙等宏觀物體，構成非常具有衝擊力的意象。〈立在地球上放號〉激勵人們要「不斷的毀壞，不斷的創造，不斷的努力」，「蕩滌一切污泥濁水，擁抱一個嶄新的世界」，〈我是個偶像崇拜者〉中詩人說，「我崇拜創造底精神，崇拜力、崇拜血、崇拜心臟；／我崇拜炸彈，崇拜悲哀，崇拜破壞；／我崇拜偶像破壞者，崇拜我！／我又是個偶像破壞者喲」。這些象徵力、熱、雄偉、崇高與生命的事物，都成為詩人否定一切人為偶像，否定一切舊傳統的工具。最能體現這種否定和創新精神的當屬〈鳳凰涅槃〉。這首詩是一首莊嚴的時代頌歌，詩人借鳳凰集香木自焚而更生的神話，典型地體現了死亡——再生的模式。詩的結構從「序曲」開始，依次展開「鳳歌」、「凰歌」、「鳳凰同歌」、「群鳥歌」、「鳳凰更生歌」，整首詩類似於某種虔誠的宗教儀式的流程，莊嚴而神聖，既有涅槃前的悲壯，更有更生後的大歡樂、大和諧。這種原始意象的鮮明現實象徵意義也顯而易見：詩人強烈渴望一場漫天大火來毀滅舊社會，而在熊熊火光中，一個新世界得以再生！這種對新生祖國的呼喚和對光明前景的憧憬還體現在〈爐中煤〉、〈晨安〉等詩篇中，在此，詩人對祖國的深沉眷戀、願為祖國獻身的

赤子情懷一瀉千里。

2.對自我、個性的崇尚

《女神》的不少詩篇中，都有一個從「五四」的烈火中冉冉升騰的抒情主人公形象，具有強烈的自我意識，張揚個性解放的時代精神，給人強烈的靈魂衝擊力。〈梅花樹下的醉歌〉寫道：「梅花呀！／梅花呀！／我讚美你！／我讚美我自己！／我讚美這表現全宇宙的本體！」；〈天狗〉中飛奔、狂叫、燃燒著的「我」，更是氣吞山河：「我是一條天狗呀！／我把月來吞了，／我把日來吞了，／我把一切的星球來吞了，／我把全宇宙來吞了。」在這些詩作中，人的自我價值第一次得到承認，人的本體意識第一次得到宣洩，人開始喊出自己的聲音，這個聲音否定世界一切傳統的偶像和既定的規則，摧毀一切精神的枷鎖，具有無法遏制的激情和神奇的鼓動力量。

3.對大自然的人格化禮讚

《女神》中大量的詩篇謳歌自然，賦予自然以無窮的生命力。一切都生機勃勃，流光溢彩、氣象萬千：「到處都是生命的光波，到處都是新鮮的情調」（〈光海〉），從太陽到地球，從海洋到陸地，從森林到曠野，所有恢宏壯麗的意象都湧現在詩人的筆端。太平洋「在鼓奏著男性的音調」，他「在這舞蹈場上戲弄波濤」，「讓大海快把那陳腐的舊皮囊／全盤洗掉」（〈浴海〉），在這裏，自然和人融為一體，詩人將自然力量人格化，恣意揮毫潑墨，詩意波瀾壯闊。同時，豐富的想像、激越的音調、華美的語言、瑰麗的色彩都賦予《女神》以鮮明的浪漫主義色彩。

《女神》對於新詩形式的創新也做出了不小的貢獻。詩歌不拘泥於固定的格律和形式，而是隨體附形。既有獨到的詩劇形式，更有自由活潑的自由詩體。激昂悲憤的鳳鳥可以一連向宇宙提出十一個疑問，構成很長的詩節（〈鳳凰涅槃〉）；〈春之胎動〉一詩，採用兩行一節的兩行體，很好地表現了融融的春意；在句式長短的運用上，既有長到數百行的〈鳳凰涅槃〉，又有短到只有三行的〈鳴蟬〉；〈天狗〉一詩，每行只有三兩個字，而〈勝利的死〉中每行都是浩蕩的語言排列。

在《女神》時代，剛剛誕生的新詩還未建立自己的形象體系，新的審美原則尚未確定。在此情況下，郭沫若對新詩形式的自由與限制的辯證關係尚缺乏認識，把形式的自由強調到絕對的地步，過分注重感情的自然流露而忽視了外部型態的必要節制，造成有的詩情太過直白，缺少詩歌本來的審美價值。這在新詩的草創期難以避免，但卻在一定程度上對後來的新詩創作產生了不良的影響，這是一個值得注意的事實。

《星空》寫於 1921 年 10 月至次年年底。詩人 1921 年 4 月短期回國時，見到祖國依然落後、黑暗，感到無比失望。《女神》時代那種「火山爆發式的內發情感」已經熄滅，留在《星空》中的只是「潮退後的一些微波，或甚至是死寂」[12]。他感到人生是個「苦味之杯」，「自己是一隻帶了箭的雁鵝」，流露出濃重的失望情緒。在這種心境下，詩人覺得「乾淨的存在，只有那青青的天海」，有時甚至想「回到人類的幼年，那怡淡無為的太古」[13]。但也有一些詩篇表現了樂觀向上的情懷，如〈洪水時

[12] 郭沫若：〈序我的詩〉，《郭沫若全集》（文學篇），第 19 卷，第 408 頁。
[13] 分別見《星空》裏的〈苦味之杯〉、〈獻詩〉、〈仰望〉、〈南風〉。

代〉、〈春潮〉、〈古佛〉等，藝術技巧日趨成熟，結構嚴謹，語言含蓄。〈天上的街市〉一文，歷來為人們所稱道，詩人想像的翅膀翱翔於天上人間，為我們描繪了一幅奇異的天國圖畫，讓我們難分哪一種境界是更真實的存在，寄託了詩人對自由、光明、和平的嚮往。

《前茅》收 1921 年 8 月至 1924 年 1 月間的詩作。這是詩人思想的回升期，《星空》裏那種對自然的抒寫消失了，而在《女神》中已表現出來的對工農的讚美則顯得更為熱烈。作者聲稱自己不再迷戀「矛盾萬端的自然」的「冷臉」，卻願意去「緊握」勞苦人民「伸著的手兒」[14]。此時，階級的觀點已經代替泛神論的思想進入詩歌，藝術上卻開了以「喊叫」代替抒情的先河。

愛情詩集《瓶》寫於 1925 年春，作為詩人「戀情的痕跡」[15]，寫得熱情大膽，如火如荼，正體現了詩人個性主義的思想。北伐戰爭失敗後，詩人又出版了一本詩集《恢復》，收詩 24 首，充滿了鬥爭的熱情和必勝的信心。一方面，這些詩是《女神》時代「男性的粗暴的詩」[16]的一個發展，是詩人的感情和時代的潮流共鳴的見證；但另一方面，《恢復》中不少作品流於口號式的呼喊，可以看作是《前茅》存在毛病的承續。

二、新格律詩的鼓吹者：聞一多

聞一多（1899-1946），原名聞家驊，號友三，生於湖北浠

---

[14] 分別見《前茅》中〈愴惱的葡萄〉、〈上海的清晨〉。

[15] 郁達夫：〈附記〉，附於《瓶》書末，上海創造社 1927 年 4 月。

[16] 郭沫若：〈我的作詩的經過〉，載《質文》月刊，第 2 卷第 2 期，1936 年 11 月。

水。前期新月派的重要代表作家和新格律詩理論的奠基者。自幼愛好古典詩詞和美術。1912 年考入北京清華學校，喜讀中國古代詩集、詩話、史書、筆記等，1916 年開始在《清華週刊》上發表系列讀書筆記，總稱《二月廬漫記》，同時創作舊體詩。1919 年「五四」運動中，聞一多積極參加學生運動，被選為清華學生代表，出席在上海召開的全國學生聯合會。1920 年 4 月，發表第一篇白話文〈旅客式的學生〉，同年 9 月，發表第一首新詩〈西岸〉。1921 年 11 月與梁實秋等人發起成立清華文學社，次年 3 月，寫成〈律詩底研究〉，開始系統地研究新詩格律化理論，初步顯示聞一多「為藝術而藝術」的觀念。

1922 年 7 月赴美留學，年底出版與梁實秋合著的《冬夜草兒評論》，此書代表了聞一多早期對新詩的看法。1923 年 9 月出版第一本新詩集《紅燭》，具有唯美傾向，重聯想和幻想，顯示出英國詩人濟慈的影響。1925 年 5 月回國，任北京藝術專科學校教務長。1926 年參與創辦《晨報・詩鐫》，發表了著名論文〈詩的格律〉。

1927 年任武漢國民革命軍政治部藝術股長。同年秋任南京第四中山大學外文系主任。1928 年 1 月出版第二本詩集《死水》。1928 年 3 月在《新月》雜誌列名編輯，次年因觀點不合辭職。1928 年秋任國立武漢大學文學院院長兼中文系主任，從此致力於研究中國古典文學。1930 年秋去山東任青島大學文學院院長兼國文系主任。1932 年 8 月回北平任清華大學國文系教授。1931 年發表長詩《奇蹟》後，便基本擱下了詩筆。

抗日戰爭爆發後，隨校南遷，同學生一起從長沙步行到昆明，此後在西南聯大任教八年，積極投身於抗日運動和反獨裁、爭民主的鬥爭。在學術上，他廣泛研究祖國的文化遺產，著有《神話與詩》、《楚辭補校》等專著。1944 年加人中國民主同盟。抗戰勝利後出任民盟中央執委，經常參加集會和遊行。1946 年 7 月 15 日在悼念李公樸先生大會上，憤怒斥責國民黨暗殺李公樸的罪行，發表了著名的〈最後一次的講演〉，當天下午即被國民黨當局殺害。

「抗戰以前，他差不多是唯一有意大聲歌詠愛國的詩人」[17]。聞一多敢於直面人生，自覺讓詩歌承載整個民族的憂患和苦難，而這一切又以自我為抒情的出發點。詩風嚴峻而深沉，感情悲愴而激越，可以看到詩人杜鵑啼血般的濃烈而真摯的愛國主義情思。1922 年，在清華學校讀了九年書畢業的聞一多，開始了他在美國的留學生活，自覺的尋找東西方文化的契合點，但又時時感到兩種文化的衝撞和民族的不平等，內心再也不能平靜。他呼喚「太陽啊——神速的金烏——太陽！／讓我騎著你每日繞行地球一周，／也便能天天望見一次家鄉！」（〈太陽吟〉）；詩人如痴如醉的愛著自己的祖國，「我愛祖國，……尤因他是有他那種可敬愛的文化的國家」，而「東方底文化是絕對的美的，是韻雅的，是人類所有的最徹底的文化」[18]。「四千年的華冑底名花」——秋菊就是那「莊嚴，燦爛的祖國」、「我如花的祖國」的最好寫照（〈秋菊〉）；流落失群的孤雁有自況之意，詩人借孤雁的形象發出「不如歸去」的慨嘆，嚮往著「歸來偃臥在霜染

[17] 朱自清：〈新詩雜話〉，《朱自清文集》，第 2 卷，第 357 頁，江蘇教育出版社 1988 年版。

[18] 聞一多：〈女神之地方色彩〉，《聞一多全集》，第 2 卷，第 121、123 頁，湖北人民出版社 1994 年版。

的蘆林裏，／那裏有校獵的西風，／將茸毛似的蘆花，／鋪就了你的床褥／來溫暖起你的甜夢」（〈孤雁〉）。異國的山川風雲，甚至連鳥兒的啼鳴，都誘發詩人身處異地他鄉的淒清孤獨的愁思。在詩人的心目中，他眷念的「家」與「國」緊緊相連，難以分割。詩人在社會現實中觀照個體人生，又通過個體生命感情的鋪陳很好的體味現實社會，兩者水乳交融，密不可分，這樣的感情已經突破了「小我」的淺吟低唱，更加盪氣迴腸，唱出了所有身在異國心念故土的炎黃子孫的共同心聲。

與這種焦灼難眠的愛國情思相對照，留學美國的聞一多深受著民族歧視的心理壓力，看到因民族不平等給祖國和人民帶來創傷，對身在其中的西方帝國主義的工業文明進行了毫不留情的揭露和批判，直指資本主義社會得以繁榮的本質，詩人的內心和詩歌與現實社會充滿了矛盾和緊張感。〈孤雁〉中「蒼鷹的領土」吐出「罪惡的黑煙」，「喝醉了弱者的鮮血」。〈洗衣歌〉告訴我們帝國主義的繁榮正是建立在對貧窮國家勞動人民無情的壓榨和欺凌上的。所謂的文明其實是最大的不文明。在平易的訴說中，詩歌中一種受難的氣質緩緩流動，同時顯現出對人的尊重，更是對受難民族的尊重，深邃而熾熱的詩情、凜然不可侵犯的正氣不言自明。〈七子之歌〉之一「你可知Macau不是我真姓，／我離開你太久了母親。／但是他們掠去的是我的肉體，／你依然保管我內心的靈魂，／那三百年來夢寐不忘的生母啊！／請叫兒的乳名叫我一聲澳門，／母親啊母親／我要回來！／母親、母親。」現在更是被譜為歌曲，廣為傳唱，抒發了對祖國的真摯熱愛，詩風別具一格。

希望終歸是希望。詩人踏上魂牽夢縈的祖國大地，面對滿目瘡痍、民不聊生的社會現實，他感到了痛心疾首的失望，內心深處的悲愴意識如海嘯般噴薄而出，寫下了長歌當哭的〈發現〉：「我來了，我喊一聲，迸著血淚，／『這不是我的中華。不對，不對！』／……我追問青天，逼迫八面的風，／我問，拳頭擂著大地的赤胸，／總問不出消息，我哭著叫你，／嘔出一顆心來，在我心裏！」。《死水》是詩人的代表作之一，作於 1926 年 4 月，收於聞一多 1928 年出版的同名詩集。詩人將當時令人窒息的時代氣氛以象徵的手法給予真實的表現：「這是一溝絕望的死水，／清風吹不起半點漪淪。不如多扔些破銅爛鐵，／爽性潑你的剩菜殘羹。／／也許銅的要綠成翡翠，／鐵罐上繡出幾瓣桃花；／再讓油膩織一層羅綺，黴菌給他蒸出些雲霞。／／讓死水酵成一溝綠酒，飄滿了珍珠似的白沫；／小珠們笑聲變成大珠，／又被偷酒的花蚊咬破。／／那麼一溝絕望的死水，／也就誇得上幾分鮮明。／如果青蛙耐不住寂寞，／又算死水叫出了歌聲。／／這是一溝絕望的死水，／這裏斷不是美的所在，不如讓給醜惡來開墾，／看他造出個什麼世界。」這些詩行中，跳動著聞一多憂心如焚的愛國心。面對「這一溝絕望的死水」，詩人先是唱出死水的死氣沉沉，死水的骯髒，再唱死水的臭味，死水的沉寂，詛咒的感情隱藏在反諷的詩句背後。醜是美的對立面，死水既是一種自然想像，更是對當時現實的一種最確切的象徵。詩風沉鬱凝煉，不見直白的情感宣洩，體現了把主觀情緒化為具體形象的藝術主張，也體現了新月派提出的「理性節制情感」的審美原則。但詩的結尾，詩人對改變這生靈塗炭的社會現實缺少必要的信心，陷入苦悶、彷徨乃至於頹廢。此外，〈荒村〉、〈罪過〉、〈飛毛腿〉、〈天安門〉等詩篇，都形象而憂憤的描繪了當時中國的社會現實：軍閥混戰，黎民在水深火熱中啼饑號寒。

但是詩人對有著悠久歷史的文明古國所面臨的現狀又是那麼的不甘，有一直潛埋在心底的〈一句話〉：「有一句話說出就是禍，／有一句話點得著火。／別看五千年沒有說破，／你猜得透火山的緘默？／說不定是突然著了魔，／突然晴天裏一個霹靂。／爆一聲：／『咱們的中國！』」詩人堅信一旦「火山忍不住了緘默」，就會使帝國主義和反動派「發抖，伸舌頭，頓腳」。聞一多沒有將自己置身在「象牙之塔」中，只停留於詛咒或一味吟誦「個人的休戚」，他的心與人民聲息相通，儘管周圍是一片寧靜幸福的景象：「潔白的燈光」、「賢良的桌椅」、「古書的紙香」、「孩子的鼾聲」，但是詩人的世界絕不在這小小的斗室之內，他莊嚴的宣布：「靜夜！我不能，不能受你的賄賂。」／誰希罕你這牆內尺方的和平！／我的世界還有更遼闊的邊境。／這四牆既隔不斷戰爭的喧囂，／你有什麼方法禁止我的心跳？」（〈靜夜〉）。

新月時期鼓吹詩的「三美」的聞一多。

作為前期新月派的主將之一，聞一多的詩歌理論對新月派詩人（包括徐志摩）有著很大影響。其詩論的核心內容是講究詩的「三美」：音樂美、繪畫美、建築美。聞一多的詩歌創作實踐了這些主張。就聞一多的全部詩作來看：第一部《紅燭》多為自由體，帶有濃厚的浪漫主義色彩，也有唯美主義的印痕，顯然受到西方意象派的影響。感傷氣息濃重，感情書寫較放縱，詩人自己對之不甚滿意；第二部《死水》則詩風明顯變化，將西方現代派手法與中國傳統詩歌藝術的「哀而不傷，樂而不淫」的抒情模式、唐詩宋詞之注重意境的營造和追求物我無間的審美效果相結合。內容上增強了現實主義精神，而形式上轉向格律體，頗具新古典主義傾向。詩集《死水》以其新格律體的模範實踐，體現了聞一多對新詩發展的獨特貢獻。

音樂的美，指詩歌要流動曉暢，韻律和諧。「越是有魄力的作家，越是要戴著腳鐐跳舞……對於一個作家，格律變成了表現的利器」[19]。與單純的保留舊格律不一樣，聞一多指出「律詩的格式是別人替我們定的，新詩的格式可以由我們的意匠來隨意構造」[20]。他在繼承我國古典詩詞中的「頓」、借鑑西方十四行詩（商籟體）的「音步」的基礎上，根據現代漢語的特點而提出「音尺」。它由音節組合而成，又稱「音組」。一首詩音節和韻腳要和諧，一行詩中的音節、音尺的排列組合要有規律。特別是一行詩中音尺的排列可以不固定，但三字尺、二字尺的數目應該相等，以顯新格律體詩的音樂美。《死水》是聞一多自認為「第一次在音節上最滿意的試驗」[21]的力作。全詩5節20行，每一行都是9個字（9個音節），由這9個音節組成的音尺大有講究。試舉《死水》中一節為例。

　　這是一溝絕望的死水，（2232）

[19] 聞一多：〈詩的格律〉，《聞一多詩全編》，第351頁，浙江文藝出版社1995年版。

[20][21] 聞一多：〈詩的格律〉，《晨報副刊・詩刊》，第7號，1926年5月。

清風吹不起半點漪淪。（2322）
不如多扔些破銅爛鐵，（2322）
爽性潑你的剩菜殘羹。（2322）

這9個音節均由1個「三字尺」和3個「二字尺」組成（或2232、或2322，也有3222），最後都以雙音節詞結尾。雖然音尺的排列順序不完全相同，但其總數卻完全一致（4個音尺），在變化中保持著整齊，參差錯落，兼以抑揚頓挫，加上「淪」與「羹」、「花」與「霞」、「沫」與「破」、「明」與「聲」、「在」與「界」相協，每節換韻，讀來既朗朗上口又富於變化，節奏感、韻律感很強，確有音樂般的美感。

繪畫的美，主要是遵循中國傳統藝術中詩畫相同的原理，力求用華美、富有色彩的詞藻表達詩意，講究以直觀的視覺形象吸引讀者的注意。聞一多留美時研習美術多年，對色彩之美特別敏感，世界在作者眼裏既是一幅幅隨意潑墨的自然山水畫，又是一首首色彩斑斕的詩。畫入了詩，詩也成了畫。詩中濃麗的色彩的靈感顯然受啟發於弗萊契，這位「設色的神手」讓聞一多重新發現李商隱，重新發現中國傳統詩學中的典雅之美。〈園內〉、〈憶菊〉、〈秋色〉都具有這一特色。〈憶菊〉中「鑲著金邊的絳色的雞爪菊；粉絲色的碎瓣的繡球菊……柔豔的尖瓣鑽蕊的白菊……剪秋蘿似的小紅菊花兒；從鵝絨到古銅色的黃菊；帶紫莖的微綠色的『真菊』」，〈秋色〉中「紫得像葡萄」的澗水，「彷彿朱砂色的燕子」的楓葉，「披著桔紅的黃的黑的毛絨衫」的孩子，可謂色彩斑斕，五光十色。而《死水》中出現的「綠酒」、「白沫」、「翡翠」、「羅綺」等意象，則可以看到白朗寧偏重醜陋，「化醜為美」、「化腐朽為神奇」藝術手法的痕跡。〈色彩〉一詩更是對各種色彩賦予「個性」的象徵意蘊的探尋：「生命是張沒價值的白紙，／自從綠給了我發展，／紅給了我情熱，／黃教我以忠義，／藍教我以高潔，／粉紅賜我以希望，／灰白贈我以悲哀；／再完成這幀彩圖，／黑還要加我以死。／從此以後，／我便溺愛於我的生命，／因為我愛它的色彩。」因有質感的色彩形象的支撐，抽象的哲理也就不顯空洞。

建築的美，主要是指從詩的整體外形上看，節與節之間要勻稱，行與行之間要均齊。雖然不一定要求每行的字數一律相等，但各行的相差不能太大，以追求整飭典雅的詩美。聞一多在〈律詩底研究〉中說「中國藝術中一個最大的特色是均齊，而這個特質在建築與詩中尤為顯著」，又說「我們的文字是象形的，我們中國人鑑賞文藝的時候，至少是有一半的印象是要靠眼睛來傳達的」[22]。〈死水〉、〈口供〉、〈靜夜〉、〈一句話〉、〈洗衣歌〉等詩歌都體現了「建築美」的創作主張，詩歌的形式隨體附形，外形整齊之美與內在節奏之曉暢和諧統一，很好地傳遞了或起伏跌宕、迴環往復或深沉哀怨、鏗鏘激越的詩情。建築美是「三美」詩論中著意之處，在新詩形式美的探索中別具一格。因間有刻意求工、雕琢過甚之弊，而被譏為「豆腐乾」或「麻將牌」。然而，當時的新詩仍處在濫觴時期，新詩的藝術規範、審美原則都尚未形成，感情抒發過於平鋪直敘，形式上因講究絕對的自由，又顯得過於散漫。對於這一混亂的局面，聞一多的「建築美」的主張起了很好的藥石作用。聞一多將廣闊的內容收在有

[22] 聞一多：〈詩的格律〉，《晨報副刊・詩刊》，第 7 號，1926 年 5 月。

形的形式之中，一放一收，辯證統一。

如果僅僅有聽覺（音）、視覺（色、形）方面的追求，則不足以醞釀聞一多詩歌含蓄蘊藉的詩意。這還得歸功於詩人豐富飛騰的想像力。〈紅燭〉、〈火柴〉、〈玄思〉中很多詩篇以繁麗的比喻與意象見勝，而象徵是詩人常用的藝術手法。菊花象徵祖國（〈憶菊〉），廢園象徵飄零的悲哀（〈廢園〉），小溪象徵弱者（〈小溪〉），新芽替代爛果象徵了新陳代謝、歷史永遠向前（〈爛果〉），〈死水〉則構成整體上的象徵。情緒與外物之間的契合點直接、純粹，象徵明朗而不晦澀。此外諸如「黃昏是一頭遲笨的黑牛」、「鴉背馱著夕陽，黃昏裏織滿了蝙蝠的翅膀」、「芭蕉的綠舌頭舔著玻璃窗」等詩行，精於煉字，設喻奇巧，足見推敲之功。

總之，在新詩的發展史上，聞一多是一位對新詩藝術形式作出卓越貢獻的詩人。他的創作體現了「理智節制情感」的古典主義美學風範，以冷峻藏熱情，以靜存動，對新詩情感的氾濫放縱、不加節制產生很好的反撥作用。

第三節

徐志摩、戴望舒

一、追求愛、自由與美的新月才子：徐志摩

徐志摩（1897-1931），現代詩人、散文家，名章垿，筆名南湖、雲中鶴等，浙江海寧人。1915 年畢業於杭州一中、先後就讀於上海滬江大學、天津北洋大學和北京大學，1918 年赴美國學習銀行學。1921 年赴英國留學，入倫敦劍橋大學當特別生，研究政治經濟學。在劍橋兩年深受西方教育的薰陶及歐美浪漫主義和唯美派詩人的影響，形成了徐志摩獨特的人生觀。這「康橋覺醒」的人生理想，即是對愛、自由和美的追求與信仰，凝結成一個理想的人生形式，便是與一個心靈、體態俱美的女子的自由結合。1921 年徐志摩開始創作新詩。1922 年返國後在報刊上發表大量詩文。1923 年，參與發起成立新月社，加入文學研究會。1924 年與胡適、陳西瀅等創辦《現代評論》週刊，任北京大學教授，印度大詩人泰戈爾訪華時任翻譯。1925 年赴歐洲，遊歷蘇、德、義、法等國。1926 年在北京主編《晨報》副刊《詩

鐫》，與聞一多、朱湘等人開展新詩格律化運動，同年移居上海。1927 年參加創辦新月書店。次年《新月》月刊創刊後任主編，並再次出國遊歷英、美、日、印諸國。1930 年任中華文化基金委員會委員，被選為英國詩社社員，同年冬到北京大學與北京女子大學任教。1931 年初，與陳夢家、方瑋德創辦《詩刊》季刊，被推選為筆會中國分會理事。同年 11 月 19 日，由南京乘飛機到北平，因遇霧在濟南附近觸山，機墜身亡。

徐志摩著有詩集《志摩的詩》，《翡冷翠的一夜》、《猛虎集》、《雲遊》。收入《志摩的詩》、《翡冷翠的一夜》兩集的前期作品，除少數作品流露出一些消極、虛幻的情思，大多具有比較積極的思想意義，真摯地獨抒性靈，追求愛與美以實現個性解放，格調清新健康，在一定程度上反映了「五四」的時代精神。此外，還有散文集《落葉》、《巴黎的鱗爪》、《自剖》、《秋》，小說散文集《輪盤》，戲劇《卞昆岡》（與陸小曼合寫），日記《愛眉小箚》、《志摩日記》，譯著《曼殊斐爾小說集》等，顯示出不菲的創作成績。

徐志摩是貫穿新月派前後的重要人物，他熱烈得追求「愛」、「自由」與「美」，追求「人」、「自然」與「和諧」。徐志摩活潑好動、不受羈絆的個性與瀟灑空靈的才華和諧統一，形成了其詩歌特有的飛動飄逸的思想內容與藝術風格。

追求光明與自由的理想。徐志摩出生豪富，又長期接受英美教育，他追求「新的政治」、「新的人生」的理想，帶有鮮明的民主主義色彩。〈嬰兒〉是表現詩人社會理想最激越的一首詩。他希望「一個偉大的事實出現」，企盼那個肥白的「馨香的嬰兒出世」。全詩用一個行將臨盆的產婦對腹中嬰兒的企望，象徵地表現了作者對理想的嚮往，構思不落俗套。〈我有一個戀愛〉詩人抒寫了對這一理想的執著信念：「在冷峭的暮冬的黃昏，／在寂寞的灰色的清晨，／在海上，在風雨後的山頂——／永遠有一顆，萬顆的明星！」儘管「人生的冰激與柔情，／我也曾嘗味，我也曾容忍；／有時階砌下蟋蟀的秋吟，引起我心傷，逼迫我淚零。」但詩人堅信「我袒露我的坦白的胸襟，／獻愛與一天的明星：／任憑人生是幻是真，地球存在或是消泯——／太空中永遠有不昧的明星！」「為要尋一個明星」，儘管騎的是「一匹拐腿的瞎馬」，儘管前面是「黑綿綿的昏夜」，追求者也勇於在「黑夜里加鞭」，「衝進黑茫茫的荒野」。

一生追求愛、美、自由的徐志摩與其「靈魂伴侶」陸小曼攝於蜜月中。

對理想愛情的大膽抒唱。徐志摩的愛情詩是他全部詩作中最有特色的部分，徐志摩天性純真浪漫，他對周圍美好的一切都熱烈大膽地愛而追求，對愛情更是如此。他幾乎用自己的一生去找一個理想的愛人，給我們留下了傳奇的愛情，更留下了動人的詩篇。既不同於聞一多注重詩歌的形式，又有異於戴望舒在表現自我與隱藏自我之間尋找平衡點，徐志摩主張詩歌要獨抒性靈，表達在生活中不吐不快的感觸、情緒，而不單純是為了藝術。他的詩確是生活波折的留痕，近乎赤裸的表達自己在生活中的真實感受，在創作的時候就有審美對象的期待：《志摩的詩》初版是「獻給爸爸」的，《翡冷翠的一夜》是「獻給陸小曼」的，《猛虎集》根據《獻辭》是獻給林徽因的。也就是說，他的詩歌是寫給所有愛他的人和他愛的人。愛情詩尤為大膽直白：「我要你，／要得我心裏生痛，／要你火焰似的笑，／要你靈活的腰身，／你的髮上眼角的飛星；／我陷落在迷醉的氛圍中，／像一座島，／在蟒綠的海濤間，不自主的在浮沉。」為了得到心目當中的最愛，詩人發自肺腑的喊出：「我什麼都甘願；／這不僅我的熱情，／我的僅有理性亦如此說……但我也甘願，即使／我粉身自流」（〈我等候你〉），語言濃烈多情，讓人感到一股透不過氣來的詩情。相比而言，有些詩運用了特定的意象，適當將主觀情緒與表達拉開一定距離，更顯纏綿悱惻，讓人不覺悄然動容：「壓倒群芳的紅玫瑰」，「在晨光中吐豔」，它有著「真嬌貴的麗質」，「迷醉的色香」，詩人莊嚴宣告：「我是你的俘虜」，「我愛你」。最後，「花瓣、花萼、花蕊，花刺、你，我——多麼痛快啊！／一盡膠結在一起！／一片狼藉的猩紅，／兩手模糊的鮮血」（〈情死〉），語言富有質地和彈性，結尾更是觸目驚心。這份愛戀顯然不需要太多的知性指導，甚至也不符合愛情本身的邏輯，只符合詩人對愛的敏感和強烈的占有意識，顯出個性主義的詩魂。

〈雪花的快樂〉一詩值得分析。全詩熱烈清新、真摯自然。在這裏，現實的我被徹底抽空，雪花代替我出場，「翩翩的在半空裏瀟灑」。但這是被詩人意念填充的雪花，被靈魂穿著的雪花，它（他）要為美而死。值得回味的是，雪花在追求美的過程絲毫不感痛苦、絕望，恰恰相反，充分享受著選擇的自由、熱愛的快樂。雪花「飛揚，飛揚，飛揚」這是多麼堅定、歡快和輕鬆自由的執著！而那個美的她，住在清幽之地，出入雪中花園，渾身散發朱砂梅的清香，心胸恰似萬縷柔波的湖泊！當然，這首詩也可理解為詩人對理想社會境界的追求，「她」正是理想境界的人格化抒寫。徐志摩短暫的一生正是對理想的生活模式不懈追求的一生，正如胡適之在〈追憶志摩〉中指出：「他的人生觀真是一種單純的信仰，這裏面只有三個大字：一個是愛，一個是自由，一個是美。……他的一生的歷史，只是他追求這個單純信仰實現的歷史」[23]。

但是現實生活總與人的願望相去甚遠，〈丁當——清新〉、〈落葉小唱〉等詩都表現了愛情的苦悶。追求愛情的興奮狂喜與憂鬱煩惱本無可厚非，但在詩人看來，苦悶的緣由恰恰是這個「容不得戀愛」的世界。有些詩歌如〈這是一個懦怯的世界〉、〈決斷〉、〈翡冷翠的一夜〉，表明了詩人與這個扼殺個性、自由、愛情的社會決裂的決心；而有些詩如〈問誰〉、〈最美麗那一天〉，則贊詠愛情至上，以愛調和一切。由此可見，徐志摩的詩歌往往將愛與現實社會禮法處理為極端的二元對立關係，對愛情的追求同時又是對自由、個性的追求，這在一定程度上，與「五四」的時代精神又不謀而合。

對大自然的禮讚。詩人渴望個人性靈的自由，進而推及到大自然的每個生命。由此，靈光普照的大自然則是世俗之人逃避現實社會的最好的棲身之地。他的詩把大自然稱為「最偉大的一部書」，詩作中經常出現大海星空、白雲流泉、空谷幽蘭、落葉秋聲等眾多精彩紛呈、閃轉騰挪的物象景觀。〈朝霧裏的小草花〉（〈廬山小詩兩首〉之一）、〈五老峰〉或精緻，或宏偉，表現

---

[23] 胡適：〈追悼志摩〉，《新月》月刊，第4卷第1期，1932年1月。

了詩人優雅健美的情趣。〈再別康橋〉與早年所作的〈康橋再會吧〉都以劍橋大學的校園景色為對象，抒發了對自然的深厚感情。正是在這樣不食人間煙火的自然中，詩人放牧了自己的青春、理想和情愛，孕育了追求自由的靈性。情愛的性靈主題、歌頌自然的旨趣互為生發，情愛、性靈主題因此取得了超凡脫俗的氣質與魅力，可以看到古典詩情的現代化進行式。這些詩作深受維多利亞詩風的影響，其中既有泰戈爾小詩的平和超俗，又有拜倫、雪萊式的飛揚的「自我」身影，還有濟慈式的對至情之美的追求。〈沙揚娜拉〉組詩、〈泰山日出〉的冥思閒適，是泰戈爾式的；〈這是一個懦怯的世界〉的反叛和傲然於世是拜倫式的；穿透〈夜〉中那「威嚴的西風」，又似乎可以聽到雪萊在呼喊，「冬天來了，春天還會遠嗎？」收在《猛虎集》和《雲遊》兩集中的後期詩作，儘管有一些格調向上的篇什（如〈拜獻〉、〈在不知名的道旁（印度）〉），技巧也日趨成熟，但是，一方面，儘管詩人把生活當作詩歌來追求，生活畢竟是生活，不是詩，愛的失落必然包含著苦澀與沮喪，另一方面，當時中國社會的發展趨勢與他的社會理想之間的差距越來越大，因此詩人陷入了「懷疑和頹廢」，詩歌大都蒙上了一層失望、悲哀和頹廢的色調。此時的代表作如〈我不知道風是在哪一個方向吹〉「——我不知道風／是在哪一個方向吹／——我是在夢中，／在夢的輕波里依洄。」「我不知道風／是在哪一個方向吹／——我是在夢中，／她的負心，我的傷悲。」最後詩人只能躲在夢裏黯然神傷，「我不知道風／是在哪一個方向吹／——我是在夢中，黯淡是夢裏的光輝！」，這首詩決不僅僅是祭奠愛情的失落，更表達了對前途的無所適從感。此時，詩風不再空靈剔透、飄忽靈動，顯出幾分凝重與深沉。〈兩個月亮〉中一個「老愛往瘦小裏耗」，最後消失在滿天星點裏，另一輪「完美的明月」，儘管永不殘缺，卻難以把握，一閉眼，就「婷婷的升上了天」。由於對政治的厭倦，詩人有時甚至連愛情也覺得無聊。某些詩如〈深夜〉、〈別擰我，疼〉、〈春的投生〉寫了男女之間的戲逗、調笑，格調不高。

徐志摩的抒情詩具有相當高的藝術造詣。用新穎的意象進行精巧的構思。徐志摩執著的追求「從性靈深處來的詩句」[24]，在詩中真誠的袒露自己的內心世界，表現自己的獨特個性。徐志摩總能捕捉到觸動自己靈感的瞬間意象或瞬間場景，準確把握主客體之間從神韻到型態的契合點，充分顯現其獨特的創造力和非凡的想像力。正是這些「徐志摩式的意象」豐富了新詩的藝術境界。在〈雪花的快樂〉中，詩人以那「快樂」的「飛揚、飛揚、飛揚」的雪花的意象傳達了執著追求真摯愛情和美好理想的心聲；〈她是睡著了〉想像豐富，感情柔和細膩。詩人連續以星光下的「白蓮」、香爐裏的「碧螺煙」、喧響的「琴弦」、翻飛的「粉蝶」四個富有詩情畫意的意象，描摹意中人的睡態，營造出了一個美妙的意境。膾炙人口的〈沙揚娜拉〉：「最是那一低頭的溫柔，／像一朵水蓮花不勝涼風的嬌羞／道一聲珍重，道一聲珍重／那一聲珍重裏有甜蜜的憂愁——／沙揚娜拉！」全詩僅四句，借一朵不勝嬌羞的水蓮，形象地寫出了日本女子溫柔嬌羞、不忍分別的情態以及那可供細細玩賞的「甜蜜的憂愁」，詩的韻

[24] 《徐志摩日記》，轉引自陳從周：《徐志摩年譜》，第 70～71 頁，上海書店 1981 年重印本。

味餘音繞梁。另外，那「像是春光、火焰，像是熱情的黃鸝」（〈黃鸝〉），那匹「衝進黑茫茫的荒野」的「拐腿的瞎馬」（〈為要尋一個明星〉），那「惱著我的夢魂」的落葉（〈落葉小唱〉），那剛「顯現」卻又「不見了」的虹影（〈消息〉），那「半夜深巷的琵琶」（〈半夜深巷琵琶〉）等等意象，不勝枚舉。當然，三言兩語就能寫出意象的本質特徵，而且形神兼備，這不能不得益於徐志摩駕馭語言的功力。徐志摩的語言華麗、濃豔，極擅鋪排之能事。〈她是睡著了〉、〈半夜深巷琵琶〉、〈秋月〉寫得嫵媚明麗，懾人心魄。〈在病中〉一口氣連用七個比喻，形容病中的心情。而〈再別康橋〉中夕陽中的金柳，水中的青荇，斑斕的星輝等意象構成的幽雅畫面早已融入了人們對康橋、更是對徐志摩的記憶。

以和諧的韻律構建詩歌的音樂美。徐志摩曾說自己早年寫詩「絕無依傍，也不知什麼顧慮，心中有什麼鬱積，就託付腕底胡亂的給爬梳了去，就命似的迫切，那還顧得了什麼醜美？」[25]。徐志摩總是在詩中宣洩自己，讓情感毫無顧忌的流動，但這並不意味著其對詩的形式毫不講究，相反，深受聞一多的影響，他非常注重詩歌的格律。他認為「一首詩的字句是本身的外形，音節是血脈，詩感或原動的詩意是心臟的跳動。有它才有血脈的流轉」[26]，可以說徐志摩將生活的旋律藝術化，又將藝術的旋律心靈化。在徐志摩大量四行一節的抒情詩中，常常出現的重疊、反覆、排比、對偶等藝術手法，生動地幫助詩人傳遞了自己的內心

[25] 《〈猛虎集〉序》，上海新月書店 1931 年 8 月版。
[26] 《徐志摩詩全編》，第 568 頁，浙江文藝出版社 1990 版。

世界。試以〈雪花的快樂〉第一節為例：「假如我是一朵雪花／翩翩的在半空裏瀟灑，／我一定認清我的方向——／飛揚，飛揚，飛揚，／——這地面上有我的方向」。一二行每行三頓，每頓三到四個字，節奏較疏緩，並採用「花」、「灑」這些柔和而又開放的韻腳，與雪花的神韻相適應。第三行開始換韻，採用更開放而上揚的韻腳「揚」、「向」。第四行的節奏更為急促、歡快，與詩人的內心韻律一起跳躍。〈再別康橋〉開頭的短短四行中，三次反覆「輕輕的」，結尾四句漫不經心地改為「悄悄的」，似乎是信手拈來的現代口語，卻寫盡了欲說還休的纏綿依戀，使這首詩歌多年來經久不衰。在用韻上，徐志摩多方採用西洋詩押韻的方法，〈先生，先生〉用隨韻（AABB），〈為要尋一顆明星〉用抱韻（ABBA），〈他怕他說出口〉用交韻（ABAB），使詩韻在和諧中顯出變化。

章法整飭卻不拘泥。徐志摩作為新格律派的代表詩人，十分講究詩形和章法。他的詩雖以四行一節式較多，但卻不為其束縛，整飭中有變化，體現在章法、句法、韻腳等方面。〈再別康橋〉每節四行，隔行押韻，一、三行稍短，大抵六字，二、四行稍長，大抵八字，詩行有規律地長短錯落，又大段整齊、勻稱。〈愛的靈感〉長達396句，〈沙揚娜拉〉只有四句；〈翡冷翠的一夜〉一節74行，而〈火車擒住軌〉一節僅兩行，足見其句法、章法的變化多端。徐志摩總是不拘一格地試驗和創造詩歌美的內容和美的形式的統一，給人們留下了很多藝術珍品，在中國新詩史上作出了獨特的貢獻。

二、抒情象徵的雨巷詩人：戴望舒

戴望舒（1905-1950），筆名有戴夢鷗、江恩、艾昂甫等，生於浙江杭州，中國現代著名詩人。1923 年，考入上海大學文學系。1925 年，轉入震旦大學法文班。1926 年同施蟄存、杜衡創辦《瓔珞》旬刊，在創刊號上發表處女詩作《凝淚出門》。1928 年與施蟄存、杜衡、馮雪峰一起創辦《文學工廠》。1929 年 4 月，第一本詩集《我底記憶》出版，其中〈雨巷〉成為傳誦一時的名作，因此被稱為「雨巷詩人」。1932 年參加施蟄存主編的《現代》雜誌的編輯工作。11 月初赴法留學，入里昂中法大學，1935 年春回國。1936 年 10 月，與卞之琳、孫大雨、梁宗岱、馮至等創辦《新詩》月刊。抗戰爆發後，在香港主編《大公報》文藝副刊，發起出版《耕耘》雜誌。1938 年春在香港主編《星島日報・星島》副刊。1939 年和艾青主編《頂點》。1941 年底被捕入獄，在獄中寫下了〈獄中題壁〉、〈我用殘損的手掌〉、〈心願〉、〈等待〉等詩篇。1949 年後，在新聞總署從事編譯工作，不久在北京病逝。

詩人經歷了從早期浪漫主義感傷的抒情到成為現代派代表詩人的發展過程。〈我底記憶〉中的「舊錦囊」一輯十二首詩可視為詩人初期創作，顯然受到新月詩派新格律詩的影響；「雨巷」一輯六首標誌著向現代派詩的過渡，明顯受法國象徵詩派注重表現感覺、追求飄忽朦朧詩風的影響；第三輯「我的記憶」收詩八首，標誌著詩人的創作已開始進入成熟期。詩集《望舒草》收錄了戴望舒最具代表性的作品，此時詩人生活在清黨事件的白色恐怖中，精神苦悶而低沉，詩風迷離而悒鬱。新的轉捩點出現在戴望舒的最後一個詩集。《災難的歲月》中寫於七・七前的九首調子仍十分低沉，不過，1939 年創作的〈元日祝福〉表明詩人的創作在思想和藝術上都發生了巨大變化，詩風雄渾悲壯。這以後，詩人將自己的命運與祖國的命運交會在一起，寫出了具有強烈的現實主義精神的愛國詩篇。

溫柔的懷鄉病。30 年代現代派詩人典型的情緒是「現代懷鄉病」。這些中國的現代詩人原本從農村來到都市，尋求心中的理想，但當時的都市沒有他們理想的棲息地，他們的秉性又決定了他們與都市骨子裏的疏離。在理想與現實的夾縫中，詩人們感受著古老中國從農業文明向工業文明轉換的陣痛，深切的體驗著現代都市文明的淪喪和濃重的世紀末的情調，而他們最終只能成為都市的邊緣人和流浪漢。於是，他們開始懷念自己的家園，很多詩作充滿著一種淡淡的說不清道不明的微茫的鄉愁，被稱為現代派代表詩人的戴望舒當然也不例外。這種鄉愁既是對自己出生的家園，更是對精神的家園、對傳統文明的皈依。如〈遊子謠〉「海上微風起來的時候，／暗水上開遍青色的薔薇。／——遊子的家園呢？／籬門是蜘蛛的家，土牆是薜荔的家，／枝繁葉茂的果樹是鳥雀的家。／遊子卻連鄉愁也沒有，／他沉浮在鯨魚海蟒間」。通過這首詩，我們就不難理解戴望舒詩作中的「懷鄉病」：抒情主人公曾經毫不猶豫的拋卻自己的家園成了遊子，到了「大海」這個絕對的存在時，才發現自己根本就沒有了依託。「遊子」對自己的生命存在，對未來的歸宿充滿了懷疑和探究，對生命的家園進行了追問。但顯然詩人沒有得到答案。「五月的園子／已花繁葉滿了，濃蔭裏卻靜無鳥喧。／小徑已鋪滿苔蘚，／而籬門的鎖也鏽了——／主人卻在迢遙的太陽下」（〈深閉的園子〉），驀然回首，詩人發現傳統意義上的家園只是一個荒蕪的寂寞的存在，他對這樣的家園充滿了否定和背棄。詩人的家園在天上，詩人是在天上不知疲倦地飛翔的「樂園鳥」。在〈對於天的懷鄉病〉，詩人更直接的說，懷鄉病是「一切有一張有些憂鬱的臉，一顆悲哀的心，而且老是緘默著，還抽著一枝煙斗的人們的生涯」，而自己註定是其中之一，他「渴望著回返到那個如此青的天」，在那裏「可以生活又死滅，像在母親的懷裏，一個孩子歡笑又啼泣」，「沒有半邊頭風，沒有不眠之夜，沒有心的一切的煩惱。」遼闊、澄靜、寬容、安寧的天空的形象才是詩人的理想家園，只有在那裏，他才能物我兩忘，重返童貞。詩人出神般地迷離而又親切的呼喚著理想的家園，詩情樸實自然。

憂鬱感傷的詩風。戴望舒是一個理想主義者，對政治和愛情均是如此，但其結果，卻是雙重的失望。他的社會理想在特定的時代是命定的徒勞，與詩友施蟄存的妹妹施絳年曲折的愛情最終也無果而終，家園又只存在於回憶中。於是，詩人只剩下了自己孤獨的背影，詩歌就成了存放自己背負不起的哀怨愁苦的工具，只能躲在詩歌裏自哀自憐。戴望舒的詩作中總有著一個孤獨、憂鬱、感傷的抒情主人公的形象：如那有著「芬芳的夢境」的「孤零的少年人」，與「孤零的雀兒」一樣對寒風沒有辦法，「吹罷，無情的風兒，／吹斷我飄搖的微命」（〈寒風中聞雀聲〉）。當然，這裏的寒風不僅僅是抒情主體出現的背景，更是指涉了詩人的心理現實和客觀處境。又如那委身於茫茫黑夜的「流浪人」，面對陰森、恐怖的黑夜，只能喟然自嘆「我是飄泊的孤身，／我要與殘月同沉」（〈流浪人的夜歌〉）；〈憂鬱〉更是詩人心情的直接寫照，所謂的美好理想在詩人眼裏全是「欺人的美夢，欺人的幻象」，甚至連「嬌紅披滿枝」的「薔薇」都「已厭看」，「心頭的春花已不更開」。抒情主人公的形象是枯寂的，抑鬱的，苦悶而毫無希望：「我的唇已枯，我的眼已枯」，「我頹唐地在挨度這遲遲的朝夕，／我是個疲倦的人兒，我等待著安息。」全詩籠罩在一種灰暗的基調中，表現了對生活的厭倦和絕望。詩人時時感到「現在，我有一些寒冷，／一些寒冷，和一些憂鬱」（〈秋天的夢〉）。〈我的素描〉很準確地總結了這一類抒情主人公的形象：「假若把我自己描畫出來，／那是一幅單純的靜物寫生。／我是青春和衰老的集合體，／我有健康的身體和病的心。」甚至對愛上自己的少女，都先要「栗然地惶恐」。戴望舒的詩集中多充滿著對這種青春病態的體味與自戀，籠罩著一種絕望、神秘、頹廢的色彩。

「結著愁怨」的飄忽不定的少女形象。此類形象寄託了詩人憂鬱、傷感的情緒，是詩人在現實與夢想、生存環境與生命渴求的矛盾衝突中的最好見證人。這類詩的代表作當屬〈雨巷〉。詩人剪裁出了梅雨時節發生在江南小巷的人生瞬間的經歷與感悟：「撐著油紙傘，／獨自彷徨在悠長，／悠長又寂寥的雨巷，／我希望逢著／一個丁香一樣地／結著愁怨的姑娘」這個有「丁香一樣的顏色，丁香一樣的芬芳，丁香一樣的憂愁」的女郎出現了，「在雨中哀怨，哀怨又彷徨，／她彷徨在這寂寥的雨巷，／撐著油紙傘／像我一樣，／像我一樣地／默默彳亍著，／冷漠、淒清，又惆悵。」她走近了，甚至朝我投來「歎息一般的眼光」，可惜，她近了，又遠了，就像夢中一樣，於是，「我」又只能回到起點，帶著更落魄的心態，繼續等待：「我希望飄過／一個丁香一樣地／結著愁怨的姑娘」。詩歌的意境就像這雨巷一樣的淒婉迷茫。既可以理解成對理想愛人的追求，又可以認為全詩構成了一個富有濃重象徵色彩的抒情意境。詩人把當時黑暗陰沉的社會現實暗喻為悠長狹窄而寂寥的「雨巷」，沒有陽光，也沒有生機和活氣。而抒情主人公「我」就是在這樣的雨巷中孤獨的行走的彷徨者。「我」在孤寂中仍懷著對美好理想的憧憬與追求，詩中「丁香一樣的姑娘」就是這種美好理想的象徵。但是，這種美好的理想又是渺茫的、難以實現的。這種心態，正是 1927 年後一部分有所追求的青年知識份子，因找不到出路而陷於惶惑迷惘心境的真實反映。如此而言，正是這種多種詮釋的可能使這首詩贏得了人們的喜愛，成為現代新詩的一朵奇葩。後來，這樣的姑娘出現了，而且固執的說要「追隨你到世界的盡頭」，可是詩人此時卻低吟「我是比天風更輕，更輕，是你永遠追隨不到的」（〈林下的小語〉）。全詩充滿了虛無主義的頹廢氣息，詩人逃避的已不僅僅是愛情，更是逃避自身存在的價值以及自己追求的一切理想。無獨有偶，〈林下的小語〉的後面一篇〈夜〉似乎講了自己只能冷遇姑娘的理由：「我是害怕那飄過的風，／那帶去了別人的青春和愛的飄過的風」，也會帶去我的幸福；將之「絲絲地吹入凋謝了的薔薇花叢」。詩人將責任歸結到看不見摸不著的「風」，對自己懦弱的內心世界進行有效的自我安慰。

對理想的執著追求。「五四」前後，科學與民主的洪流震醒了一代知識份子，戴望舒也不可避免的受到時代的薰陶。儘管戴詩的主旋律是憂傷的，卻始終徘徊著一個尋夢者不屈的靈魂。〈尋夢者〉塑造了一個「攀九年的冰山」、「航九年的旱海」的尋夢者形象，全詩呈現出尋夢過程的艱難曲折與歡欣鼓舞，這也是詩人克服困難追尋理想的心靈之路。這樣的心路歷程已不僅僅屬於詩人個人，更屬於整個民族的奮鬥者們。當人們讀到「你的夢開出花來了，／你的夢開出嬌妍的花來了，／在你已衰老的時候」是不能不悄然動容的。〈樂園鳥〉中那「華羽的樂園鳥」，雖不知道「這是幸福的雲遊呢，／還是永恆的苦役」，但卻不分四季晝夜，「沒有休止」地飛翔；雖然清醒於理想的天上花園已經荒蕪，但又追求得義無反顧。詩人將「樂園」和「鳥」這兩個富有表徵意義的意象熔鑄在一起，一個求索者的形象油然而生：徘徊而不沮喪，寂寞而又倔強。1937 年抗戰爆發，民族解放的聲音更是驚醒了詩人憂鬱的夢。詩集《災難的歲月》留下了一些和以前風格迥然不同的歌頌抗日戰爭的詩篇，詩風不再低迷感傷，轉向剛健質樸：「我用殘損的手掌／摸索這廣大的土地：／這一角已變成灰燼，……／那裏，永恆的中國！」（〈我用殘破的手掌〉），表達了對山河破碎的切膚之痛，對抗戰後方的嚮往和禮贊。「如果生命的春天重到，／古舊的凝冰都嘩嘩地解凍，／……它們只是像冰一樣凝結，／而有一天會像花一樣重開」（〈偶成〉），洋溢著勝利的狂喜和對一切美好事物的信心。這時期，戴望舒的創作並沒有因思想水準的提高而降低了藝術的追求，或者使自己封閉和僵化起來。一些詩如〈元日祝福〉、〈心願〉、〈等待〉等直接抒情，〈獄中題壁〉、〈過舊居〉、〈示長女〉、〈贈內〉等寄情於事或寄情於景，寫實與象徵結合。

戴望舒是一位富有自覺的藝術意識的詩人，對新詩的藝術形式進行了大膽的探索，充滿象徵的意象和曲折的表現手法。戴望舒大約在 1922 至 1924 年開始寫新詩。當時通行著一種「自我表現」的說法，做詩通行直說，通行喊叫，以坦白奔放為標榜。戴望舒及其詩友對於這種傾向，私心裏反叛著。他們把詩當作另外一種人生，一種不能輕易公開於俗世的人生，一種洩露隱秘靈魂的藝術，創作動機「是在於表現自己與隱藏自己之間」[27]。為了達到這一效果，詩人運用準確的意象，甚至將多種意象疊加，激發多方位的感覺，將「全官感」與「超官感」膠結，委婉地展現詩人的主觀心境。這種表達特點造成了戴詩從情緒、意象到語言都具有朦朧美。〈印象〉中「深谷」、「鈴聲」、「煙水」、「漁船」、「真珠」、「古井」、「殘陽」七個看似零亂破碎、毫不相干的意象連用，組合成一個虛幻縹緲的境界。全詩如霧裏看花，又有跡可循：一切美好的東西或記憶都稍縱即逝，只能留下淡淡的感傷；同時，又巧妙的表現了「人」和「自然」之間的和諧交融，心意相通。〈路上的小語〉幾行：「給我吧，姑娘，你底像花一樣地燃著的，／像紅寶石一樣晶耀著的嘴唇，／它會給我蜜底味，酒底味。」全詩用幾個跳躍性很大的暗喻，從視覺到味覺，溝通全身的感覺器官，色澤鮮明，感情細膩而強烈，顯示出戴望舒與法國後期象徵主義深厚的血緣聯繫。同時，有不少意象在戴望舒的詩作中頻繁出現，既有「大海」、「天空」，更有「秋」、「夜」、「寒風」等，營構戴望舒特有的詩意空間。而「蝴蝶」更好像是他的鍾愛。〈古神祠前〉運用擴展性的流動意象，暗示生命縹緲不定，流露出人生無常的悵惘。開始是一隻蜘蛛，接著變為生出翼翅的「蝴蝶」，後來又化作一隻「雲雀」，最後忽而幻化成一隻翱翔於青天的鵬鳥；寫於 1937 年春的〈我思想〉是戴望舒難得的格調較明快向上的詩作，有一個有著「斑爛的羽翼」的「蝴蝶」形象；〈白蝴蝶〉創作於 1940

[27] 杜衡：《〈望舒草〉序》，上海復興書局 1932 年版。

年，寂寞的白蝴蝶是寂寞的詩人的最好寫照。

散文化的自由詩體的創設。戴望舒在他的〈詩論零箚〉中認為「韻和整齊的字句會妨害詩情，可使詩情成為畸形的」[28]。發表在《現代》上的〈望舒詩論〉則認為詩「倘把詩的情緒去適應呆滯的、表面的舊規律，就和把自己的足去穿別的人的鞋一樣。」[29]為了方便詩人情緒展開的內在節奏的需要，他創造了具有散文美的自由體詩。這種詩「在親切的日常說話調子裏舒卷自如，銳敏、準確，而又不是它的風姿，有節制的瀟灑和有功力的淳樸」[30]。如〈我底記憶〉將記憶說成「忠實甚於我最好的友人」，並用家常的語言，將生活中常見的意象比作記憶：「燃著的煙捲」、「百合花的筆桿」、「破舊的粉盒」、「喝了一半的酒瓶」、「撕碎的往日的詩稿」、「壓乾的花片」，敘說著詩人幽怨哀郁的心境，尋求著苦悶內心的慰藉。〈斷指〉用親切自然的日常說話的調子，表達了對一位犧牲了的朋友的深切懷念。詩人將意象物境生活場景化，又用富有彈性的口語化的詩句加以排列，所有的藝術手段都服從於娓娓訴說式的特定情調，情緒自然流動，同時留有更多的餘地讓讀者填補自己的想像力。

杜衡在《〈望舒草〉序》說戴詩「很少架空的感情，……鋪張而不虛偽，華美而有法度，的確走的是詩歌的正路」[31]。戴望

---

[28] 《詩論零劄》，轉引自《中國現代文學史》，第 397 頁，武漢大學出版社 2000 年版。

[29] 《望舒詩論》，轉引自《中國現代文學三十年》，第 364 頁，北京大學出版社 1998 年版。

[30] 卞之琳：《〈戴望舒詩集〉序》，《戴望舒詩集》，第 5 頁，四川人民出版社 1981 年版。

[31] 杜衡：《〈望舒草〉序》，上海復興書局 1932 年版。

舒的詩歌創作很注重將西方的現代派思想與傳統的詩學理論相結合。他帶著中國晚唐溫李那一路詩的影響進入詩壇，其時正值新月詩人大力介紹英美浪漫派詩歌及其理論、提倡新詩格律化之時，在這背景下，戴望舒接受了法國浪漫派作品的影響。20 年代後期，他轉向法國象徵派詩歌藝術的借鑒，主要受魏爾倫的影響，追求詩的音樂性和形象的流動性，以及對瞬間感受的捕捉。〈雨巷〉是此時最好的嘗試；《望舒草》時期，戴望舒轉向學習法國後期象徵派詩人福爾、果爾蒙、耶麥那種更為淳樸的詩風，確立了以散文美為主要特徵的自由詩體；此外，戴望舒還受到瓦雷里、波特萊爾等人的影響。他把這些影響同民族現實生活、中國古典詩詞的氣質和傳統相結合，進行詩藝探索。詩作既有東方民族的古典式的精美，又體現了現代審美原則與藝術追求。

被稱為現代詩派「詩壇的領袖」的戴望舒。

第四節

艾　青

艾青（1910-1996），原名蔣海澄，生於浙江金華一個工商業家庭。因家中聽信算命先生所謂「剋」父母的誑言，艾青被寄養在一個貧苦農夫家裏生活了五年。少年時喜歡美術，初中畢業後考入國立西湖藝術學院。1929 年，赴法國勤工儉學，專攻繪畫藝術，在巴黎度過了三年「精神上自由，物質上貧苦」[32]的生活。1932 年回國前夕，寫成第一首詩作〈東方部的會合〉。回國後，參加中國左翼美術家聯盟，並成為魯迅支持的美術團體「春地畫會」的成員，不久便被捕入獄。由於監獄生活的限制，艾青在藝術道路上出現了從繪畫到詩歌的轉向。1935 年 10 月，艾青獲釋出獄。

艾青在抗戰以前的詩作收於詩集《大堰河》與《馬槽集》（後編入《曠野》集）中。這些早期詩作強烈地抒發了對生活的愛憎感情，揭示出勞動人民的深重苦難。〈透明的夜〉是艾青入

[32]《艾青詩選・自序》，人民文學出版社 1979 年版。

獄後寫的第一首詩。它描繪出一幅徘徊於夜的曠野上，茫然無所歸的「醉漢、浪客、過路的盜、偷牛的賊」這群對過去懷著複雜心理的下層人民的生活圖景，反映了詩人對他們不幸命運的深切同情。1933年，詩人第一次使用「艾青」筆名發表了抒情詩〈大堰河——我的保姆〉。它一出現，就以感人肺腑的情感與清新自然的詩風震動了文壇，成為艾青的成名之作。詩人以抒情主人公「我」與大堰河一家的關係以及大堰河一生的悲慘遭遇，深情地敘寫了大堰河善良、勤勞、無私的動人形象，深刻地反映出傳統農村在帝國主義和封建勢力的壓迫下，凋殘破敗、瀕於破產的淒慘景象，以及勤勞善良的中國農民家破人亡、謀生無路的悲慘命運。這是詩人奉獻給農村勞動人民一首深情的讚歌，也是寫給這「不公道世界的咒語」[33]。它不僅是呈現給保姆個人的，同時又是「呈給你的兒子們，我的弟兄們／呈給大地上的一切的／我的大堰河般的保姆和她們的兒子」。從詩中，可以看出艾青對被壓在社會底層的貧苦婦女的深切了解和同情，看到詩人因思念大堰河而激發起來的覺醒心理與要求反抗的願望。同時，由於詩人這時身陷囹圄，生活和精神上的磨難也使詩作流露出一種寂寞、憂鬱的感傷情調。在藝術上，真摯而濃烈的抒情，質樸而深沉的口語，一唱三嘆的旋律，都使該詩具有強烈的藝術魅力與感人效果。此外，艾青在〈巴黎〉、〈馬賽〉等詩作中揭露了資本主義文明的醜惡實質，〈太陽〉、〈春〉、〈黎明〉等表達出對於光明未來的憧憬和嚮往。這些詩作，是艾青藝術道路上的最初嘗

[33]《大堰河・大堰河——我的保姆》，引自《中國新文學大師名作賞析：艾青》，第39頁，海南出版社1989年版。

試，在藝術表現上則還帶有明顯的西方象徵派詩人影響的痕跡。

1937年抗戰爆發以後，艾青「拂去往日的憂鬱」，迎著「明朗的天空」[34]，開始了新的生活和創作。他先後輾轉於武漢、山西、桂林、湖南、重慶等地，擴大了視野，更深切地感受時代的精神，從而促進了創作精神的高漲。在抗戰前期的短短幾年中，他又創作了近百首詩歌，出版有《北方》、《向太陽》、《他死在第二次》、《曠野》、《火把》等詩集，形成了詩人創作道路上的鼎盛時期。

《北方》收錄了詩人在抗戰最初階段的重要詩作，展示了民族的覺醒和人民的抗戰熱情。〈復活的土地〉告訴人們：這塊長期死去的土地「已經復活了」，在它溫熱的胸膛裏，將重新漩流起「戰鬥者的血液」。〈北方〉一詩，滿含深情地讚揚了中華民族幾千年來勤勞、勇敢、「從不曾屈辱過一次」的鬥爭歷史，深信它「堅強地生活在大地上」，永遠不會滅亡。在〈雪落在中國的土地上〉一詩中，艾青更是懷著對祖國命運的憂患，向「被烽火所齧啃著的」中國北方的土地與人民發出這樣的詢問：「中國，／我的在沒有燈光的晚上／所寫的無力的詩句／能給你些許的溫暖麼？」詩句的基調不免有些悲愴，然而卻正是感情極度濃烈的表現。

1938年4月，艾青在武漢完成了他的第一首抒情長詩〈向太陽〉。長詩以武漢為背景，真實地展現了抗戰初期全國人民為神聖的抗戰事業而努力奮鬥的壯麗畫面，以高度的熱情讚美著光

[34]《北方・復活的土地》，引自《中國新文學大師名作賞析：艾青》，第72頁，海南出版社1989年版。

明，讚美著民主。在詩人眼中，「太陽」是體現理想、謳歌戰鬥的抒情象徵，它激起了人們對生活光明前景的憧憬與「把人類從苦難中拯救出來」的強烈責任感。因此，詩人一方面讚美著太陽照耀下的城市、村莊、田野、河流和山巒，它們正從沉睡昏暗中醒來，勃發出濃郁的生機；另一方面詩人又把目光注視於陽光普照下的現實生活：這裏有「比拿破崙的銅像更崇高」的傷兵，有為支援前線而不辭勞苦向行人募捐的少女，有為爭取抗戰勝利而流著汗水努力生產的工人，有端著閃光的刺刀加緊操練的士兵……在這生氣勃勃的抗戰畫面中，詩人快樂、奔馳、唱歌，「感到了從未有過的寬懷與熱愛」，甚至願意在這光明的際會中死去。〈向太陽〉形象地敘寫了中國人民在抗戰時期緊張的戰鬥生活和樂觀主義的神情容貌，反映了中華民族在危難中煥發出來的同仇敵愾的民族意志和為國獻身的精神力量。它的出現，標誌著艾青更多地把個人的悲歡融合在時代的情緒中，並確立了他在抗戰文藝中作為一名出色的吹號者的地位。

艾青是 40 年代最有影響的代表詩人。

詩集《他死在第二次》中的最重要作品是長詩〈吹號者〉和〈他死在第二次〉。前者歌頌一位用帶著血絲的號聲去鼓舞人們進行戰鬥，而自己卻終於倒在他所「深深地愛著的土地上」的普通號手。中彈倒下時，他的手「還緊緊地握著那號角」。後者表現一位傷癒後的士兵重上戰場，終於又為抗戰事業獻出自己寶貴生命的動人事蹟。對於這位平凡的士兵來說，「他只曉得他應該為這解放的戰爭而死」，反映了他要從敵人手裏奪回祖國命運的堅強決心。這兩首詩，表現了中華民族的覺醒和大無畏的氣概，給艾青的抗戰詩作塗上了一層悲壯的色彩。

1939 年秋後，奮起抗戰帶來的熱烈情緒趨於平抑，現實的困難和挑戰正日益迫近著人們。這時，詩人在地處國統區的湖南衡山鄉村師範任教，「遠離烽火，聞不到『戰鬥的氣息』」。[35]後來收入《曠野》集中的這一時期的詩歌大多屬於寫景詠物之作，不免帶有一種荒涼、寂寞之感。如〈冬天的池沼〉、〈橋〉、〈願春天早點來〉等詩作，色澤略呈暗淡，生機亦顯蕭颯，充滿著憂鬱的氣氛。但這偶然出現的沉重，也正表達了艾青艱苦求索、追求春天的思緒。不久，詩人果然在 1940 年 5 月赴重慶的途中，完成了堪稱〈向太陽〉姐妹篇的著名長詩〈火把〉，顯示出思想探索的飛躍和亢奮的詩情。

〈火把〉是一曲表現抗戰年代革命青年生活道路的青春之歌。長詩敘寫的是一對女青年在某城市參加一次火炬遊行的故事。李茵是一位比較成熟的革命女性，她覺得「人生應該是一種把自己貢獻給群體的努力」，因此，她刻苦閱讀進步書籍，積極參加各種抗日救國活動，上前線經歷戰鬥生活的磨練，過著充實而富有活力的生活。而 19 歲的女青年唐尼，嚮往革命生活卻又跳不出個人感情的小天地。她常常感到生活像一張空虛的網，因而試圖用愛情來填補生活的空虛。所以，當李茵邀請她去參加火

[35]《曠野・題記》，重慶生活書店 1940 年版。

炬遊行時，更多的是想找機會與情人見面。但是，浩浩蕩蕩的火把洪流，熱氣騰騰的群眾集會，畢竟使她親身體會到了一種陌生的「完全新的東西」。而女友李茵根據自己切身經歷對她的諄諄勸導，也逐漸使她懂得愛情並不能醫治我們，「卻只有鬥爭才把我們救起」。最後，唐尼終於衝破了個人主義和多愁善感的精神藩籬，舉起火把投身到革命集體的懷抱，跟著光明的隊伍前進。詩中的火把是時代的光明的象徵。〈火把〉發表後，在國統區青年中引起了強烈共鳴。

1941 年皖南事變以後，艾青來到了延安。與新的生活與環境相適應，詩人的創作道路也出現了新的轉折。他覺得「詩必須作為大眾的精神教育工作，成為革命事業裏的，宣傳與鼓動的武器」，決心「把政治與詩密切地結合起來，把詩貢獻給新的主題和題材」[36]。艾青在這時期創作的詩歌主要收於《雪裏鑽》、《獻給鄉村的詩》、《反法西斯》和《黎明的通知》等集中。在《獻給鄉村的詩》中，詩人用階級鬥爭的眼光觀察生活，預言為了反抗欺騙與壓榨，「它將從沉睡中起來」。〈向世界宣布吧〉一詩，斥責各種招搖誹謗，歌頌光明與幸福。〈黎明的通知〉以欣喜的心情告訴長期生活在黑暗中的人民：黎明就要來了，如太陽一樣光輝燦爛的新中國就要出現在世界的東方。表現了詩人對革命勝利的堅定信心。由於艾青這時來到了新的天地和置身於革命的中心，因而他更自覺、更有力地為革命唱歌，詩作中的時代意識更為強烈，理想主義色彩也有了新的發展。在語言風格上，

---

[36] 《開展街頭詩運動——為〈街頭詩〉創刊而寫》，載《解放日報》，1942 年 9 月 27 日。

質樸、清新，更接近於一般群眾的閱讀要求。但也正如不少從國統區來到延安的文藝工作者那樣，儘管他們想以滿腔熱情反映新的生活，但是由於還缺乏深厚的生活基礎與足夠的藝術提煉，作品往往顯得比較空洞與浮泛。艾青在這一時期的一些詩作，藝術上比較單薄，缺乏感人的詩情。這是艾青的藝術個性和創作風格尚未能和新的主題、題材相適應相融合的緣故。

但毋庸置疑，在中國現代詩歌發展史上，艾青是繼郭沫若、聞一多等以後推動一代詩風的重要詩人。艾青曾對從「五四」到抗戰這一時期的新詩，作過這樣的估價：「中國新詩，已走上可以穩定地發展下去的道路：現實的內容和藝術的技巧已慢慢地結合在一起。新詩已在進行著向幼稚的叫喊與庸俗的藝術至上主義可以雄辯地取得勝利的鬥爭。而取得勝利的最大的條件，卻是由於它能保持中國新文學之忠實於現實的戰鬥的傳統的緣故。」[37]「五四」時期，伴隨著洶湧澎湃的追求個性解放與民族新生的激情，產生了一批像郭沫若那樣積極倡導自由體詩的詩人，開始了中國詩歌現代化的歷程。但是，由於新詩作者過於忽視傳統與追求自由表現，也使得新詩顯得有些散漫與隨意。試圖調整的，是聞一多等人提倡的「格律體詩」。這在一定程度上糾正了新詩發展的偏向，對詩歌藝術進行了嚴肅的探討。但這時新月派與現代派的一些詩人在很大程度上脫離了時代和人民，一味追求表現技巧與詩歌格律，也陷入了艾青所批評的「庸俗的藝術至上主義」。抗日戰爭爆發以後，嚴峻的戰時環境使得任何有正義感的詩人都必須走出藝術的象牙之塔，積極投身到抗戰這一洪流之

[37]《北方・序》，文化生活出版社 1942 年版。

中。這時，艾青的詩作一方面堅持並發展了革命現實主義流派「忠實於現實的、戰鬥的」傳統，另一方面又克服與揚棄了其「幼稚的喊叫」的弱點，吸收了象徵主義、浪漫主義等詩歌流派的藝術技巧，從而使自由體詩在藝術上達到了一個新的高度，鞏固了新詩發展的陣地，推動了中國新詩的健康發展。

艾青是一個感情飽滿的詩人。在他的詩中，總是蘊藏著一種深沉而強烈的感情。從小在乳母家感染到的農民的憂鬱，半流浪式的三年巴黎生活，形成了艾青早期詩作中「漂泊的情愫」[38]。在抗戰的炮火中，當詩人輾轉於中國大部分的國土時，不僅理解了中國農民的現實苦難，而且對這古老的國土上所養育的民族有了更為深刻的認識。這時，從小感染到的農民的憂鬱已昇華到新的時代的高度，時代浪子的漂泊情愫找到了堅實的歸宿，因而，迴蕩在他不少的詩篇中深沉的感情並不僅是冷淡的哀愁，而是對祖國、民族前途的熱切思考。當詩人的這種思慮一旦萌發出生機，透露出火亮時，感情的烈火便熊熊燃燒起來了。太陽、光明、春天、火把、黎明……這些詩人專門謳歌的主題，萌發出蓬勃向上的意氣，洋溢著浪漫主義的激情。詩人的這種感情特色，增強了作品的感人魅力與藝術效果。

此外，艾青還十分重視獨特意象的創造。在意象中，凝聚著詩人對生活獨特的感受、觀察與認識。他這樣認為：「一首詩裏面，沒有新鮮，沒有色調，沒有光彩，沒有形象——藝術的生命在哪裏呢？[39]」因而，他的不少詩作都從現實生活中採掘出鮮活

---

[38] 胡風：〈吹蘆笛的詩人〉。

[39] 〈詩論掇拾〉，載《七月》，第3輯第5期。

的意象與完美的詩緒，創造出一幅幅色彩絢麗、清新可感的圖畫。〈大堰河——我的保姆〉中對色調的運用，〈手推車〉中景、情、光、色、圖，乃至音響的完美組合，都豐富了我國新詩的藝術語彙，增加了新詩的藝術表現力。艾青的這種成功，來源於他對藝術技巧的重視，同時也得益於他的美術素養。

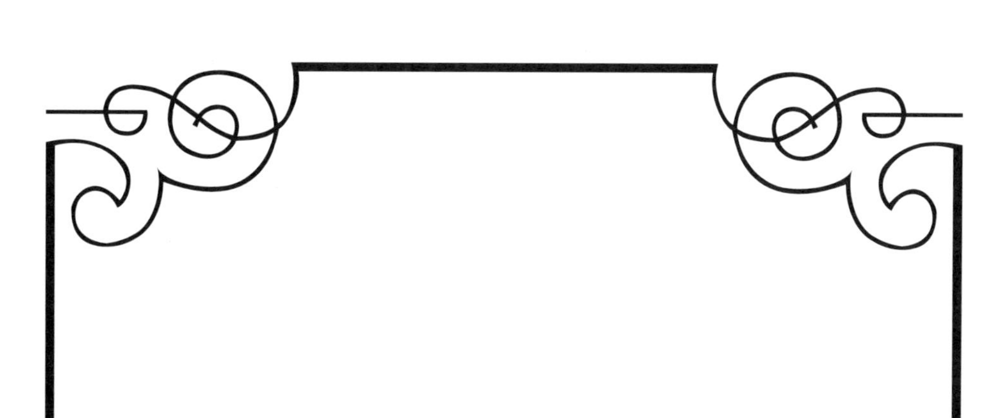

第三章

散文卷

第一節

現代散文概論

在五四時期大放異彩的現代散文，其實是經歷了清末民初文學革新運動的孕育與過渡後的產物。清末以康有為、梁啟超、譚嗣同、黃遵憲、嚴復等人為主的維新派散文作家群，加上以章太炎、陳天華、秋瑾、鄒容等人為代表的革命派散文作家群，相繼以衝破傳統古文樊籬，開創適應新時代的新文體自許，他們在「文界革命」上的努力，為現代散文的發展開闢了一條新路徑，也為五四新散文的興起掃蕩了障礙，提供了必要的條件。不過，清末民初的文界革新是不徹底的改良，只做到「舊瓶裝新酒」，尚無法意識到以白話代替文言的根本性與重要性。

散文真正成為一種現代型態的獨立藝術形式，而且取代傳統古文，甚至與其他文類相比也毫不遜色，是在五四時期。以白話文為書寫工具的新文學運動，在思想運動與政治運動的推波助瀾下，自覺且徹底地風靡文壇，成為不可阻擋的文學主流。現代散文正是在文學自身要求與時代所需的背景下誕生。因為散文自身靈巧輕便的文體特性，加上繼承豐富的古文傳統和借鑒西方隨筆散文的長處，使現代散文一登場，就以其種類繁多、題材廣泛、品種齊全及作家隊伍龐大而取得突出的成績與耀眼的榮景。朱自清對這一時期散文「絢爛極了」的盛況有一段經典性的描述：「有種種的樣式，種種的流派，表現著、批評著、解釋著人生的各面，遷流蔓衍，日新月異：有中國名士風，有外國紳士風，有隱士，有叛徒，在思想上是如此。或描寫，或諷刺，或委曲，或縝密，或勁健，或綺麗，或洗煉，或流動，或含蓄，在表現上是如此。」[1] 魯迅的看法也是如此，他說：「到『五四』運動的時候，才又來了一個展開，散文小品的成功，幾乎在小說戲曲和詩歌之上。」[2] 足見現代白話散文這個五四新文學的新生兒，一出場就大展身手，佔據了時代文學的潮頭。

一、20年代：文體意識覺醒下的摸索與崛起

五四新文學運動的「現代性」標誌，語言的改變是最易辨識的形式特色，但除了語言，還有題旨、敘事模式、表現技巧等多方面的區別。從形式到內容，從思想到技巧，心理分析、意識流、象徵、觀點運用等，都使得現代文學在文體意識的覺醒之後，透過作家們的創作、摸索與實驗，呈現出眾聲喧嘩、繽紛多姿的熱鬧局面。現代散文就在「是什麼」的文體思索中，與「能什麼」的多方嘗試下，為自身的藝術典律與文體樣式進行了迥異以往、別開生面的大膽試驗，並因此取得了豐富的藝術成果。

---

[1] 朱自清：《〈背影〉序》，見《朱自清全集》，第1卷，第33頁，江蘇教育出版社1996年版。

[2] 魯迅：《南腔北調集・小品文的危機》，見《魯迅全集》，第4卷，第576頁，人民文學出版社1993年版。

1. 雜文、美文、報告文學：散文主樣式的初步確立

在現代散文眾多品種中，率先脫穎而出的是議論性質的雜文，其次是以抒情、寫景、敘事為主調的小品文、美文；此外，在 20 年代也已經開始出現夾敘夾議、兼具新聞性與文學性的報告文學。在此後三十年的現代散文發展史上，雜文、小品文與報告文學基本上成為散文家族中最耀眼、最主要的三個成員。雜文以其短小精捍、犀利潑辣，可以充分發揮匕首與投槍功能的特性，在文學革命與思想革命上扮演著帶領的作用，而且也是白話文藝術特質較早顯示的文體之一。20 年代聲勢顯赫的雜文寫作熱潮，始於《新青年》於 1918 年 4 月 15 日首闢的「隨感錄」專欄，主要撰稿者有李大釗、陳獨秀、錢玄同、劉半農、周作人等，其中以魯迅的雜文成就最大。以《新青年》為陣地，形成了一股「隨感錄」熱潮，影響所及，《每週評論》、《晨報副刊》、《民國日報・覺悟》等報刊也競相仿效。這一時期的雜文，充滿反帝反封建的革命精神，熱情洋溢，批判力強，可以說，現代散文自誕生開始就離不開戰鬥色彩。

和《新青年》雜文風格接近的還有 1924 年形成的「語絲派」。這批作家以《語絲》週刊為園地，發表「簡短的感想和批評為主」的雜文，代表作家有魯迅、周作人、林語堂、俞平伯、錢玄同等。他們的雜文強調「富於俏皮的語言和諷刺的意味」，被稱為「語絲文體」，在當時影響頗大。從《新青年》到《語絲》，現代雜文的發展日益成熟，在文學色彩與文體樣式方面都有所精進。運用雜文這一藝術形式，犀利批判舊道德、舊文化的代表作家是魯迅，他在這一時期結集的《熱風》、《華蓋集》、

《墳》等，都充滿辛辣明快的戰鬥激情。

小品文或美文的出現略晚於雜文，約在 1919 年以後，但其作者與作品的數量卻很快就超過了雜文。周作人是最早提倡以個人言志為主、具藝術表現的敘事抒情散文，並以其過人的才情在理論與創作上都有傑出表現的作家。他於 1921 年 5 月發表的〈美文〉，為新文學開闢了新的園地，不以戰鬥為目的的文體開始出現。他的散文風格既有《談龍集》、《談虎集》的浮躁凌厲，又有沖淡平和如〈故鄉的野菜〉、〈苦雨〉、〈初戀〉、〈烏篷船〉等美文，一如其性格中「叛徒」與「隱士」兼備的雙重性。同樣具有這種雙重性格的是魯迅，他一手寫鬥志昂揚的雜文，一手也能寫最個人化的小品美文。任心閒談的《朝花夕拾》，充滿追憶童年、舊事重提的溫柔與滄桑，而自言自語的《野草》開創了「獨語體」散文的新風貌，也首開現代散文詩的成熟樣式。可以說，現代散文在周氏兄弟手中開始，也在周氏兄弟手中成熟。

至於報告文學這一散文新樣式，雖然要到 30 年代才有較成熟的代表作品與相關理論，但自 20 年代初期起，此一強調新聞性與敘事性的散文表現方式，就已有一些作家開始嘗試，其中以瞿秋白的《餓鄉紀程》與《赤都心史》最為突出，論者多認為首開現代報告文學之先河。瞿秋白是在 1920 年以北京《晨報》特約記者身分去莫斯科考察十月革命後蘇俄的實況，他將兩年間的見聞感受，透過這兩本散文、報告文學集加以忠實呈現，內容涉及政治、經濟、文化、社會等不同層面，既有對蘇俄人民鬥志昂揚的讚美，也有生活艱苦的目擊，文體多變，包括雜感、雜記、散文詩等，其中多篇已具報告文學雛形。20 年代中期，隨著「五卅」運動、「三一八」慘案等政治事件的相繼發生，許多作家寫了一些類似報告文學的敘事散文，富現實意義且不乏強烈的批判性，如茅盾的〈暴風雨〉、葉聖陶的〈五月卅一日急雨中〉、朱自清的〈執政府大屠殺記〉、陸定一的〈五卅後的上海〉等，這些散文既有較強的新聞時效性與真實性，又有生動的文學性，可以視為現代報告文學的濫觴。

2. 為人生與為藝術的散文路線

在20年代的文學發展中，分別成立於1921年1月的文學研究會與6月的創造社，是最具影響力與代表性的兩大社團。文學研究會以「為人生」的現實主義精神著稱，代表作家除周作人外，還有朱自清、冰心、葉聖陶、許地山等，在散文領域中都占有一席之地。他們在總體創作傾向上持嚴肅態度，為現實人生與社會而寫作，其中寫實風格最鮮明的是葉聖陶、鄭振鐸和茅盾。葉聖陶的《未厭居習作》（1925年）是他在這一時期的代表作，如〈藕與蓴菜〉、〈沒有秋蟲的地方〉等堪稱佳作，郁達夫評論其散文風格為「風格謹嚴」「腳踏實地」[3]，且認為一般的高中生，要學習散文的寫作，葉聖陶的散文是最為適當的模範。散文被郁達夫說是「有著細膩的風光」的鄭振鐸，《山中雜記》（1927年）中有多篇寫得質樸真率。茅盾則以大量的雜文隨筆見長，觀察周到，分析清楚，但抒情練句較弱。許地山的《空山靈雨》（1925年）有強烈的個人抒情色彩，篇幅短小，但充滿寓言哲理，時有奇特的構思，也有人性佛理的探討，其中以〈落

[3] 郁達夫：《中國新文學大系散文二集・導言》，業強出版社 1990 年重印版。

花生〉一篇最為人熟知。至於最能代表文學研究會散文創作成績的冰心與朱自清，以下將有專節介紹，此不贅敘。

創造社以個人化的浪漫主義色彩為其文學特徵，強調文學「為藝術」的追求，直抒胸臆，長於情緒感染，但有時不免濫情。郁達夫是代表作家，這時期的散文以遊記及帶個人自敘傳色彩的抒情作品為主，創作量豐富，有《過去集》（1927 年）、《奇零集》（1928 年）、《敝帚集》（1928 年）等，其中〈故都的秋〉、〈一個人在途上〉、〈給一位文學青年的公開狀〉、〈還鄉記〉等篇膾炙人口，透過細節的細膩描寫，作者苦悶、自憐的情緒起伏一一浮現。創造社的其他成員還有田漢、郭沫若、成仿吾等。田漢於 1922 年出版了日記集《薔薇之路》，文字頗有才情；以文學批評名世的成仿吾也曾出版散文集《流浪》（1927 年），其中〈太湖遊記〉一文寫得情景交融，充滿真實的情感；郭沫若的散文集有《橄欖》（1926 年）、《水平線下全集》（1928 年）、《山中雜記及其他》（1929 年）等，內容形式多樣，有小品、隨筆、日記、書信、短評、序跋等，不拘一格，情感奔放如烈火狂風，郁達夫指他的散文「主觀色彩濃郁，寫時隨意不滯，任感情流瀉，不加以拘束」，這既是指郭沫若的散文風格，也是創造社的文學風格。

此外，20 年代中期還有《現代評論》派的散文值得注意，其成員多為留學歐美的自由主義作家，如胡適、徐志摩、陳西瀅、梁實秋、凌叔華等，因受唯美主義影響較大，為藝術而藝術的傾向較明顯。最具代表性的人物是徐志摩，他的《落葉》（1926年）、《巴黎的鱗爪》（1927年）、《自剖》（1928年）等散文集，均風行一時，和他的詩名一樣讓人傳頌至今。一生追求愛、美、自由的徐志摩，散文語言華麗，比喻生動，情感真切，但有時會濃得化不開。陳西瀅創作不多，但《西瀅閒話》（1928 年）因內容豐富，見解獨特，且多出之以隨筆閒話的體裁，而以「閒話家」風格知名。

綜觀 20 年代散文的發展，其成果是豐碩的。在文學革命後的第一個十年間，散文名家備出，佳作如林，而且各種不同風格、類型的散文書寫，在往後都有持續的深化廣掘。各種技巧、手法也都得到自由的發揮。作家個性的突出表現，使現代散文一開始就擁有自己鮮明的面貌。郁達夫說：「現代的散文之最大特徵，是每一個作家的每一篇散文裏所表現的個性，比從前的任何散文都來得強。」[4]這個特點從散文一開始誕生就已如此。不論是戰鬥激昂，還是閒適唯美，都表現出作家自身的學養、才情、志趣與理想，也因此，現代散文在藝術及思想兩方面都達到了很高的成就。在文學革命、語言嬗替的摸索期就能有如此耀眼的成就，應是難能而可貴的。

二、30 年代：革命主潮下的複調與變奏

一如小說在 30 年代的出色表現，散文也同時迎來了繁麗的春天，散文藝術有了更為寬廣深入的探索。有的作家向古典散文汲取營養，有的則向域外隨筆借鑒，產生新的藝術表現動能與規律。但不可否認的，政治情勢的嚴峻發展與文化界一系列理論問題的論爭，使作家面臨立場的選擇與態度的分化，不論是左翼文

[4] 郁達夫：《中國新文學大系散文二集·導言》，業強出版社 1990 年重印版。

人，還是自由派作家，或是企圖遠離政治紛擾的一些京派和其他作家，都無可避免地籠罩在黨派鬥爭陰影下，或掙扎，或隱退，或犧牲，或狂熱。國共鬥爭，黨內分化，階級對立，加上日軍的野心侵略，人民困苦不堪，政局擾嚷不斷。在這樣的時代社會背景下，強調功能、宣傳、實用的革命文學成了30年代的主潮流。在散文方面，「和讀者一同殺出一條生存的血路」的雜文，以及由左聯積極倡導的報告文學，在這一時期因此有了更進一步發展的空間。但小品散文並未因此消退，文體意識的覺醒比前一時期更為加強，不同風格的作家與作品使30年代的散文有了長足的發展。

1. 進入全盛期的雜文

談到30年代的雜文，魯迅依然是此中翹楚。可以說，他在後期把主要精力都投注到了雜文的寫作上，而且質量都很可觀。在他的影響下形成了一批以雜文寫作為主的作家群，包括瞿秋白、唐弢、徐懋庸、聶紺弩、巴人、阿英等，這些作家多半左傾，他們選擇可以發揮匕首和投槍作用的雜文，重視散文的現實批判性，因為他們是追隨魯迅風格，因此有些論者將這批作家的雜文風格稱為「魯迅風」。這些作家的相繼投入，使雜文在30年代進入全盛期。瞿秋白從20年代初開始寫雜文，30年代是豐收期，代表作是《亂彈及其他》（1938年）一書，筆力犀利，語言直白，內容多為社會批判和文藝雜感，可說是「魯迅風」作家中成就最高者。徐懋庸的雜文也寫得凌厲潑辣，這一時期的雜文結集有《打雜集》（1935年）、《不驚人集》（1937年），魯迅曾為《打雜集》作序，稱許他的作品「和現在貼切，而且生動、潑辣、有益，而且也能移人情」。[5]唐弢本時期主要的雜文集有《推背集》（1936 年）和《海天集》（1936 年），觀察敏銳，一針見血，且富有文采。作為文藝理論家及文學史家，阿英也寫了不少雜文，擅於結合歷史掌故，可讀性高。至於巴人、柯靈、聶紺弩等人的成就主要是在抗戰以後。

一手寫抒情、敘事的小品散文，一手又能寫批判性強的雜文，在左翼作家中成就較高者，當推茅盾。他自 30 年代開始才真正把雜文當作文學創作，先後在報刊上發表了大量的雜文，後來結集有《速寫與隨筆》（1935 年），論析透徹，見人所未見，且文筆簡練生動，被稱為「散文家或者小說家的雜感」。至於《話匣子》（1934 年）、《印象感想回憶》（1936 年）等散文集，則情感熱烈，兼具文學性與思想性，部分反映現實之作，其深度與廣度直追魯迅。

2. 在文體自覺下風貌紛呈的小品散文

寫作小品散文，且風格獨特，文學藝術表現出色的作家，在本時期不少，值得注意的除了林語堂（後面有專節介紹）外，還有新月散文作家群、開明散文作家群、京派散文作家群、東北散文作家群等許多不同流派、特色的作家。當然也有一些其他作家，即使同為一組作家群，其各自散文面貌也可能大同而小異，這樣的歸類只是便於說明。

新月派的文學表現，在 20 年代即已為人矚目，主要成員徐

---

[5] 魯迅：《徐懋庸作〈打雜集〉序》，《芒種》半月刊第 6 期，1935 年 5 月 5 日。

志摩、胡適、梁實秋等，後來也是《現代評論》派的骨幹。徐志摩的散文成就主要在 20 年代；梁實秋則在抗戰時期開始他一系列膾炙人口的《雅舍小品》的寫作；胡適的散文一向嚴謹理性，但語言時有新意，這一時期出版了自傳散文《四十自述》（1933 年）及遊記《南遊雜憶》（1935 年）等；袁昌英的寫作態度也是認真不苟，《山居散墨》（1937 年）是她 30 年代小品散文、雜文和評論的結集；新月派的另一大將朱湘，雖以詩歌聞名，但散文也頗有影響，《海外寄霓君》（1934 年）見其深情，《文學閒談》（1934 年）、《中書集》（1934 年）則多發議論。

以開明書店為活動核心的文人群，散文寫作也自成一格，主要的散文作家有夏丏尊、葉聖陶、豐子愷、朱自清、朱光潛等。他們的寫作態度認真嚴謹，懷抱著淑世的熱情，是積極的為人生派，善於表現世態人情，文字簡練質樸，耐讀而有味。夏丏尊是這群作家中年齡最長者，豐子愷、葉聖陶在寫作上都曾受他啟發，他於 1921 年返回故鄉浙江上虞協辦春暉中學，在他的號召下，豐子愷、朱光潛、朱自清等人曾應聘來此任教，論者將這批於 1921 至 1924 年間在此教書、寫作且散文呈現一致清澈質樸風貌的作家們稱為「白馬湖作家群」。夏丏尊的散文結集者只有薄薄一冊《平屋雜文》（1935 年），數量不多，但一篇〈白馬湖之冬〉膾炙人口，其餘作品體式多樣，有隨筆、評論、書信、序跋等，因此他覺得自己的散文正適合稱為「雜文」。豐子愷從 20 年代即開始發表作品，30 年代已成果斐然，主要作品有《緣緣堂隨筆》（1931 年）、《子愷小品集》（1933 年）、《車廂社會》（1935 年）、《緣緣堂再筆》（1937 年）等，內容多取材於日常生活，往往能見微知著，耐人尋味，一些書寫兒童天真情態的散文，細膩而傳神。巴金曾談到以前讀豐子愷散文時的印象：「就像見到老朋友一樣，感到親切的喜悅，他寫得十分樸素，非常真誠。」[6]豐氏之文風與人品，長期以來擁有眾多讀者。

京派散文作家群以《大公報》的文藝副刊為陣地，包括沈從文、蕭乾、何其芳、李廣田、卞之琳、林徽因、蘆焚（即師陀）、曹禺等，因其主要活動在北方，被稱為京派。其中又以沈從文、蕭乾二人為中心，因為沈從文在 1933 年開始主編《大公報》文藝副刊，而蕭乾於 1935 年後接編，他們培養（結合）了以上這些作家，並以個性鮮明的散文為 30 年代文學發展作出了不容忽視的貢獻。沈從文的文字極富魅力，充滿鄉土色彩，善於從神話、傳說、民俗、地理、歷史等不同角度，勾勒出一幅幅神秘、玄奇、迷人的湘西風情畫。《從文自傳》（1934 年）、《湘行散記》（1936 年）是這一時期的代表作。寫景如畫，寫人物栩栩如生，可以看出一位優秀小說家獨具一格的散文表現。蕭乾以旅行通訊、報告文學為人稱道。何其芳、李廣田、卞之琳三人曾合作出版詩集《漢園集》，被稱為「漢園三詩人」，表現在散文上，三人既有共同對素樸的詩的靜美的追求，但也各有獨特的藝術風格。何其芳《畫夢錄》（1936 年）為抒情散文開拓出一個新的園地，獨語式的筆調，文字細膩而嫵媚，而且他是將散文視為獨立的藝術創作來投入，這使他的散文在純美意識的表現上達到了一定的高度，其文中自然流瀉的美麗與哀愁、寂寞與溫

[6] 巴金：〈懷念豐先生〉，見豐華瞻、殷琦編：《豐子愷研究資料》，第 159 頁，寧夏人民出版社 1988 年版。

柔，往往令人沉浸其中，感受著邈遠的美感。但《畫夢錄》中有些篇章顯得雕琢，而且題材多集中於一己愛情的憂傷，不免有些狹隘，到《還鄉雜記》（1939 年）後，題材領域開始擴大，把筆尖對準了更廣闊的人生。李廣田的散文較質樸、渾厚，這一時期有《畫廊集》（1936 年）、《銀狐集》（1936 年）兩本散文集出版，他的散文多以故鄉、身邊人事為素材，充滿著自我鮮明的面貌，樸實中也散發著情思之美。大體來說，京派散文作家群在文體創造上較有自覺的追求，並寫出了不少具藝術審美價值的佳作。

東北散文作家群以蕭紅、蕭軍、李輝英、端木蕻良、白朗等人較知名，他們在日軍占領東北後，被迫離開家園，因此作品多以回憶家鄉生活、反映東北人民在日軍鐵蹄下的苦難為主要素材，一方面表現出濃厚的地方色彩，一方面對人性心理有真實的刻劃。蕭紅在 30 年代的散文集有《商市街》（1936 年）、《橋》（小說散文合集，1936 年），大都以其女性細膩的描寫，記述自己的生活經歷與感情世界，具有鮮明的自敘傳色彩。性格爽朗、剛健的蕭軍，散文活動主要集中於30年代，代表作是《綠葉的故事》（詩文合集，1936 年）、《十月十五日》（散文小說合集，1937 年），語言質樸有力，情感愛憎分明。端木蕻良創作以小說為主，散文未結集成冊。李輝英則有《再生集》（1936 年），部分作品描述東北人民生活的痛苦，部分則追憶昔時童年生活，文風以自然樸素為主。

本時期在小品散文方面成就較高者還有梁遇春、蘇雪林、陸蠡、黎烈文、吳組緗、繆崇群、鍾敬文、陳學昭、麗尼、謝冰瑩、柯靈、蘆隱等多人。梁遇春的《春醪集》（1930 年）、《淚與笑》（1934年）充滿感傷情調，形式多變，不拘一格，有「文體家」之稱，強烈的抒情性，加上富啟發性的哲思，使他的散文顧盼生姿，風格突出。鍾敬文在這一時期有《西湖漫拾》（1929年）、《湖上散記》（1930年）為人稱道，筆風清淡有味，多自生活取材，文風近周作人一路。陸蠡則以文字真切細膩、詩意盎然為其散文特色，30年代的散文集有《海星》（1936年）、《竹刀》（1937年），他和另一風格相近的作家麗尼，都以語言講究、自覺追求詩之純美意境為散文經營的目標。

3.報告文學的蓬勃興起

五四時期開始出現的報告文學，在30年代有了明顯的成長，這和「左聯」積極地提倡有關。1930年8月，左聯執委會通過決議，要參考西歐的報告文學形式，推展「工農兵通信運動」，「創造我們的報告文學」，並隨即在左聯刊物上發表由柔石寫的報告文學作品〈一個偉大的印象〉。報告文學之所以在30年代成為文學主潮之一，除了與左聯的倡導有關外，外國報告文學理論與作品的大量輸入，以及局勢的動盪也是重要的因素，特別是「九一八」及上海「一二八」事變的發生，使報告文學成為寫作熱潮。不論是個人完成還是集體編輯的報告文學作品集，都為30年代複雜的社會變化留下第一手的生動記錄。以集體寫作的群眾性報告文學而言，阿英於「一二八」事變後編輯出版的《上海事變與報告文學》（1932年），茅盾仿效高爾基主編《世界的一日》的做法，也發起徵文而編成《中國的一日》（1936年），是這類報告文學的代表作。個人寫作的報告文學作品也因日漸成熟而受到歡迎，其中夏衍的〈包身工〉（1935

年）和宋之的的〈一九三六年春在太原〉（1936年）被稱為奠基之作。夏衍在寫作之前，親身到上海工廠進行採訪調查兩個月，以其見聞揭發出在東洋紗廠這個人間地獄裏，一群失去人身自由的女工們慘絕人寰的悲慘遭遇，對近代資本主義和帝國主義結合下無人道的剝削提出了滿腔激憤的控訴。宋之的則以自己的親身實地感受，描述太原在閻錫山統治下，因實施「防共」措施和頒行「好人證」，使人民陷入不安的恐怖氣氛中。這兩篇作品因手法新穎，富現實意義，堪稱30年代報告文學成熟的傑作。

此外，蕭乾從1932年開始寫的〈流民圖〉、〈平綏瑣記〉等旅行通訊，後來結集為《人生採訪》（1947年）一書。鄒韜奮則把1933年後在歐洲、蘇聯的見聞寫成《萍蹤寄語》（三冊，1934-1935）。范長江則以西北地區考察旅行，及對中共軍隊動態、西安事變等報導，震撼全國，後匯集成《中國的西北角》（1936年）、《塞上行》（1937年）、《川軍在前線》（1938年）等書，都產生轟動效應。隨著戰爭情勢的日漸發展，報告文學的重要性與日俱增，它結合文學性與新聞性的文體特色得到了進一步的發揮，和戰鬥性的雜文一樣，報告文學成為30年代的文學主調。

三、40年代：戰爭陰影下的困境與堅持

從1937年至1949年，現代散文的發展又呈現出新的風貌。八年抗戰與國共內戰，使第三個十年籠罩在煙硝戰火的陰影下，但作家的熱情也因此被激發，而使散文創作有了另一次的豐收。根據賈植芳和俞元桂主編的《中國現代文學總書目》中的統計，1917年至1937間，正式出版的散文集有800多部，而1937年

至1949年底就出版了1170部，也就是說，第三個十年散文創作的總量遠超過前兩個十年的總和。由此亦可見，戰爭的影響固然嚴竣而殘酷，作家們在流離顛沛中仍不忘堅持創作及文學的使命。當然，不同的時代召喚不同的文體，相對而言，雜文與報告文學因其直接迅速反映現實的文體特性，在民族危機空前嚴重的階段，得到了充分發展、繁榮的空間，而較個人化的小品散文則不免受到擠壓，但部分作家在這一時期仍有藝術水準成熟的佳作問世。

1. 報告文學的空前繁榮

延續上一階段的迅速崛起，戰爭，再一次賦予報告文學新的使命，尤其是抗戰初期，幾乎所有的作家都曾投入過報告文學的寫作，文藝刊物也都以最多的篇幅來刊登，如《抗戰文藝》、《群眾文藝》、《吶喊》、《七月》等，都開闢專欄發表這類「速寫」、「特寫」、「通訊」的報告文學作品。但初期以激動人心為功能的創作，不免在藝術性上稍嫌草率，隨著局勢的發展，文學理論家的深入研究，到後期逐漸向文學回歸，扭轉了部分粗濫、教條化的現象。

這一時期的報告文學題材，自然是以戰事的進行為中心。或寫軍民聯合抵禦日寇入侵的戰鬥事件與場面，如蕭乾的〈劉粹剛之死〉、以群的〈台兒莊散記〉等；或記日軍侵略暴行給中國人民帶來的苦難，如曹白〈這裏，生命也在呼吸〉、蕭乾〈流民圖〉、汝南〈當南京被屠殺的時候〉等；或敘前線戰士英勇殺敵的愛國精神，如丘東平的〈一個連長的戰鬥遭遇〉、駱賓基的〈我有右胳膊就行〉、碧野的〈北方的原野〉等；也有抨擊政府腐敗及漢奸罪行的，如于逢〈潰退〉、丘東平〈逃出了頑固分子的毒手〉等。不論國統區還是淪陷區，報告文學對前後方的真實情況都有著不同側面的反映，為時代動盪留下了生動的見證。至於延安地區的報告文學也同樣活躍，作家紛紛投入寫作，數量不少，有集體創作的如《五月的延安》、《渡江一日》等，有個人創作的如丁玲《一顆未出膛的槍彈》（1938 年）、《一年》（1939 年）、周立波《晉察冀邊區印象記》（1938 年）、《戰地日記》（1938 年）、沙汀《隨軍散記》（1940 年）、周而復《諾爾曼・白求恩斷片》（1948 年）等。此外，這一時期也積極從事報告文學創作者還有曹聚仁、范長江、姚雪垠、司馬文森、茅盾、吳伯簫等。

2. 魯迅風雜文蔚為風潮

雜文大家魯迅的影響力，在第三個十年中不僅不曾消退，反而得到更大的繼承與發揚，新的雜文作家群與創作中心相繼出現，蔚為風潮。在上海「孤島」時期的文學創作，就以雜文的成績最為耀眼，經常刊登雜文的刊物有《魯迅風》、《文匯報》副刊《世紀風》、《雜文叢刊》等十餘種，而主要作家有巴人、唐弢、柯靈、文載道、周木齋等人，作品富現實批判精神，對日本侵略者、漢奸走狗等，都有毫不留情的抨擊。這些作品有的是個人結集，如巴人《捫虱集》（1939 年）、《生活、思索與學習》（1940 年），唐弢《投影集》（1940 年）、《勞薪集》（1941 年），柯靈《市樓獨唱》（1940 年），周木齋《消長集》（1939 年）等；也有多人合集，如《邊鼓集》（巴人、唐弢等六人，1938 年）、《橫眉集》（孔另境、巴人等七人，1939 年），雖然作家風貌各有不同，但時事批判的積極性與戰鬥目標卻是一致的。

孤島的雜文作家堪稱陣容堅強，多人師法魯迅，繼承其戰鬥精神，以《魯迅風》雜誌為中心，形成《魯迅風》雜文作家群，其中以巴人、唐弢成就較高，他們都部分學到了魯迅雜文的風格：巴人的語言犀利，文筆靈活，流露出強烈的現實主義色彩；唐弢的內容駁雜，不拘一格，但文理交融，可讀性高。

在大後方的桂林文壇，以雜文刊物《野草》為陣地，產生了一個雜文作家群，包括夏衍、聶紺弩、宋雲彬、孟超、秦似等，風格也近似魯迅，其中以夏衍、聶紺弩較有成就。夏衍文字樸實，說理明晰，曾主編《救亡日報》、《南僑日報》等，寫了大量雜文，代表作有《此時此地集》（1941 年）、《長途》（1942 年）等；聶紺弩從事雜文寫作甚早，但大量創作是在抗戰期間，《野草》上有他以筆名蕭今度、耳耶寫的多篇雜文，他的雜文以說理見長，卻又不失幽默，富有趣味，這一時期的代表作有《歷史的奧秘》（1941 年）、《蛇與塔》（1941 年）等。重慶文壇自然也有一群雜文作家，馳名者有郭沫若、馮雪峰、茅盾、胡風等。創作量較豐者是郭沫若，《羽書集》（1941 年）、《蒲劍集》（1942 年）等均可看出他充滿激情、以氣勢取勝的雜文風格；馮雪峰在抗戰期間也寫了大量關注時事的雜文，他的文風嚴謹，論理井井有序，冷靜中不失熱情，代表作有《鄉風與市風》（1944 年）、《有進無退》（1945 年）等；胡風的雜文也與抗戰息息相關，《棘源草》（1944 年）即是他在文學評論之餘所寫雜文的結集，文筆犀利，言之成理，對日本軍國主義、漢奸賣國行徑等都有深入的譴責。

至於延安文壇，也有謝覺哉、何其芳、林默涵、丁玲、蕭軍等人涉足雜文寫作，他們或多或少受到魯迅的啟發與影響，但比魯迅更明朗淺顯。除了抨擊揭發，延安雜文也出現了歌頌性的雜文。他們的作品主要發表在延安的《解放日報》，其中以謝覺哉明白如話、說理直接的雜文最受歡迎，《一得書》（1942 年）是這一時期雜文的結集。1942 年延安文藝座談會後，受文藝整風影響，雜文的數量銳減，題材也漸趨單一化了。

3.小品散文在困境中堅持

以抒情敘事為主的小品散文，受到整體戰亂氣氛的影響，大批作家都積極投身於抗日工作，因此，抗戰必勝、人民必勝的救亡呼聲成為主調，小我被大我取代，情感上也轉向激昂，但仍有部分作家與作品，顯現出個人成熟的風致，以優美的散文為散文藝術的推展再添佳績。此外，這一時期對散文理論的探討也留下了幾篇具個人見解的代表作，如丁諦〈重振散文〉、林慧文〈現代散文的道路〉、葛琴〈略談散文〉、李長之〈關於寫散文〉、朱光潛〈散文的聲音節奏〉等。

茅盾是以雜文見長的散文作家，但他的一些抒情敘事散文也寫得優美感人，如《白楊禮贊》（1942 年）書中的〈白楊禮贊〉一文，運用象徵手法，以挺立在黃土高原上的白楊樹來比擬北方農民樸質、堅強的精神，富藝術感染力。他這一時期還有《見聞雜記》（1943 年）、《歸途雜拾》（1944 年）等散文集，記錄了戰時的流亡生活。蕭紅在戰時流離遷徙，際遇坎坷，因此作品中不時流露對東北故鄉的思念，如〈失眠的夜〉等，她以女性的細膩情感，娓娓訴說心中的悲歡憂喜，很有柔婉清新的風韻，幾篇懷念魯迅的真情散文甚獲好評，散文結集有《蕭紅散文》

（1940 年）、《回憶魯迅先生》（1940 年）。豐子愷的《教師日記》（1944 年）、《率真集》（1946 年）維持其一貫文字平淡質樸、自生活中取材的特色，但多了對現實情勢的關懷、家仇國恨的注視。馮至在抗戰期間只出版一冊薄薄的《山水》（1943 年），詩意的文字加上對人物出色的描寫，堪稱文情兼美之作。此外，魯彥、艾蕪、郭風、何其芳、李廣田、丁玲、孫犁、靳以、葉聖陶、王力、李輝英、周作人、冰心、李健吾、陸蠡、王統照、楊朔、沈從文等人，都在這一時期創作了具個人特色的散文集。

梁實秋與林語堂在散文藝術上也有所開拓，以下將有專節介紹。在第三個十年中，值得注意的還有巴金、錢鍾書、張愛玲三位作家，他們都以小說聞名，但創作散文一樣成就不凡。巴金在這一時期創作了大量散文，出版有《夢與醉》（1938 年）、《感想》（1939 年）、《龍．虎．狗》（1942 年）、《廢園外》（1942 年）等多冊，或寫旅途見聞，或懷念友人，或抒生活雜感，或關懷時局變化，充滿熱情，真摯不假，具有震撼人心的力量。錢鍾書以其和小說《圍城》一般的幽默與機智，創作了散文集《寫在人生邊上》（1941 年），雖只收十篇散文，但雋永有味，析理入微，是不錯的學者散文，尤其是〈魔鬼夜訪錢鍾書先生〉一篇，設想新奇，諷刺人性深刻。揚名上海文壇的一代才女張愛玲，以散文集《流言》（1944 年）讓人見識了她獨特絕美的藝術風格，〈愛〉一篇極短卻又極美，顯現了女性細膩又準確的心理深度。個性十足的張愛玲，文字表現令人驚豔，許多從日常生活事物觸發的聯想，留下了一幅幅生動的上海浮世繪，如〈公寓生活記趣〉、〈到底是上海人〉、〈道路以目〉等均是

「張愛玲式」的散文。以散文藝術的獨特審美意趣與層次來說，張愛玲的出現，使散文的生命更為多彩與活潑，甚且成了一頁滄桑中不失豐饒的傳奇。

現代散文三個十年的發展，一如其他文類整體的命運。以實用、功能、戰鬥、批判甚至宣傳的現實主義精神為主調，在救亡、啟蒙的時代呼喚下，雜文與報告文學有較寬廣的發展空間，大量的作品也的確發揮了文體的功用，為時代的苦難與掙扎、民眾素質的改變與提振、士氣人心的激勵等做了適切深刻的反映與見證。但不可否認的，以純美意識、審美藝術為核心的抒情、敘事散文，雖然也有極佳的成果，而且使散文保持了永恆價值的生機，然在救亡呼聲四起的動盪年代，它確乎難以躍居主流地位，這很大部分是時代使然，少部分是作家心態與意識型態致之，這都可以（也必須）理解，但這正是現代散文（文學）的不幸與無奈之處。大體而言，現代散文三十年的成績還是豐碩的，20 年代在生澀中不失銳氣，30 年代在多元中隱見主潮奔騰，40 年代則在紛亂中不失成熟。

第二節

魯迅、周作人

被稱為「周氏兄弟」的魯迅與周作人，都是才華洋溢，影響深廣，在現代文學史上占有重要地位的出色文人。魯迅的小說地位無人出其右，在散文文體試驗與創作實績方面也同樣有傲人的成就，周作人則在散文理論與創作上獨樹一幟，引領風騷，其文風筆調至今仍受廣大讀者喜愛與追隨。雖然周作人因一時附逆失足，導致長期以來受到漠視與批判，因而在文學史上一度「缺席」，但近年來已得到文學史家及作家們的「平反」，相關的研究對其在散文及其他領域（如民俗、翻譯等）的成就均有公允的討論與肯定。至於魯迅，在「政治正確」的考量下，一度被奉為文學之神，地位崇高，無人可及，其人其作因此受到過度的吹捧，也是不爭的事實，同樣的，近年來關於魯迅的研究已能實事求是，淡化意識型態，回歸文學本位，從文學表現上給予客觀的讚譽。兄弟兩人曾經攜手並肩，共為新文學大業奮鬥，也曾分道揚鑣，走向天壤之別的不同命運，如今，兩人終於拉近了距離，魯迅從天上回到人間，周作人從地獄重返塵世。從文學的角度來說，兄弟兩人最接近的文學事業，應該是散文與翻譯，甚至於，周作人在這方面的成就要高些，不過，魯迅在散文領域的開拓性也自有其不容忽視的貢獻，以下就先從魯迅談起。

一、匕首與投槍：魯迅的雜文

雜文可說是魯迅畢生一以貫之且投之以極大心血的寫作文類，創作的質與量均有可觀，他在 1935 年底寫的《且介亭雜文二集・後記》中曾說：「我從在《新青年》上寫『隨感錄』起，到寫這集子裏的最末一篇止，共歷十八年，單是雜感，約有八十萬字。後九年中的所寫，比前九年多兩倍，而這後九年中，近三年所寫的字數，等於前六年。」這段話一方面說明了他對雜文的情有獨鍾與勤力耕耘，另一方面則解釋時代社會的複雜變化，使他必須選擇這種戰鬥性十足的文類。從 20 年代到 30 年代，魯迅從一開始兼寫雜文、小品散文，甚至散文詩，到後來幾乎全力投入雜文寫作，原因正是他自己所言：「現在是多麼迫切的時候，作者的任務，是在對於有害的事物，立刻給以反響和抗爭，是感應的神經，是攻守的手足。」（《且介亭雜文・序言》）充分發揮雜文匕首投槍式一針見血、切中要害的特點，魯迅將雜文藝術運用得淋漓盡致，除了有感而發、言之有物的「寫什麼」之外，語言風格技巧多變的「怎麼寫」，使雜文發展迅速達到令人訝異的高度，而魯迅也成了這一文體的奠基人。

魯迅的前期雜文（1918-1927），代表作有《熱風》（1925年）、《墳》（1927 年）、《華蓋集》（1926 年）、《華蓋集續編》（1926 年）等四部，內容廣泛，題材多樣，以抨擊封建文化思想為特色，洋溢著昂揚的戰鬥精神，對吃人的禮教、宗法觀念、落後愚昧的國民性、國粹主義、復古思想等，展開邏輯嚴密、說理明晰的批判；對「五卅」事件、女師大學潮、「三一八」慘案等，魯迅更是集中火力、毫不留情地痛斥軍閥的暴行惡狀，例如寫於 1926 年 4 月的〈記念劉和珍君〉便是一篇以「三一八」慘案為題材的名作，富強烈的感染力，對北京女子師範學校女學生劉和珍、楊德群兩人在段祺瑞執政府前遇害一事，發出深自內心的哀慟與憤怒，他寫道：「真的猛士，敢於直面慘澹的人生，敢於正視淋漓的鮮血。」惟恐時間流逝，人的健忘會使這件慘案僅留下「淡紅的血色和微漠的悲哀」，因此，他提筆寫下這篇記念文章。文中對初見劉和珍及後來的幾次見面淡淡寫來，卻讓人印象極深，尤其是她「始終微笑著，態度很溫和」的形象，和她在遇害時的悲壯成為鮮明的對比。魯迅總結這件事的感想有三：「一是當局者竟會這樣的兇殘，一是流言家竟至如此之下劣，一是中國的女性臨難竟能如是之從容」，他因此激動地喊出：「沉默呵，沉默呵！不在沉默中爆發，就在沉默中滅亡」，「說不出話」的痛苦在字裏行間流露，但魯迅還是重拾悲憤之情，堅毅地相信：「苟活者在淡紅的血色中，會依稀看見微茫的希望；真的猛士，將更奮然而前行。」這篇雜文寫得有血有淚，有聲有色，重點突出人物性格與事件特性，議論之外，難掩的悲情沉痛，使本文成為記念「三一八」慘案諸文中最著名的一篇。

1927 年以後，政局有新的發展，國內政黨惡鬥，日本野心侵略，使國家面臨更嚴竣的挑戰，情勢也更形複雜詭譎，魯迅站在左翼革命文學立場，寫下了大量反映時局、關懷現實的雜文，沒有徬徨，沒有退縮，而是洋溢著樂觀、堅定的精神，善用諷刺、反語與曲筆，嘻笑怒罵間飽含尖銳的批評。代表作有《三閒集》（1932 年）、《南腔北調集》（1934 年）、《偽自由書》（1933 年）、《花邊文學》（1936 年）、《且介亭雜文》、《且介亭雜文二集》（1937 年）等，其中的名篇如〈為了忘卻的記念〉、〈友邦驚詫論〉、〈中國人的生命圈〉、〈論「第三種人」〉、〈小品文的危機〉、〈拿來主義〉、〈二丑藝術〉、〈說「面子」〉等，均說理精闢，傳誦一時。

以寫於 1933 年的〈為了忘卻的記念〉為例，追憶五位遇害的左聯成員、青年作家，特別是殷夫、柔石，文中細述了魯迅與他們結識的經過，以及兩年來對他們的懷念，無日或忘，真情可感，同時又有力控訴了當局的政治迫害。他以抒情細膩的文筆，點滴回憶相處的情景，一些細節的描寫很動人，如寫柔石的個性：「他的迂漸漸的改變起來，終於也敢和女性的同鄉或朋友一同去走路了，但那距離，卻至少總有三四尺的。這方法很不好，有時我在路上遇見他，只要在相距三四尺前後或左右有一個年青漂亮的女人，我便會疑心就是他的朋友。」但柔石與魯迅走在一起時就完全不同，而是「走得近了，簡直是扶住我，因為怕我被汽車或電車撞死」，魯迅也為柔石「近視而又要照顧別人擔心」，因此「大家都倉皇失措的愁一路」，抓住走路的細節，形象地呈顯出柔石的性格，令人印象深刻。這樣的年輕人，最後卻被捕，「在龍華警備司令部被槍斃了，他的身上中了十彈」，這就難怪魯迅會「沉重的感到我失掉了很好的朋友，中國失掉了很好的青年」，痛苦地發出「這是怎樣的世界」的憤懣！

論者在談魯迅的雜文成就時多能兼顧其思想價值與藝術價值，認為其雜文是詩的政論，既有嚴謹的議論，又有生動的抒情筆調，特別是高超的語言表現，鮮明的形象塑造，能夠達到以理服人，以情感人的目的。這個論點大致不差。魯迅曾自道：「論時事不留面子，砭錮弊常取類型」，[7]「我的雜文，所寫的常是一鼻，一嘴，一毛，但合起來，已幾乎是或一形象的全體。」[8]正是內容與形式的完美結合，思想與藝術的有機統一，魯迅的雜文才因此代表了 30 年代雜文藝術的顛峰，而為時人或後起者學習效法。

二、魯迅的《野草》與《朝花夕拾》

魯迅的文學才華與藝術探索畢竟是多方面的，雜文成就少人能及之外，他在散文文體的試驗上也一鳴驚人，光芒四射。其實魯迅的小品散文數量不多，只有寫於 1924 至 1926 年間的 23 篇散文詩集《野草》（1927 年），和寫於 1926 年的回憶散文十篇所結集的《朝花夕拾》（1928 年），但這兩本散文集在文體上很有特色，《野草》的前身是一組散文詩《自言自語》，這說明了其「獨語體」的性質，《朝花夕拾》原來題為《舊事重提》，可以看出「閒話體」的風格。前者是逼視靈魂深處，詩情與哲理交融，後者是任心閒談，娓娓道來，餘味無窮。錢理群等著《中國現代文學三十年》曾對此做了準確的評價，認為魯迅「為現代散文的創作提供了兩種體式，或者說開創了現代散文的兩個創作潮流與傳統，即『閒話風』的散文與『獨語體』的散文。——在

[7] 魯迅：《偽自由書・前記》，《魯迅全集》，第 5 卷，第 4 頁，人民文學出版社 1981 年版。

[8] 魯迅：《准風月談・後記》，《魯迅全集》，第 5 卷，第 382 頁，人民文學出版社 1981 年版。

這個方面也是顯示了魯迅『文體家』的特色的。」[9]

《野草》是魯迅作品中最具個性化，但也最複雜難解之作，文中多處表現出反抗黑暗、嚮往光明的戰鬥意志，但也不免流露出些許空虛失望的消極心態，因此有人說這是「苦悶的象徵」，或是「心的探險」，總之，它一改雜文的具象、實寫、諷刺，代之以大量虛構、象徵、抒情，形成一種奇特、幽深、隱晦的風格，具有強烈的藝術魅力。《野草》的寫作背景與小說集《徬徨》相近，時值五四高潮消退，新文化陣營分裂內耗，「有的高升，有的退隱，有的前進」，[10]加上段祺瑞執政府迫害日甚，腐化凶暴，使魯迅感到了巨大的孤獨與焦慮，而有了這一系列審視自我的作品。在〈題辭〉中，魯迅以「野草」自喻，道出了內心的感受與寄托：「野草，根本不深，花葉不美，然而吸取露，吸取水，吸取陳死人的血與肉，各各奪取牠的生存。當生存時，還是將遭踐踏，將遭刪刈，直至於死亡而朽腐。但我坦然，欣然，我將大笑，我將歌唱。我自愛我的野草，但我憎惡這以野草作裝飾的地面。」這幾句話，正好說明了《野草》一書的三個主題：一是憎惡裝飾的「地面」，也就是腐敗黑暗的現實社會，如〈立論〉、〈求乞者〉、〈復仇〉、〈失掉的好地獄〉等，對冷漠、說謊、醜惡的世界加以批判；二是對戰鬥精神的堅持與歌頌，即使如野草般被踐踏，也將坦然欣然，這類作品有〈秋夜〉、〈這樣的戰士〉、〈淡淡的血痕中〉、〈過客〉等，表現出赴湯蹈

---

[9] 錢理群等：《中國現代文學三十年》，第50頁，北京大學出版社1998年版。

[10] 魯迅：〈《自選集》自序〉，《南腔北調集》，見《魯迅全集》，第4卷，第456頁，人民文學出版社1981年版。

火、九死不悔的韌性；三是面對生存、朽腐，內心不免有所矛盾、猶疑與痛苦，如〈影的告別〉、〈希望〉、〈風箏〉、〈死火〉、〈臘葉〉等，有空虛之感，也有光明的渴想。

以《野草》第一篇〈秋夜〉為例，魯迅從後園中的兩株棗樹身上看到了戰鬥的精神，即使「落盡葉子，單剩幹子」，「仍然默默地鐵似的直刺著奇怪而高的天空」；至於「從窗紙的破孔進來的」小飛蟲，在「玻璃的燈罩上撞得丁丁地響」，也使得魯迅「點起一支紙煙，噴出煙來，對著燈默默地敬奠這些蒼翠精緻的英雄們。」一種為理想獻身、不怕犧牲的戰鬥精神很形象地破頁而來。但魯迅以抒情的文字，使這種精神不流於吶喊直白，而是充滿詩的意境，來表達這種複雜深沉的情感，如「藍閃閃地䀹著幾十個星星的眼，冷眼」、「夢見春的到來，夢見秋的到來，夢見瘦的詩人將眼淚擦在她最末的花瓣上」、「他知道小粉紅花的夢，秋後要有春；他也知道落葉的夢，春後還是秋」等，都是深含激情的想像，富強烈的藝術魅力。這些散文詩作，呈顯出魯迅內心深處的幽微心理，以及他在時代複雜變化下奇巧隱密的生命哲學。

1933年魯迅與夫人許廣平、兒子周海嬰攝於上海。

和《野草》相比，《朝花夕拾》顯得明朗、直樸、平易而雋永。全書以回憶為基調，敘事寫人為特色，可以說是具有文學與歷史的雙重價值。十篇散文貫串起魯迅的童年、少年、青年階段。前七篇寫童年在家鄉紹興的家庭生活、私塾讀書的情景，如〈無常〉、〈從百草園到三味書屋〉、〈父親的病〉等，後三篇〈瑣記〉、〈藤野先生〉、〈范愛農〉則是敘述赴南京求學、日本留學及回國教書的經歷。四十五歲的魯迅，正值壯年大展身手之際，卻在〈小引〉中說：「我常想在紛擾中尋出一點閒靜來，然而委實不容易。目前是這麼離奇，心裏是這麼蕪雜。一個人做到只剩下了回憶的時候，生涯大概總要算是無聊了罷，但有時竟會連回憶也沒有。」其對時局變化之不滿無奈於此可見。但也許是脫離了權力的周旋，疏離了政治的干擾，他反能在這些記憶文章中讓「舊來的意味留存」，以一種閒話家常的真性情、真面目，使我們認識了魯迅的另一面。

在〈阿長與山海經〉中，魯迅為我們描摩了他的保姆長媽媽，那發自天性的善良慈愛，在一些生活小細節中表現出來，例如連《山海經》都不知（她說成「三哼經」），卻有心地買來送給喜愛卻買不到的魯迅，「這四本書，乃是我最初得到，最為心愛的寶書。」他甚至於稱許阿長「有偉大的神力」，連「謀害隱鼠的怨恨，從此完全消滅了」。全文掌握了孩童的心理，又從孩童的眼光看到阿長的悲苦與淳樸的本性，在敘事中蘊含著真摯的抒情。〈從百草園到三味書屋〉則使我們看到了幼童的天性，喜愛生機盎然、充滿蟋蟀、蟬蛻、木蓮、美女蛇的百草園，而厭惡讀書習字對課的三味書屋。他苦惱地說：「我不知道為什麼家裏的人要將我送進書塾裏去了，而且還是全城中稱為最嚴厲的書塾。也許是因為拔何首烏毀了泥牆罷，也許是因為將磚頭拋到間壁的梁家去了罷，也許是因為站在石井欄上跳下來了罷，……都無從知道。總而言之，我將不能常到百草園了。」寥寥數筆，將孩童真實的心理形象鮮明地勾勒出來。〈父親的病〉一文，則顯得深沉悲痛，將父親病後，家人如何四處延醫、找藥引，最後絕望而終的情景語帶深情地寫出，尤其是末段，魯迅聽從「精通禮節的婦人」衍太太的指示，在父親未斷氣時卻大聲叫「父親！父親！」使父親「已經平靜下去的臉，忽然緊張了，將眼微微一睜，彷彿有一些苦痛」，甚至喘著氣說：「不要嚷。」這一莽撞的舉止，使魯迅悔愧不已：「我現在還聽到那時的自己的這聲音，每聽到時，就覺得這卻是我對於父親的最大的錯處。」懺悔中有對封建習俗的抨擊。這些「舊事重提」之作，顯現出魯迅精當的選材敘事之力，偶有尖銳的諷刺，但更多的是溫煦的回憶。學者范培松說這是魯迅「返老還童」之作，頗為傳神。

魯迅的雜文有摘花飛葉皆可傷人的功力、威力，充滿戰鬥、怨怒、批判的犀利，而《野草》的孤寂清冷，《朝花夕拾》的溫暖有情，則是另一種截然不同的文學風格，兩面一體，合而觀之，方知一個真實、完整的魯迅。

三、自己的園地：周作人的散文成就

和魯迅戰鬥抗爭式的散文不同，周作人（1885-1967）以其閒適清淡、充滿知識與趣味的言志小品，在現代散文史上產生了巨大的影響。五四前後，他發表了一系列見解獨到的文章，如〈人的文學〉、〈平民文學〉、〈思想革命〉、〈新文學的要求〉等，受到文壇矚目。胡適稱許他的〈人的文學〉一文是「當時關於改革文學內容的一篇最重要的宣言」。他譯作並行，在《新青年》、《語絲》雜誌上嶄露頭角。1921年，他與沈雁冰、葉聖陶等人發起成立文學研究會，主張為人生的文學。而對現代散文發展來說，周作人更大的貢獻是從西方引進「美文」的概

念，提倡「記述的」、「藝術性的」敘事抒情散文，要「給新文學開闢一塊新的土地」（1921 年〈美文〉），他同時身體力行，創作了大量這一類散文，而使現代散文在新文學初期即脫穎而出，成就甚且在詩、小說之上。這些談人生、道文藝、敘瑣事、抒真情的言志小品，諸如〈故鄉的野菜〉、〈北京的茶食〉、〈苦雨〉、〈喝茶〉、〈談酒〉、〈烏篷船〉等，奠定了他在現代散文史上的重要地位。楊牧在〈周作人論〉一文中開端即肯定他的成就：「周作人是近代中國散文藝術最偉大的塑造者之一。……五十年來景從服膺其藝術者最眾，而就格調之成長和拓寬言，同時的散文作家似無有出其右者。周作人之為新文學一代大師，殆無可疑。」[11]

周作人最「輝煌」的時期應該是在 20 年代，除了寫出以上這類膾炙人口的美文，他議論時政、闖盪十字街頭的文化批判文章，也能切合時勢，而和魯迅攜手締造了「周氏兄弟」的名號，這時的周作人意興風發，名滿天下。然而，隨著五四熱潮消退，不同文化陣營的對立，他的思想開始產生前進或後退的矛盾，正如他自己所言，有著「叛徒」與「隱士」、「流氓鬼」和「紳士鬼」的雙重性格，體現在散文創作中，便是同時具有「浮躁凌厲」和「沖淡平和」二體。1927 年「清黨」事件後，周作人在白色恐怖氣氛中做出了「閉戶讀書」的選擇，認為「苟全性命於亂世是第一要緊」，[12]如此一來，他就由反封建的驍將，變成思想消沉的隱士，和魯迅漸行漸遠。此後，隨著局勢劇變，周作人

[11] 楊牧：〈周作人論〉，見《周作人文選》，第 1 冊，第 1 頁，洪範書店 1983 年版。

[12] 周作人：《永日集・閉戶讀書論》，上海北新書局 1929 年版。

也步上了有些身不由己的曲折之路。30 年代，當魯迅鬥志昂揚地在文壇上發光，在思想上更形激進之際，周作人卻主張「文學無用論」。40 年代，他失足變節成為日本人的漢奸，出任偽職。1945 年抗戰勝利後，他被國民政府逮捕，判刑入獄。1949 年出獄後，返回北京，以後寫了一些關於魯迅的文章如〈魯迅的故家〉、〈魯迅的青年時代〉等，同時著手《知堂回想錄》的寫作；此外，他也用了不少精力翻譯許多外國文學作品，如《伊索寓言》、《希臘的神與英雄與人》等。1967 年在窮困潦倒中孤獨死去，留下毀多於譽的身後名。

30 年代以後的周作人，雖然仍有《看雲集》、《瓜豆集》、《苦茶隨筆》、《秉燭談》、《藥味集》等散文集出版，但藝術的才華已隨心境的消頽而衰減，書摘式（或稱「文抄公體」）的文章越來越多，而當年意味雋永、娓娓閒談並充滿情趣的美文越來越少。從文學發展的觀點來說，這不能不令人感到遺憾。或許就如散文研究者佘樹森所言：「作為散文家的周作人，其藝術的生命和靈魂，只屬於 20 年代古老北京城的『苦雨齋』，沒有那個時代的含失望與追求並存的苦悶，沒有『苦雨齋』那蕭蕭如雨的白楊，沒有這一切同周作人那『叛徒』與『隱士』性格，中國傳統文化心理的融合，便沒有那種使人低迴的藝術的閒談。」[13]

周作人一生共出版過二十多本散文集，20 年代出版的《自己的園地》、《雨天的書》、《澤瀉集》、《談龍集》、《談虎集》、《永日集》等書堪稱其創作巔峰時期的代表作，尤其自 1925 年以後，他的散文明顯地轉向平和沖淡，表現出雍容的「紳

---

[13] 佘樹森：《周作人美文精粹・序》，作家出版社 1991 年版。

士風」，浮躁凌厲的一面逐漸淡去，而其對現代散文藝術的影響也主要是在平和沖淡這一類的言志之作。周作人的散文在當時吸引不少讀者，其風格意境也為當時一些作家所追慕，形成以他為首的「田園派」，這一派散文的特色是充滿趣味、閒適、知識，推崇明清公安派的「獨抒性靈」，以表現自我為中心，不以抗爭為職志，強調小我個性，疏離大我共性，如俞平伯、廢名、鍾敬文等都可算是這一派的作家。周作人認為，好的散文應該「集合敘事說理抒情的分子，都浸在自己的性情裏，用了適宜的手法調理起來」[14]，從「自己的性情」出發，周作人為現代散文開闢了一塊「自己的園地」，連胡適也肯定他那些成功的作品「徹底打破那『美文不能用白話』的迷信」。[15]

四、如飲清茶，如聽雨聲：周作人的小品之美

周作人歷久不衰的散文魅力，在於有思想，有內容，有美感，有情味。他的作品就像〈喝茶〉一文中所說：「於瓦屋紙窗下，清泉綠茶，用素雅的陶瓷茶具，同二、三人共飲，得半日之閒，可抵十年的塵夢。」評論家曹聚仁就曾如此評價周作人的散文：「他的作風，可用龍井茶來打比，看去全無顏色，喝到口裏，一股清香，令人回味無窮。」如飲清茶般的雋永、甘美、醇香是周作人散文給人最深刻的印象之一。至於如聽雨聲的苦澀蒼老，則是他散文中另一股揮不去的冷寂風格。這種時感灑脫，時感寂寞的「凡人的悲哀」，使他的散文有著個人真實的面目，閒

[14] 周作人：《近代散文抄・序》，見《中國新文學大系散文一集・導言》，業強出版社 1990 年重印版。

[15] 胡適：〈五十年來中國之文學〉，見《胡適文存》，第 2 集第 2 卷。

閒道來，從容自在，一如他隨遇而安的人格特質。寥寥幾語，總能讓人心領神會，既平淡又深刻，既諧謔又端莊。胡適說他是「用平淡的談話，包藏著深刻的意味」⑯；郁達夫則認為：「周作人的文體，又來得舒徐自在，信筆所至，初看似乎散漫支離，過於繁瑣，但仔細一讀，卻覺得他的漫談，句句含有分量。」⑰這些看法都指出了周作人散文的耐讀有味。他自己在為俞平伯散文集《燕知草》寫的跋中曾有一段對小品文貼切的體會：在「不專說理敘事而以敘情為主的，有人稱他為絮語的那種散文上，我想必須有澀味與簡單味，這才耐讀。」⑱這說的是俞平伯，也是他自己的藝術追求。

周作人散文的清澀淡遠，主要表現在語言、文體兩方面。他常將口語、文言、歐化語、方言等調和運用，孕育出一種澀味與簡單味自然結合的語言風格；在文體方面，他借鑑了晚明小品、英美隨筆及日人俳句的真實、坦然、情味、筆調，加上自己過人的才華性情，冶為一爐，形成富有趣味與詩意的閒談文風。他的模仿消化幾乎臻於化境，而成為獨樹一幟的「周作人體」。楊牧就不禁讚嘆地說：「他繼承古典傳統的精華，吸收外國文化的神髓，兼容並包，體驗現實，以文言的雅約以及外語的新奇，和白話語體相結合，創製生動有效的新字彙和新語法，重視文理的結構，文氣的均勻，和文采的彬蔚，為 20 世紀的新散文刻劃出再生的風貌。」⑲

---

⑯ 胡適：〈五十年來中國之文學〉，見《胡適文存》，第 2 集第 2 卷。

⑰ 郁達夫：《中國新文學大系散文二集・導言》，業強出版社 1990 年重印版。

⑱ 周作人：《燕知草・跋》，上海開明書店 1930 年版。

⑲ 楊牧：〈周作人論〉，見《周作人文選》，第 1 冊，第 1 頁，洪範書店 1983 年版。

當然，周作人散文並非篇篇精彩，在大量作品中的審美價值高低不一，上述的稱譽與肯定多指其膾炙人口的上乘之作，特別是 20 年代的代表作。以〈北京的茶食〉為例，從東京茶食店的點心好吃閒閒說起，談到自己在北京找不到傳統茶食的悵然若失：「這也未必全是貪口腹之欲，總覺得住在古老的京城裏吃不到包含歷史的精鍊的或頹廢的點心是一個很大的缺陷。北京的朋友們，能夠告訴我兩三家做得上好點心的餑餑鋪麼？」由此而引申出他對生活的藝術態度：「我們於日用必需的東西以外，必須還有一點無用的遊戲與享樂，生活才覺得有意思。我們看夕陽，看秋河，看花，聽雨，聞香，喝不求解渴的酒，吃不求飽的點心，都是生活上必要的——雖然是無用的裝點，而且是愈精鍊愈好。」這正是周作人的閒情逸致，從中可以看出他受中國傳統文化的薰陶，特別是晚明文人的享樂情調。結尾的抱怨更顯現出他的審美趣味：「可憐現在的中國生活，卻是極端地乾燥粗鄙，別的不說，我在北京徬徨的十年，終未曾吃到好點心。」這「別的不說」很有令人思索的空間，對「乾燥粗鄙」生活的不滿也溢於言表。這篇短文，道盡人生的況味，其情趣，其思想，都值得再三玩味。〈故鄉的野菜〉一文，也是典型的周作人風格，既有知識的點染，如對浙東故鄉的三種野菜（薺菜、黃花麥果、紫雲英）的介紹，從形狀、特點談到俗名、學名、用途，但字裏行間又不時流露出濃濃的思念故鄉之情，以及對童年生活的追憶。本文一開頭說：「我的故鄉不只一個，凡我住過的地方都是故鄉。故鄉對於我並沒有什麼特別的情分，只因釣於斯遊於斯的關係，朝夕會面，遂成相識」，周作人接著指出，浙東、南京、東京、北京因為住過，所以都成為故鄉了。看來似乎對故鄉不很在意，也無深厚的眷戀之情，但這正是周作人的散文特色，沒有過多渲染，只是簡單清晰勾勒，細看全文無一句思鄉情字，寫寫野菜、敘敘兒時玩樂，一派漫不經心，卻將真情不賣弄地表現出來，如寫到黃花麥果，他說：「自從十二三歲時外出不參與外祖家掃墓以後」，就「不再見黃花麥果的影子了」，雖然在北京有一種「草餅」，「但是吃去總是日本風味，不復是兒時的黃花麥果糕了。」這些事物一經其筆墨點染，總有一種令人低迴再三的趣味。

在20年代個性解放的追求中，周作人散文娓娓而談、抒情言志的表現，自是別有一番魅力。像描述旅行經驗的〈濟南道中〉，他對孫伏園提起「夜航船」的趣味，認為「這個趣味裏的確包含有些不很優雅的非趣味，但如一切過去的記憶一樣，我們所記住的大抵只是一些經過時間溶化變了形的東西，所以想起來還是很好的趣味。」於是，有一回傍晚停泊在西郭門外，「大家上岸吃酒飯。這很有牧歌的趣味」，即使吃的是烤蝦小炒醃鴨蛋等「家常便飯」，「也有一種特別的風味」。如果是坐火車，他也是「於新式的整齊清潔之中」，嚮往那「舊日的長閒的風趣」。又如〈苦雨〉中寫北京下了一夜大雨，院子積水離台階不及一寸，他「夜裏聽著雨聲，心裏糊里糊塗地總是想水已上了臺階，浸入西邊的書房裏了。好容易到了早上五點鐘，赤腳撐傘，跑到西屋一看，果然不出所料，水浸滿了全屋，約有一寸深淺」，這時他嘆了口氣，卻是「覺得放心了」，這真是令人不解，於是他接著說：「倘若這樣興高采烈地跑去，一看卻沒有水，恐怕那時反覺得失望，沒有現在那樣的滿足也說不定。」這種處處有己見、時時有自己面目的散文，不就是散文所要追求的境界嗎？而周作人野老散遊式的任心閒談，談出了令人神往的情韻，雨聲蕭蕭、茗香裊裊中，一個活脫脫生趣十足的文人形象如在眼前，促膝長談，無怪乎周作人的散文之美在當時後世都受到廣泛的推崇與喜愛了。

20 年代的周作人，以其美文「給新文學開闢了一塊新的土地」。

第三節

冰心、朱自清

新文學初期人數最多、影響最廣的文學研究會，因為不是組織嚴密、理論一致的文學團體，因此雖然多半傾向於為社會與人生寫作，且不論寫實或抒情都持著較嚴肅態度，但在此共性之下，每位作家仍有自己鮮明的面目。以美文的創作而言，周作人的沖淡平和就與冰心、朱自清的漂亮縝密有所不同，一般論者多認為，最能代表文學研究會創作實績的是冰心與朱自清，因為他們的創作傾向、態度與文學研究會的宗旨較一致，而且作品也的確文采出眾，清麗可讀，審美藝術的表現高度足為 20、30 年代散文的代表。冰心在當時擁有的讀者不比周作人少，朱自清的美文也都能引起青年的共鳴與模仿，可以說，在現代散文發展史上，這兩人在藝術深度與影響廣度上都是不容忽視的。

一、溫柔婉約閨秀派：冰心

冰心（1900-1999）原名謝婉瑩，福建人，成長於溫暖的家庭，求學、婚姻都順利而美滿，加上性格的婉約多情，使她的散

1923 年冰心於美國威爾斯利女子大學就讀時所攝。

文獨樹一格地以愛的哲學著稱。親情的愛使她相信人間的美好，故鄉海濱的童年經驗使她對大自然有種信仰的膜拜，至於從小對古典文學的愛好則使她的語言風格清麗多姿，充滿詩情畫意，這些內在氣質與外在氛圍，決定了她溫柔清新的人格與文風。冰心的創作才華是多方面的，問題小說（如《超人》）、散文（如《寄小讀者》、《往事》）、小詩（如《繁星》、《春水》），以及兒童文學、翻譯等不同文學樣式，她均有嘗試，且都有不俗的成績，這使她與陳衡哲、凌叔華等少數女作家並列為新文學第一代的女作家。

作為一個情感豐沛、觀察敏銳的文人，冰心的寫作生涯自然不能不受到時代洪流的影響，她曾說：「五四運動的一聲驚雷把我『震』上了寫作的道路」，[20]從此一發不可收拾。文學生涯超過半個世紀，從受矚目的文壇才女，直寫到受尊敬的文壇祖母，這位世紀同齡人的堅持與才情，為喜愛她的讀者留下了許多熠熠發光的一流作品。以散文而言，1921 年到 1926 年是她創作的高峰，寫下了《往事》三十篇、《寄小讀者》近三十篇、《山中雜

[20] 冰心：〈從「五四」到「四五」〉，見《冰心全集》，第 7 卷，第 41 頁，海峽文藝出版社 1994 年版。

記》十篇及其他零星散文十餘篇，這樣的數量不算是多產，但卻篇篇真摯感人，因而「驚動過讀者萬千」，阿英就說過，年輕的讀者有不受魯迅影響的，但少有不受冰心影響的。以她寫於1920年的短文〈笑〉為例，在《小說月報》發表後，學校競相選入教科書中，語法學家甚至通篇加以解讀分析，風行極廣；《寄小讀者》的影響就更大了，「據不完全的統計，到1935年已發行二十一版，平均每五個月發行一版，創兒童文學的暢銷書的記錄」[21]，這些作品啟發了一代又一代的讀者。

才二十歲就寫出膾炙人口的美文〈笑〉，說明了冰心的早慧才華。這篇不到千字的短文，描寫雨後雲散，月光透窗映照屋內牆上畫中的安琪兒（即天使），「這白衣的安琪兒，抱著花兒，揚著翅兒，向著我微微地笑」，這使作者開始默想「這笑容彷彿在哪兒看見過似的」，於是，湧起了五年前的一個印象：古道旁一個孩子「抱著花兒，赤著腳兒，向著我微微地笑」；接著又湧出十年前的一個印象：同樣的雨後，她走下土坡，猛然記起有件東西忘了拿，遂站住，回頭，看到「這茅屋裏的老婦人——她倚著門兒，抱著花兒，向著我微微的笑」。十年前、五年前、此刻，三個不同的時間點，卻有「同樣微妙的神情」，似游絲一般綰在一起，「這時心下光明澄靜，如登仙界，如歸故鄉。眼前浮現的三個笑容，一時融化在愛的調和裏看不分明了。」這是一篇典型的美文，有詩的意境美，有畫面的色彩斑爛之美，也有簡潔自然的語言美，修辭重複的音樂節奏感，不僅如此，它還是典型的冰心體美文，包含了她對基督教愛與美的信仰，對孩童、母親

[21] 范培松：《中國現代散文史》，第279頁，江蘇教育出版社1993年版。

的眷戀，末尾「融化在愛的調和裏」更是其「愛的哲學」的體現。茅盾〈冰心論〉說她「憧憬著『美』和『愛』的理想的和諧的王國」，可謂一語中的。她單純而善良，也總是微笑著看世界，雖然有些評論者批評她與現實脫節，追求虛幻空洞，但生活本身原就是充滿血與淚、愛與美，冰心筆下的美好世界、感情與夢想，又何嘗不是對千瘡百孔的現實社會的一種撫慰或不滿呢？

從〈笑〉開始，冰心體的散文風格其實已大致確立，雖然其後冰心也有不同階段的不同風格，但這早期形成的風格最為讀者所喜愛、熟知，也因此有「冰心體」一詞的出現。所謂「冰心體」的散文，是以柔和細膩、行雲流水般的文字，含蓄委婉的表現技巧，傾訴真情，不做作矯揉，歌頌人間的愛、美與理想，使人讀了感到一種抒情的美感，生命的喜悅以及夢想的追求。用冰心自己在《詩的女神》中的幾句話也可以生動地道出其審美精神：「滿蘊著溫柔，微帶著憂愁，欲語又停留」，這種風格與性格，使她關注的題材多為日常生活中的山風海雨、日月星辰、悲喜憂歡等事物，對親情（特別是母愛）、童真、大自然毫不吝惜地給予衷心的讚美。冰心的文字因為處於新舊文學交替之際，有時不免過於典雅、文言或歐化，但大體來說，她的處理融合還算適當，錢理群等著《中國現代文學三十年》中對此有允當的評論：「冰心的語言仍浸有舊文學的汁水，不過經過她的處理，已經完全沒有陳腐氣息，而別具一種清新的韻味。」[22]

「冰心體」的形成，是冰心在現代散文史上的貢獻之一，她也因此被視為傑出的文體家。她對語言的嘗試是自覺的，曾主張

[22] 錢理群等：《中國現代文學三十年》，第 153 頁，北京大學出版社 1998 年版。

「白話文言化」、「中文西文化」，這「化」字是一種自然的融合，運用得妙，散文藝術將更添手采。現代白話、文言文、古典詩詞、外國語法，在冰心的匠心營造下，糅合出另一種新鮮的格調。以《寄小讀者‧通訊十六》為例就可看出這種文體的特色：

> 青山真有美極的時候。二月七日，正是五天風雪之後，萬株樹下，都結上一層冰殼。早起極光明的朝陽從東方捧出，照得這些冰樹玉珠，寒光激射。下樓微步雪林中曲折行來，偶然回顧，一身自冰玉叢中穿過。小樓一角，隱隱看見我的簾幕。雖然一般的高處不勝寒，而此瓊樓玉宇，竟在人間，而非天上。
>
> 九日晨同女伴雪橇出遊。雙馬飛馳，繞遍青山上下。一路林深處，冰枝拂衣，脆折有聲。白雪壓地，不見寸土，竟是潔無纖塵的世界。最美的是冰球串結在野櫻桃枝上，紅白相間，晶瑩向日，覺得人間珍寶，無此璀璨！
>
> 途中女伴遙指一髮青山，在天末起伏，我忽然想真個離家遠了，連青山一髮，也不是中原了。此時忽覺悠然意遠。

這篇記作者在美國青山療養院雪後出遊情景的美文，文言白話交融，蘇軾的詩詞也都略加變動，加以活用，表現出自己的故國之思。遣詞運筆間，既有實景的描繪，又有離愁的抒發，內情與外境，心聲與天籟，透過聲律、色彩、畫面充滿字裏行間，動人心弦。

共二十九篇的散文集《寄小讀者》，冰心採用與小朋友通信談心的形式，寫自己從北京到上海，橫渡大西洋，抵達波士頓的旅行經歷，將異國風光人情、內心的鄉愁以及對祖國故土的眷戀，以感情真切、形象優美的文筆加以刻劃，發表後傳頌一時。冰心的戀母情結、戀海情結在其中盡情揮灑，構築了一個天真美麗的愛的世界。如〈通訊七〉寫輪船抵達日本神戶時的感觸：

> 直到夜裏，遠望燈光燦然，已抵神戶。船徐徐停住，便有許多人上岸去。我因太晚，只自己又到最高層上，初次看見這般璀璨的世界，天上微月的光，和星光，岸上的燈光，無聲相映。不時的還有一串光明從山上橫飛過，想是火車周行。……舟中寂然，今夜沒有海潮音，靜極心緒忽起：「倘若此時母親也在這裏……」。我極清晰的憶起北京來。

朦朧的光影，一派蒼茫氣氛，月光、星光、燈光更添作者的孤寂，因為沒有海潮音，也沒有母親的撫慰。這樣靜靜流淌的情感，在《寄小讀者》中俯拾皆是，如〈通訊十〉中對母愛的依戀就很天真而溫馨：

> 有一次，幼小的我，忽然走到母親面前，仰著臉問說：「媽媽，你到底為什麼愛我？」母親放下針線，用他的面頰，抵住我的前額，溫柔地、不遲疑地說：「不為什麼，——只因你是我的女兒！」

溫暖的母愛，使冰心一生充滿感恩與喜悅，她對母親確實是無時無刻不思念，而她的散文也以寫母愛的篇章最為成功。對冰心而言，至高無上的上帝其實是母親。且看其《往事》（一之七）中的自剖：「母親啊！你是荷葉，我是紅蓮。心中的雨點來了，除了你，誰是我在無遮攔天空下的蔭蔽？」〈通訊十三〉中對母親不可須臾離的依賴：「我的心舟在起落萬丈的思潮中震盪時，母親！縱使你在萬里外，寫到『母親』兩個字在紙上時，我無主的心，已有了著落。」至於詠海的戀歌也是冰心散文常見的題材，她對海有種濃烈的嚮往，常運用想像力營造自己對海的美妙情懷，如《往事》（一之十四）開頭就說：「每次拿起筆來，頭一件事憶起的就是海」；《寄小讀者・通訊七》中也直陳「海好像我的母親」，「海是深闊無際，不著一字，她的愛是神秘而偉大的，我對她的愛是歸心低首的。」母親與大海的形象，在冰心的世界裏是合而為一的，她從這兩方面體會到愛與美，也透過這兩方面向讀者傳遞她心中追求的愛與美。她在《山中雜記》（之七）中甚至滿含激情地表示：「總而言之，統而言之，我以為海比山強得多。說句極端的話，假如我犯了天條，賜我自殺，我也願投海，不願墜崖。」看來，稱她為「海的兒女」應是貼切的。

溫柔婉約的美文風格，是冰心的散文藝術，也是她的散文「美德」。她自有寫作的信仰，而且一生堅持，她曾說：「我知道我的弱點，也知道我的長處。我不是一個有學問的人，也沒有噴溢的情感，然而我有堅定的信仰和深厚的同情。在平凡的小小事物上，我仍寶貴著自己的一方園地。我要栽下平凡的花，給平凡的小小人看。」我想，正是這份誠懇，打動了無數青年讀者的心吧！巴金的一段話很有代表性：「從她的作品裏我們得到了不少的溫暖和安慰，我們知道了愛星，愛海，而且我們從那些親切而美麗的語言裏重溫了我們永遠失去了的母愛」（《冰心著作集・後記》）。冰心的美文，傾倒一代文壇，「冰心體」的美文，則依然在今日文壇活躍著，如春風一般繼續吹拂著她念念在心的「小讀者」們。我們可以批評她作品的濫情、陳舊、累贅、雷同，但不能否定這些作品的真誠、流暢、自然，以及穿透時空的愛與美的魅力。

二、白話美術文的模範：朱自清

和冰心同為文學研究會散文代表的朱自清（1898-1948），江蘇揚州人，一生幾乎都在教育崗位上度過，1925 年起在清華大學中文系任教，一直到晚年在貧病交迫中去世，他都堅守教育職責及知識份子風骨，體現了現代讀書人足堪典範的身教言教。朱自清苦學且有才情，出入古典現代之間，創作與研究兼擅，留下了可觀的成果，也使自己成為現代文學史上不可或缺的一個重要部分。他的《詩言志辨》、《經典常談》、《新詩雜話》表現出他扎實的詩論、文論功力，而《精讀指導舉隅》、《略讀指導舉隅》、《國文教學》、《語文拾零》等關於語文教學的著作，也都風行一時，對現代語文教育有著長遠的影響；但在現代文學史上，朱自清作為一個熠熠發光的名字，主要還是因為他那一手漂亮典雅的散文，如《蹤跡》、《背影》、《歐遊雜記》、《你我》等散文集，都有不少膾炙人口的名篇，包括幾乎中學生都讀過的〈背影〉、〈匆匆〉，還有〈荷塘月色〉、〈槳聲燈影裏的秦淮河〉、〈綠〉等，也都是朱自清讓人印象深刻的美文佳構。

這些文情並茂、辭美境高的作品，使他獲得了美文大師的稱號，從 20 年代起就被譽為「白話美術文的模範」，時至今日，他的散文仍是中學生、甚至大學生學習散文寫作、欣賞的最佳範本之一。

朱自清和周作人、冰心一樣都是抒情言志派，但他不像周作人的超然物外，也不像冰心的主觀情濃，而是嚴謹節制，一絲不苟，始終執著地表現人生。這種態度表現於人格上是自律較嚴，時代關懷性強；表現於文章上是架構穩貼，修辭精準，務求精鍊自然。這大約也是朱自清其人其文給人的最鮮明形象吧！楊振聲對朱自清的散文風格有一準確的概括：「風華是從樸素出來，幽默是從忠厚出來，腴厚是從平淡出來」（〈朱自清先生與現代散文〉）；而散文家李廣田說朱自清的散文「一開始就建立了一種純正樸實的新鮮作風」（《朱自清選集‧序》），這「純正樸實」正是朱自清人格與文風的最好注腳。

朱自清的文學創作大致可分為三個階段，1925 年以前主要是詩，以後轉為散文，抗戰後期，特別是勝利之後，逐漸以雜文寫作為主。有人將他的創作生涯分成詩歌時代、散文時代、雜文時代三個時期。

朱自清一開始是以詩人的面目躍上文壇的，詩作收入與周作人、俞平伯等合著的詩集《雪朝》，以及個人的詩、散文合集《蹤跡》。其中發表於 1922 年的抒情長詩〈毀滅〉被稱為五四詩壇的成功之作，詩中寄托朱自清當時的心境與思路，有空虛，有懊惱，但最後以務實、踏實自我勉勵：「擺脫掉糾纏／還原了一個平平常常的我／從此我不再仰眼看青天／不再低頭看白水／只謹慎著我雙雙的腳步／我要一步步踏在泥土上／打上深深的腳印／雖然這些印跡是極微細的／且必將磨滅的／……但現在平常而渺小的我／只看到一個個分明的腳步／便有十分欣悅。」雖然詩中仍有頹廢徬徨的糾纏，但他畢竟能面對現實，且力圖有所作為，這首詩巧妙地預告了他此後面對的人生矛盾與上下求索的選擇。由於詩的表現手法、風格、意境與聲律都有一定的藝術特色，因此為他贏得了一致的肯定。俞平伯就稱許這首詩「論它風格底婉轉纏綿，意境底沉鬱深厚，音調底柔美淒愴，只有屈原底《離騷》差可彷彿」（《讀〈毀滅〉》）。[23]然而，朱自清終究不是一個真正的詩人，或者說，他的氣質不在詩，而是散文，因此，在爭得詩名之後，他卻退出詩壇，改寫散文。其中原因並不難理解，朱自清自己曾分析道：「前年一個朋友看了我偶然寫下的〈戰爭〉，說我不能做抒情詩，只能做史詩；這其實就是說我不能做詩。我自己也有些覺得如此，便越發懈怠起來」（《背影·序》）。在「詩情枯竭，擱筆已久」的情形下，他很自然地轉型了。

放棄了詩，使現代文學史少了一位二流詩人；選擇了散文，則使現代文壇多了一位一流散文家。20年代到30年代前期，是朱自清散文創作的高峰期。他有古典文學的深厚根柢，對白話文純熟運用的功力，又有新詩創作的美感經驗，使他一出手就亮眼過人，陸續出版了《蹤跡》（1924年）、《背影》（1928年）、《歐遊雜記》（1934年）、《你我》（1936年）等藝術精湛、風格獨具的散文集。這些散文大致可分為三類：一是記遊寫景，如〈綠〉、〈荷塘月色〉、〈槳聲燈影裏的秦淮河〉等，這類散

[23] 俞平伯：《讀〈毀滅〉》，原載《小說月報》，第14卷第8期。

文可看出朱自清豐富的聯想與細膩的觀察；二是抒情自剖，如〈背影〉、〈兒女〉、〈給亡婦〉等，文字質樸無華，但篇篇情意綿密深厚；三是社會批判，如〈生命的價格——七毛錢〉、〈執政府大屠殺記〉、〈白種人——上帝的驕子〉等，可看出朱自清強烈的正義感與滿懷激情。不同的題材，朱自清都能以縝密流暢的文字，精巧生動的比喻，嚴謹又不失變化的行文結構，使這些作品散發出屬於朱自清個人的藝術風貌。

郁達夫說朱自清的散文是「滿貯著那一種詩意」，[24]這在他的寫景記遊散文中尤為明顯。朱自清畢竟對詩藝有過鑽研與創作經驗，轉寫散文後自然會有詩化的痕跡，如〈匆匆〉就是典型的詩化散文，以情緒的起伏，緣情造境，將時間具象化、人格化，達到視覺、聽覺之美，以及對時光流逝的悵然若失。抑揚頓挫的節奏感，使人讀來低迴再三，如開頭寫道：「燕子去了，有再來的時候；楊柳枯了，有再青的時候；桃花謝了，有再開的時候。」一下就把時間的形象呈現出來，接著「像一滴水滴在大海裏，我的日子滴在時間的流裏」，以新奇的比喻凸顯時間之無情，生命之短暫。後面又運用一系列排比句如「洗手的時候，日子從水盆裏過去；吃飯的時候，日子從飯碗裏過去」，或是疊字如陽光是「斜斜」的，它「輕輕悄悄」地挪移，我也「茫茫」然跟著旋轉，「默默」時，我覺察他去的「匆匆」了。這些生動的修辭，給人時間之「流」的迅速感、滑動感與連續感，且與情緒的波動相結合，使文章有種和諧的韻律之美。雖然不斷追問「我們的日子為什麼一去不復返」，對光陰的匆匆深感無能為力，但

---

[24] 郁達夫：《中國新文學大系散文二集・導言》，業強出版社 1990 年重印版。

朱自清還是表達了他的生命觀：「我赤裸裸來到這世界，轉眼間也將赤裸裸的回去罷？但不能平的，為什麼偏要白白走這一遭啊？」這和〈毀滅〉一詩中表現的不甘於徘徊，仍須奮力向前的精神是一致的。

像〈匆匆〉這種「詩意流」的風格，在〈綠〉、〈槳聲燈影裏的秦淮河〉、〈春〉等多篇散文中都有相似的表現。描寫溫州梅雨潭瀑布的〈綠〉中就有多處洋溢著詩的氣息：

> 這是一個秋季的薄陰的天氣。微微的雲在我們頂上流著；岩面與草叢都從潤濕中透出幾分油油的綠意。而瀑布也似乎分外的響了。那瀑布從上面衝下，彷彿已被扯成大小的幾綹，不復是一幅整齊而平滑的布。岩上有許多稜角；瀑流經過時，做急劇的撞擊，便飛花碎玉般亂濺著了。那濺著的水花，晶瑩而多芒；遠望去，像一朵朵小小的白梅，微雨似的紛紛落著。據說，這就是梅雨潭之所以得名了。

如此令人賞心悅目的藝術境界，透過朱自清色彩明麗、形象生動的詩意描繪，一幅醉人的美景妍姿就如在目前了。〈春〉也是寫景美文，他用大量詩意濃郁的筆墨，為我們一步步地從春草、春花、春風，寫到春雨、迎春的喜悅，層層展開，環環相扣，將春天美境盡收筆下，如詩如畫，真是令人神往，例如這一段春雨的描寫：

> 雨是最尋常的，一下就是三兩天。可別惱。看，像

> 牛毛，像花針，像細絲，密密地斜織著，人家屋頂上全籠著一層薄煙。樹葉子卻綠得發亮，小草兒也青得逼你的眼。傍晚時候，上燈了，一點點黃暈的光，烘托出一片安靜而和平的夜。鄉下，小路上，石橋邊，撐起傘慢慢走著的人；在去地裏工作的農夫，披著簑戴著笠。他們的草屋，稀稀疏疏的在雨裏靜默著。

這簡直是江南煙雨圖！透過朱自清藝術的點化，尋常春雨卻透顯出另一番情趣，整段文章給人逼真的畫面視覺感，短短幾行，引人入勝，樸素淡描中讓讀者自然進入如詩的境界。這些美文，可算是詩質散文，從中不難提煉出詩的語言、意境與美感。然而，朱自清的才情不止於此。他後來的散文越寫越淡，刻意追求素樸簡單但耐人尋味的藝術風格，這種嘗試讓朱自清的散文成就更上一層。這類以抒情自剖為主題的作品，為他贏得了歷久不衰的讚譽，包括〈背影〉、〈兒女〉、〈給亡婦〉、〈冬天〉等，在淡淡的哀愁中，我們看到朱自清的懺悔、柔情與誠懇，可以說，這些作品的風行使朱自清儒雅真情的形象從此深入人心。

以〈給亡婦〉為例，朱自清以飽含至情的痛筆悼念辛苦一生的亡妻武鍾謙，此文寫於妻子病逝三年之後，但強烈的深情還是逼在眼前，讀來讓人不禁落淚。李廣田〈最完整的人格——哀念朱自清先生〉中曾提到，當時很多老師教這篇文章，「總聽到學生中間一片唏嘘聲，有多少女孩子且已暗暗把眼睛揉搓得通紅了」[25]，可見此文感人之深。沒有華麗雕飾的辭藻，沒有呼天喊

[25] 李廣田：〈最完整的人格——哀念朱自清先生〉，見朱金順編：《朱自清研究資料》，第253頁，北京師範大學出版社1981年版。

地的激情，也沒有顯赫事功的題材，卻能將一個吃苦耐勞、善良賢淑、奉獻一生且無怨悔的普通婦女形象寫得讓人動容，靠的就是具體細節的描寫，真切至誠的情感，可以說，他把一個「人」寫活了，且看以下這段敘述：

1931 年朱自清與夫人陳竹隱合影於北京。

> 這十二年裏你為我吃的苦真不少，可是沒有過幾天好日子。我們在一起住，算來也不到五個年頭。無論日子怎麼壞，無論是離是合，你從來沒對我發過脾氣，連一句怨言也沒有——別說怨我，就是怨命也沒有過。老實說，我的脾氣可不大好，遷怒的事兒有的是，那些時候，你往往抽噎著流眼淚，從不回嘴，也不號啕。

武鍾謙的性情溫和，正是朱自清最感痛心處。其實，整篇文章就是他的懺情書。他無時不憶起妻子生前的種種好處，如逃難時，雖然帶著一群孩子，還不忘丈夫一大箱子的書；在娘家和婆家受的氣；孩子一生病就「成天兒忙著，湯呀，藥呀，冷呀，暖呀，連覺也沒有好好睡過」；為怕朱自清煩心，連生病也瞞著：「明明躺著，聽見我的腳步，一骨碌就坐起來」，等到「一個肺已爛了一個大窟窿了！大夫勸你到西山去靜養，你丟不下孩子，又捨不得錢；勸你在家裏躺著，你也丟不下那分家務。越看越不行了，這才送你回去。」不到一個月就去世了。一件件小事，累積成無以負荷的重量，一字一淚，作者對亡妻的沉痛悲思真令人不忍卒讀。這種柔腸百結的至情，我們在〈兒女〉、〈背影〉、〈冬天〉中也可以看到。

在朱自清的早期散文中，富社會批判性的文章也同樣出色，如〈執政府大屠殺記〉聲討了軍閥的血腥罪行。他對「三一八」慘案的發生義憤填膺，對段祺瑞政府企圖脫罪的偽證謊言，也以親身見聞的事實來加以揭穿，他的怒吼使我們看到朱自清血性剛烈的一面：

> 這回的屠殺，死傷之多，過於五卅事件，而且是「同胞的槍彈」，我們將何以間執別人之口，而且在首都的堂堂執政府之前，光天化日之下，屠殺之不足，繼之以搶劫，剝屍，這種種獸行，段祺瑞等固可行之而不恤，但我們國民有此無臉的政府，又何以自容於世界！——這正是世界的恥辱呀！

正因為朱自清對慘案的發生過程有至深的感受，所以寫來格外有一種震撼人心的力量，敘事條理分明，說理就事論事，具有說服力的控訴，以及大量的事實，鮮明的立場，可以說為這場慘案留下了血的記錄。對軍閥的惡行，溫雅敦厚的朱自清予以口誅筆伐，對帝國主義的欺凌，他也有所不滿，〈白種人——上帝的驕子〉就是一篇現實性強的批判文章，寫作者在上海電車上看到一個可愛的西洋小孩，因為「我向來有種癖氣：見了有趣的小孩，總想和他親熱，做好同伴」，於是就多看了那小孩幾眼，不料這小孩臨下車時竟「突然將臉盡力地伸過來」，張大眼睛兇惡地瞪著他。朱自清從小孩失去天真稚氣的眼中看出表情下有話：「黃種的支那人，你——你看吧！你配看我！」這令朱自清訝異得張皇失措了，因為這種踐踏是來自一個十幾歲的「白種的」孩子，他不禁感到：「這是襲擊，也是侮蔑，大大的侮蔑！我為了自尊，一面感著空虛，一面卻又感著憤怒；於是有了迫切的國家之念。」從一個白種小孩的目光看到中國人的處境，由小見大，朱自清善於捕捉素材、寓理於事的高明技巧也發揮得宜。此外，〈航船中的文明〉以男女分坐規矩來抨擊落後封建的「文明」；〈生命的價格——七毛錢〉寫小女孩被賣後種種悲慘遭遇的聯想，犀利地剝開了殘酷的社會現實。這些記敘性、議論性較強的作品，說明了朱自清在詩質美文及抒情自剖外，敢於直面人生、表現人生的積極態度。

30 年代中期以後，朱自清又寫了《歐遊雜記》、《倫敦雜記》等遊記作品，雖然觀察細膩，文字洗鍊，加上親切有味的「談話風」，仍可看出朱自清的散文功力與才致，但卻不像前期作品那般動人、優美。在時代風雨的召喚下，他寫了不少雜文，社會性較強，表現出知識份子的錚錚風骨，但要論其散文的影響力與藝術性，仍以前期散文的成就較高，甚至可以說，20 年代是其文學創作的黃金時代。

朱自清的散文之所以被世人譽為模範，被後人再三效法，歸納起來至少有三點：一是文體優美，重視結構布局；二是語言平易自然，不雕琢冷僻，而是淺中有深，平中有奇，形象生動，聲光色彩富創造性，形成他個人的審美藝術風格。文學史家王瑤在〈朱自清先生的詩與散文〉一文中就說過：「朱自清的散文，對於要受一點語文訓練和寫作修養的人，這些文字在今天也是典範」；三是純正樸實的審美風格。他強調寫實、立誠、表現自己，在〈文藝的真實性〉一文中，朱自清說：「我們所要求的文藝，是作者真實的話。」作家應有「求誠之心」，「不要『模擬』和『撒謊』」[26]。這樣的寫作態度，使我們在他的散文中看到了一個溫厚正直、誠懇踏實的朱自清形象。李廣田〈最完整的人格——哀念朱自清先生〉中說得好：「他是這樣的：既像一個良師，又像一個知友，既像一個父親，又像一個兄長。他對於任何人都毫無虛偽，他也不對任何人在表面上表示熱情，然而他是充滿了熱情的。他的熱情就包含在他的溫厚與謙恭裏面。」

我們相信，朱自清美好的人格典型，還有他筆下親切有味、真誠動人的美文，都將在人們心中相互輝映，散發永恆的藝術光芒。

---

[26] 朱自清：〈文藝的真實性〉，見《朱自清全集》，第 4 卷，第 92 頁，江蘇教育出版社 1996 年版。

第四節

林語堂、梁實秋

對中國現代散文的發展而言，林語堂與梁實秋的出現，給我們樹立了一種以閒適、幽默、從容、有個性為格調的小品文體。兩人不約而同地在審美趣味、文學理想與藝術追求上表現出極大的一致性，這也許是巧合，但卻是美好的巧合，因為兩人的散文成就、人格典範與思想的豐富深刻，使人生散文、閒適小品在文壇上風行廣遠，影響至今。

一說起幽默、閒適的文章，多數人腦海裏首先想起的不是林語堂，就是梁實秋，從某個角度說，兩人都可稱為「幽默大師」而無愧。楊牧尊林語堂為議論散文的開山人物，認為其「所議之論平易近人，於無事中娓娓道來，索引旁證，若有其事，重智慧之渲染和幽默人生的闡發，最近西方散文體式」[27]；余光中則推崇梁實秋「文章與前額並高」，在其主編的《秋之頌》一書中稱許梁實秋在文壇上有「金燦燦的秋收」，認為「他的談吐，風趣

[27] 楊牧：《中國近代散文選・前言》，洪範書店 1981 年版。

中不失仁藹，諧謔中自有分寸，十足中國文人的儒雅加上西方作家的機智，近於他散文的風格。」除此之外，兩人都曾留學美國，也都同時致力於翻譯事業；在30年代時，林語堂因提倡「幽默文學」，梁實秋因「抗戰無關論」，都曾遭到批判；晚年則都到臺灣定居，並以臺灣為長眠之所。這些相似的志業選擇與人生際遇，使兩人在文學史上雖各有千秋，但卻難分軒輊。梁實秋說過「有個性就可愛」，這兩人都是有個性的人，當然也都是可愛的人。在那「風沙撲面，狼虎成群」（魯迅語）的時代，他們的作品風格顯得「不合時宜」，但我們認為，其難得在此，可貴也在此，正因其不隨時代大潮起舞，使我們擁有了另一種審美趣味與藝術心靈。

一、幽默‧閒適‧性靈：林語堂

林語堂（1895-1976），福建龍溪人，其父為基督教牧師，因此從小就深受西方思想文化的薰陶。上海聖約翰大學畢業後，任北京清華學校英文教師。1919 年起留學美國、德國研究比較文學、語言學，獲德國萊比錫大學哲學博士學位，回國後在北京大學、北京女子師範大學任教，加入「語絲社」，開始其散文創作，成為《語絲》週刊的主要撰稿人之一。1932 年起創辦《論語》、《人間世》、《宇宙風》等刊物，提倡「幽默」、「閒適」的「性靈文學」，一時風

林語堂於 30 年代所主編的三本受歡迎的刊物：《論語》、《宇宙風》、《人間世》。

行，追隨者眾。但其關於小品文「以自我為中心，以閒適為格調」的主張，卻遭到魯迅等人的攻擊。林語堂在 20 年代起陸續出版《開明英文讀本》、《開明英文文法》等書，造福了無數學子，表現出語言學方面的專業涵養。1936 年起赴美定居，並開始以英文創作，直到 1966 年返臺定居為止，約三十年時間，中文創作處於中斷狀態。這三十年時間，他出版了包括《吾國與吾民》、《生活的藝術》、《京華煙雲》等在內的英文創作三十六本，轟動國際文壇，曾被美國文藝界列為「20 世紀智慧人物之一」，並被公認是當年最有資格獲得諾貝爾文學獎的中國作家，對中西文化的交流貢獻厥偉。1947 年擔任聯合國教科文組織藝術文學組組長。1954 年出任新加坡南洋大學校長，但第二年即辭去。1966 年回臺定居，1976 年病逝香港，葬於臺北陽明山麓林家庭院之後，後成為「林語堂紀念館」。

林語堂初涉文壇，即以思想、風格鮮明的散文形成他創作的藝術特色，而成為新文學運動的健將之一。大體來看，他的散文創作活動可以分為三個時期（英語寫作時期不論）：一、《語絲》時期（1923-1931）；二、《論語》時期（1932-1936）；三、《無所不談》時期（1966-1976），其中要以《論語》時期為其散文成就及影響的顛峰期。

《語絲》時期的林語堂散文，基本上多為議論性雜文，充滿浮躁凌厲的戰鬥色彩，尤其是對軍閥的暴虐統治、封建勢力的殘害感到不滿，而有多篇文章譴責軍閥官僚，支持學生愛國運動，呼籲民主自由，改造國民性，如〈回京雜感四則〉、〈讀書救國謬論一束〉、〈論性急為中國人所惡〉、〈悼劉和珍楊德群女士〉等。這些在《語絲》雜誌上發表的作品後來編成《翦拂集》

（1928 年）出版。翻開《翦拂集》，我們看到的是與魯迅雜文相近的風貌，事實上，他也的確透過作品與魯迅並肩作戰過，只是當魯迅持續其明快犀利的戰鬥文風時，林語堂卻另闢蹊徑，鼓吹起「幽默小品」了。《翦拂集》雖以議論為主，但林氏風格已可見一斑：文章飽含情感，語言大多不事雕琢，風格樸實，以日常現實生活取材，說服力夠，因此雖與現實、政治、社會相關，但讀來並不沉悶、教條，如〈打狗釋疑〉一文對「勿打落水狗」的看法提出與魯迅一致的意見，支持魯迅所說「凡是狗必先打落水裏而又從而打之」，認為「誰也不肯得罪誰」的「和平」正是中國不長進的緣故，「大家愛和平，反沒有和平」。他舉「三一八」慘案為例說：「若慘案後教育界之沉默使我想起來，實要毛骨悚然。因為愛和平，才有這種慘案的發生。就使再屠殺四十八個學生，教育界的反響——也不過如此！為什麼不再屠殺？魯迅先生已經說了，將來亡國也就亡在沉默中。」接著進一步鼓吹他的戰鬥思想：

> 總之，生活就是奮鬥，靜默決不是好現象，和平更應受我們的咒詛。倘是大家不能肉搏擊鬥，至少亦得能毀咒惡罵，不能毀咒惡罵，至少亦須能痛心疾首的憎惡仇恨，若並一點恨心都沒有，也可以不做人了。這種東西，吾無以名之，惟稱他為帝國主義者心目中的「頂呱呱的殖民地的好百姓」。
>
> 前清故舊大臣曾稱我們為「猛獸」。我們配嗎？

激情說理，現實性強，這就是《語絲》時期林語堂的創作風貌。到了創辦《論語》初期，他基本上還是維持這種風格，寫下了〈談言論自由〉、〈論政治病〉、〈關於北平學生「一二九」運動〉、〈冀園被偷記〉等針砭現實的雜文。然而，軍閥統治下的腐敗專制、白色恐怖，加上北伐成功後的清黨事件，政治氣氛的肅殺嚴峻，使不少對革命成功抱希望者感到憂心、厭倦、失望，從而情緒低落，夢想破滅，思想轉趨保守，例如周作人因此遁入書齋，魯迅則以《野草》抒發憤懣，林語堂這位「戰士」也不例外，最後與魯迅分道揚鑣，逐步成為行旅大荒的深林遁世者。

從 1932 年起，林語堂先後創辦了《論語》（1932 年）、《人間世》（1934 年）、《宇宙風》（1935 年）三種小品文半月刊，全力提倡幽默、閒適的文學。這段時期的大量散文後來收入《大荒集》、《我的話》（上冊《行素集》、下冊《披荊集》）、《有不為齋文集》等書中。這些寓激憤於幽默，敘家常而見性靈的小品散文，有自己清晰的面目，也有具特色的文學思維與審美觀念，可以說，這個時期的作品是林語堂散文足以在現代文學史上奠定不搖地位的最佳代表。他以後的散文也基本上沿續此一風格。林語堂對散文創作是有自己的理想追求的，他主張「以自我為中心，以閒適為格調」，信筆寫去，娓娓而談，平實清順中流露出親切、睿智、幽默的不俗思想，真誠情意，如知心好友任心閒談，自然而無拘束，不論是「宇宙之大，蒼蠅之微」，盡可入散文題材，自如揮灑。他有一段話傳神地道出心目中理想的散文境界：

我所要蒐集的理想散文，乃得語言自然節奏之散文，如在風雨之夕圍爐談天，善拉扯，帶感情，亦莊亦諧，深入淺出，如與高僧談禪，如與名士談心，似連貫而未嘗有痕跡，似散漫而未嘗無伏線，欲罷不能，欲刪不得，讀其文如聞其聲，聽其語如見其人。此是吾所謂理想散文。（〈小品文之遺緒〉）

因此，他不喜虛偽造作，也不雕詞琢句，而是「把讀者引為知己，向他說真心話」（《八十自敘》）；也不喜唱高調，道玄虛，而是向身邊瑣事取材，寫出機敏、情趣、妙悟與味道來，讓讀者會心一笑，「味愈醇，文愈熟，愈可貴」，「可以說理，可以抒情，可以描繪人物，可以評論時事，凡方寸中一種心境，一點佳意，一股牢騷，一把幽情，皆可聽其由筆端流露出來」（〈論小品文筆調〉）。這種輕鬆、自在、隨興、閒適，只要看看他的文章題目即可窺知，如〈我的戒菸〉、〈說避暑之益〉、〈買鳥〉、〈論握手〉、〈記鳥語〉、〈論買東西〉、〈談海外釣魚之樂〉、〈我怎樣買牙刷〉、〈論西裝〉、〈論躺在床上〉等，沒有氣魄雄偉的大事件，也談不上高深的意義，但他這些「閒談體」、「娓語體」散文卻自有其值得反覆咀嚼的幽默感，讓你會心，讓你愉悅，在人情洞達中得到性靈的滋潤。

以〈我的戒菸〉為例，即可看出林語堂幽默之功力，從題目看去會以為是戒菸成功的心得談，不料首段卻出人意料：

凡吸菸的人，大部曾在一時糊塗，發過宏願，立志戒菸，在相當期內與此菸魔決一雌雄，到了十天半個月之後，才自醒悟過來。我有一次也走入歧途，忽然高興

> 戒菸起來，經過三星期之久，才受良心責備，悔悟前非。我賭咒著，再不頹唐，再不失檢，要老老實實做吸菸的信徒，一直到老耄為止。

原來戒菸是誤入歧途，立志要繼續吸菸，這真是令人錯愕！他回想這段戒菸的日子：「在那三星期中，我如何的昏迷，如何的懦弱，明知於自己的心身有益的一根小小香菸，就沒有膽量取來享用，說來真是一段醜史。」他多方敘述這段期間的痛苦，體會到戒菸是「違背良心，戕賊天性，使我們不能達到那心曠神怡的境地」。當他終於破戒再拿起菸時，那種如釋重負的心理描寫得十分傳神：

> 我追想搜索當初何以立志戒菸的理由，總搜尋不出一條理由來。此後，我的良心便時起不安。因為我想，思想之貴在乎興會之神感，但不吸菸之魂靈將何以興感起來？有一下午，我去訪一位洋女士，女士坐在桌旁，一手吸菸，一手靠在膝上，身微向外，頗有神致。我覺得醒悟之時到了。她拿菸盒請我，我慢慢的，鎮靜的，從菸盒中取出一枝來，知道從此一舉，我又得道了。

所有癮君子讀到這一段大概總會會心微笑吧！亦莊亦諧的幽默，透過再平常不過的閒談，力道十足地讓我們體味到「幽默大師」的文學魅力。在他看來，戒菸是違反天性、人性的，因此，他的反對戒菸，其實是力主性靈的真率表白。又如〈冬至之晨殺人記〉，寫一人在冬至日早晨到他家拜訪，想藉由他的關係轉交一份稿件，他從孔子說過「上士殺人用筆端，中士殺人用語言，下士殺人用石盤」為引子，鋪陳出來客與自己彼此間不見血刃的「暗鬥」心理，大發其「四段法」的議論，最後來客果然明說：「聽說先生與某雜誌主編胡先生是戚屬，可否奉煩先生將此稿轉交胡先生？」而林語堂則以「中士殺人之慨」回答說：「我與胡先生並非戚屬，而且某雜誌之名，也沒聽見過。」如此一來，「我們倆都覺得人生若夢！因為我知道我已白白地糟蹋我最寶貴的冬天之晨，而他也感覺白白地糟蹋他氣象天文史學政治的學識」，寓貶於褒，啼笑皆非，幽默之趣味橫生。

至於像〈秋天的況味〉這類閒適悠遠的散文，也是《論語》時期林語堂另一藝術風格、個人筆調的展現。他寫出對秋天的獨特感受，細膩自然中透出濃烈的抒情氣氛，以及對人生了悟的成熟心境：

> 秋是代表成熟，對於春天之明媚嬌豔，夏日之茂密濃深，都是過來人，不足為奇了，所以其色淡，葉多黃，有古色蒼蘢之慨，不單以蔥翠爭榮了。這是我所謂秋天的意味。大概我所愛的不是晚秋，是初秋，那時暄氣初消，月正圓，蟹正肥，桂花馥潔，也未陷入凜冽蕭瑟氣態，這是最值得賞樂的。那時的溫和，如我菸上的紅灰，只是一股熏熟的溫香罷了。

一是成熟，二是溫和，這是林語堂體會出的秋天況味。他以自然景物與人的思想情感和諧交融、對比的方式，對秋天的景致與觸機加以抒情描寫，使之形象突出、具體，散發出雋永深長的意味。這類富「生活的藝術」的閒適之作，還有〈春日遊杭記〉、〈記春園瑣事〉、〈孤崖一枝花〉等，充分體現出他崇高自然，厭棄人為的道家思想。

自 1966 年起，林語堂應邀為臺灣各大報撰寫《無所不談》專欄，開始恢復中文寫作，陸續發表了一百八十多篇，後由林語堂親自編定為《無所不談合集》（臺灣開明書店，1974）出版。書中仍維持《論語》時期的風格，早年浮躁揚厲之氣早已洗盡，無所不談的散漫隨心，閒適之味更濃，幽默之趣益顯老練。或談鄉情，或敘生活瑣事，或論今人雅趣，或記旅遊見聞，林語堂自言：「書中雜談古今中外，山川人物，類多小品之作。」晚年的林語堂，人生體悟自是更高一層，但在散文風格上卻未見有所突破，因此，論者多推崇其《論語》時期成就，這一點和周作人有些類似，林語堂和周作人都是現代散文閒話體的一派宗師，他們的文學地位也大致上在 30 年代即已確立，不過，《無所不談合集》中還是珠玉連篇，佳作迭出，如〈談海外釣魚之樂〉、〈論買東西〉、〈記鳥語〉、〈說鄉情〉、〈瑞士風光〉、〈說紐約的飲食起居〉、〈來臺後二十四快事〉等，都膾炙人口，傳頌一時，可說是《無所不談》時期的代表作。

以〈來臺後二十四快事〉為例，林語堂仿清人金聖嘆「不亦快哉」的寫法，表現出他最真實的個性，讀來湛然有味。在快人快語中，我們看到幽默、自得、灑脫、天真的林語堂。如第一條：「華氏表九十五度，赤膊赤腳，關起門來，學顧千里裸體讀經，不亦快哉！」用最不正經的方式讀一本正經的「經」書，這才是真正的「解放」；第十條：「看小孩吃西瓜，或水蜜桃，瓜汁桃汁入喉嚨兀兀作響，口水直流胸前，想人生至樂，莫過於此，不亦快哉！」寥寥數筆就將兒童的天真情態，以及自己的赤子之心表露無遺；對中華棒球隊「三戰三捷」，他「跳了又叫，叫了又跳」；而紀政創造世界運動百米紀錄，他也興奮地記下，完全沒有學者的架子，而是真率的老人；且看第十九條：「大姑娘穿短褲，小閨女跳高欄，使老學究掩面遮眼，口裏呼『嘖嘖！者者！』不亦快哉！」思想多麼開明；二十二條：「自圓環至北投十八分鐘可以到達」，二十三條說：「倘能看電視而不聽廣告」，這些平常人的奇想真令人心有戚戚；還有幾條則閒適淡遠，悠然令人神往，如：

五、黃昏時候，工作完，飯罷，既吃西瓜，一人坐在陽臺上獨自乘涼，口銜菸斗，若吃菸，若不吃菸。看前山慢慢沉入夜色的朦朧裏，下面天母燈光閃爍，清風徐來，若有所思，若無所思。不亦快哉！

二十四、宅中有園，園中有屋，屋中有院，院中有樹，樹上見天，天中有月。不亦快哉！

不抽象地大發議論，而是扣緊一「快」字，時而痛快淋漓，時而舒緩閒逸，讀罷其文，既感知了生活人情之樂，也欣賞了林語堂的藝術才情與修養。

以「兩腳踏中西文化，一心評宇宙文章」自勉的林語堂，提倡了半個世紀的幽默，以其閃爍心靈光輝與豐富智慧的閒適、幽默小品，贏得「幽默大師」的稱號。他熟悉中西文化，出入儒道之間，所抒所談雖難脫學者議論之氣，但他糅合西方隨筆、晚明性靈文學的不俗思想與深刻文筆，使他的散文具有獨特的藝術風貌，在各種文學風格流派中，他這種富知識性、趣味性的作品還是經得起時間汰洗，而能獨樹一格。他曾在〈看見碧姬芭杜的頭髮談小品文〉中說：「我看小品文，應有四字：曰清，曰真，曰閒，曰實。」亦即清新不落窠臼，所抒由衷之言，閒情逸致，充實飽滿，這四個標準，林語堂、周作人、梁實秋三人的小品文大抵都能達到。閒適，真性，趣味，瀟灑，他們三人是志同道合地為現代散文走出了一條文體探索的寬路。

二、古典頭腦，浪漫心腸：梁實秋

以《雅舍小品》系列、《秋室雜文》等閒適小品成為一代散文大家的梁實秋（1903-1987），生於北京，清華學校畢業後赴美留學，研讀英美文學批評。1926 年回國後曾歷任南京東南大學、上海暨南大學、青島大學、北京大學等教職。1928 年《新月》雜誌創刊，梁實秋發表文章宣傳白璧德的新人文主義，強調文學沒有階級性，批評馬克思主義文藝理論，為此曾和魯迅及其他左翼作家多次撰文筆戰。教學之餘，梁實秋也致力於翻譯和文學批評，先後出版了文學評論集有《浪漫的與古典的》（1927 年）、《文學的紀律》（1928 年）、《偏見集》（1934 年）等，這使他成為新月派中以文學理論名世的代表作家。抗戰爆發後，他隻身南下入川，任國民參政會參政員，並在重慶國立

由臺灣正中書局所出版的《雅舍小品》是梁實秋最具代表性、也最受讀者熟悉的散文作品。

編譯館工作，主編中小學教科書。1939 年起，他應邀於《星期評論》上撰寫《雅舍小品》專欄，受到歡迎，從此這類小品的寫作就一直持續，後由臺北正中書局於 1949 年出版《雅舍小品》一書，並陸續出了四集，風行不衰，奠定了他的散文家地位。

然而，一場「與抗戰無關」的言論，卻使他長期在大陸學界文壇受到嚴厲的批判，甚至因此使他的散文作品藝術少為人知。1938 年底，梁實秋主編重慶《中央日報》的《平明》副刊，在〈編者的話〉中，他提出自己對主編副刊的態度，其中有一段談到徵稿的性質時說：「現在抗戰高於一切，所有的人一下筆就忘不了抗戰。我的意見稍微不同。於抗戰有關的材料，我們最為歡迎，但是與抗戰無關的材料，只要真實流暢，也是好的，不必勉強把抗戰截搭上去，至於空洞的『抗戰八股』，那是對誰都沒有益處的。」這段話其實只是表明編輯方針並希望得到讀者作者的來稿支持而已，立場也無偏頗之處，但卻被左翼文人解釋為提倡文學與抗戰無關，予以曲解、誤解，並展開猛烈的攻擊。

雖然在硝煙四起的抗戰時代，戰爭幾乎改變、影響著中國人的一切生活（當然也包括文學），這樣的說法易遭「不合時宜」的聯想，但問題的癥結應該還是在梁實秋與左翼作家們的宿怨未消。早在 20 年代末期、30 年代初期那場有關文學階級性的論戰中，魯迅就以「喪家的」、「資本家的『乏』走狗」醜化梁實秋，這種充滿階級對立、偏見的敵意，使梁實秋的聲名受損。加上 1949 年初，梁實秋本欲隨「國民參政會華北慰問視察團」赴延安時，毛澤東卻公開表示他是不受歡迎的人物，且在 1942 年的《在延安文藝座談會上的講話》中，將他定為資產階級文學的代表，列為應該打倒的對象，這就使得梁實秋在大陸的文學史中受到負面的對待，成了「反動文人」。這當然是意識型態暴力的文學迫害。直到 80 年代中期以後，梁實秋的作品才開始被介紹到大陸，文學史書籍才對梁實秋的散文成就有了較公允的評價。擺脫了政治的干擾，梁實秋真實的一面終於開始被認識、熟悉。

但在臺灣與海外文學界，梁實秋卻是赫赫有名的大師級文人。1949 年來臺後，他遠離了政爭與筆戰，除了長期在臺灣師範大學執教外，他埋頭著述，過著雲淡風輕但充實自在的生活，陸續出版了《談徐志摩》、《清華八年》、《秋室雜文》、《談聞一多》、《看雲集》、《槐園夢憶》、《白貓王子及其他》、《雅舍雜文》、《雅舍談吃》等近二十本散文集；又以無比的毅力與精深的學養，獨立譯完《莎士比亞全集》，成為文學界一大盛事；他還主編各種英漢及漢英辭典，完成《英國文學史》、《英國文學選》。一如林語堂的多重身分，梁實秋也是身兼散文家、翻譯家、文學批評家、教育家、編輯人於一身，表現出豐富、深厚、多面向的人文素養與創作才情。而晚年的專心執教、著述，不與人爭，不求聞達的淡泊心志，也是林、梁二人鮮明的人格典型與長者風範。曾受梁實秋提攜的詩人余光中寫於 1987 年的〈文章與前額並高〉一文中就說道：「那時梁先生正是知命之年，前半生的大風大雨，在大陸上已見過了，避秦也好，乘桴浮海也好，早已進入也無風雨也無晴的境界。」

梁實秋早於 1928 年《新月》第一卷第八號上就曾發表文學評論文章〈論散文〉，對散文的定義、作者人格與文調、藝術技巧、感情、思想等根本問題提出己見，加上他多年的散文寫作經驗，形成了他個人的文學藝術觀。以新人文主義的「人性論」為中心，他一貫反對以功利的眼光看待文學，反對把文學視為宣傳品，更不能當作「階級鬥爭的工具」，認為文學應表達普遍永恆的人性：「這普遍性和永久性亦即『真』，亦即『理想』。詩人所模仿的，也就是這普遍的、永久的、真的、理想的人生與自然。」此外，他還主張文學貴在自然，文筆則力求簡鍊，他說：「文章要深、要遠，就是不要長」，因為「簡短乃機智之靈魂」。至於散文的最高理想是「簡單」二字，「簡單就是經過選擇刪芟以後的完美的狀態」，要做到這一點，必須肯於「割愛」，因為「散文的美，美在適當」。以這些文學看法為基礎，梁實秋身體力行地寫出不少真切、風趣、體現對人生關注與熱愛的散文，流露出他格調高雅、舒徐自在的獨特風格。兼具古典與浪漫主義精神，在嚴肅、節制中不失幽默熱情，是典型的學者散文，也是出色的閒適散文。

梁實秋的散文風格最具代表性的首推《雅舍》系列小品，題材幾乎都取自日常生活，反映世態人情，充分顯現出他細膩的觀察力，幽默詼諧的生活藝術，如〈孩子〉中說：「我一向不信孩子是未來世界的主人翁，因為我親見孩子到處在做現在的主人翁」，「以前的『孝子』是孝順其父母之子，今之所謂『孝子』乃是孝順其孩子之父母。孩子是一家之主，父母都要孝他！」真是一針見血，令人莞爾；〈男人〉更是妙絕，他寫男人的髒、懶、饞、自私、長舌，無一不是直中要害，例如寫男人的嘴饞：

> 男人大概有好胃口的居多。他的嘴，用在吃的方面的時候多，他吃飯時總要在菜碟裏發現至少一英寸見方半英寸厚的肉，纔能算是沒有吃素。幾天不見肉，他就喊「嘴裏要淡出鳥兒來！」若真個三月不知肉味，怕不

要淡出毒蛇猛獸來！有一個人半年沒有吃雞，看見了雞毛帚就流涎三尺。一餐盛饌之後，他的人生觀都能改變，對於什麼都樂觀起來。一個男人在吃一頓好飯的時候，他臉上的表情硬是在感謝上天待人不薄；他飯後啣著一根牙籤，紅光滿面，硬是覺得可以驕人。主中饋的是女人，修食譜的是男人。

抓住人性予以誇張形容，幽默諷刺，讀來痛快極了。又如〈狗〉中對俗語說的「打狗看主人」，他覺得「不看主人還好，看了主人我倒要狠狠的再打狗幾棍」；至於狗咬傷人的現象，他也有感而發：

有些人家在門口掛著牌示「內有惡犬」，我覺得這比門裏埋伏惡犬的人家要忠厚得多。我遇見過埋伏，往往猝不及防，驚惶大呼，主人聞聲搴簾而出，嫣然而笑，肅客入座。從容相告狗在最近咬傷了多少人。這是一種有效的安慰，因為我之未及於難是比較可慶幸的事了。但是我終不明白，他為什麼不索興養一隻虎？來一個吃一個，來兩個吃一雙，豈不是更為體面麼？

真是觀察入微，洞悉人性。翻開《雅舍小品》系列散文，從乞丐、運動、鳥、汽車、旅行、寫字、洗澡、垃圾、算命寫到請客、廚房、獎券、頭髮、吸菸、喝茶、飲酒、燒餅油條等，無所不寫，無所不談，談言微中亦可以解紛，見人所未見，發人所未發，這一點和林語堂實可相互媲美。

梁實秋的散文甚受推崇的還有他旁徵博引、用典豐富、信手拈來、雋永有味的行文筆調。魯西奇《梁實秋傳》中對此有精要的評析：「梁實秋散文的風格上承唐宋，下擷晚明，旁取英國小品文的灑脫容與，更佐以王爾德的特立獨行；筆法清俊簡潔，點到為止，文白相濟，用語精鍊；行文放而能收，莊諧並作，時而誇張而令人驚喜，時而含蓄而耐人尋思，最講究好處收筆，留下裊裊的餘音。」[28]這種特色在《雅舍小品》首篇〈雅舍〉中即可窺知一二。所謂「雅舍」是他在重慶北碚與友人合住的六間陋室，因無門牌，大家商量用龔業雅的名字而稱「雅舍」。屋雖簡陋，但梁實秋卻從中有另一番不俗的體會：

> 這「雅舍」，我初來時僅求其能蔽風雨，並不敢存奢望，現在住了兩個多月，我的好感油然而生。雖然我已漸漸感覺它是並不能蔽風雨，因為有窗而無玻璃，風來則洞若涼亭，有瓦而空隙不少，雨來則滲如滴漏。縱然不能蔽風雨，「雅舍」還是自有它的個性。有個性就可愛。

雅舍之所以為梁實秋所喜，因其有個性，我們也可以說，梁實秋散文之所以為世人所喜，也正在於有個性。至於雅舍之陳設，「只當得簡樸二字」，這「簡樸」二字，也恰恰是梁氏散文之風格。文中還提到，雅舍非他所有，他僅是房客之一，但思「天地者萬物之逆旅」，人生本來如寄，他住雅舍一日，雅舍即一日為其所有，他引劉克莊詞：「客裏似家家似寄」，灑脫地表

[28] 魯西奇：《梁實秋傳》，第 9 頁，中央民族大學出版社 1996 年版。

示：「我此時此刻卜居『雅舍』，『雅舍』即似我家。其實似家似寄，我亦分辨不清。」這種光風霽月、隨遇而安的自在瀟灑，從他的散文中處處可見。他的用語文白交融，淡而有味，如寫月夜時的雅舍：「地勢較高，得月較先。看山頭吐月，紅盤乍湧，一霎間，清光四射，天空皎潔，四野無聲，微聞犬吠，坐客無不悄然！舍前有兩株梨樹，等到月升中天，清光從樹間篩灑而下，地上陰影斑斕，此時尤為幽絕。」用詞典雅，暢如流泉，風雅之景如在眼前。梁氏最擅長的幽默，此文也有上乘表現，如寫陋室隔音不佳：「我與鄰人彼此均可互通聲息。鄰人轟飲作樂，咿唔詩章，細語，以及鼾聲，噴嚏聲，吮湯聲，撕紙聲，脫皮鞋聲，均隨時由門窗戶壁的隙處蕩漾而來，破我岑寂」；寫蚊患：「每當黃昏時候，滿屋裏磕頭碰腦的全是蚊子，又黑又大，骨骼都像是硬的。在別處蚊子早已肅清的時候，在『雅舍』則格外猖獗，來客偶不留心，則兩腿傷處累累隆起如玉蜀黍，但是我仍安之。冬天一到，蚊子自然絕跡，明年夏天——誰知道我還是住在『雅舍』！」苦中作樂，豁達知足的生活態度，使〈雅舍〉一文成了理趣盎然的現代〈陋室銘〉。

梁實秋審美化的藝術心靈，超然物外的人生智慧，在災難深重的戰爭時代不得不被忽略，在政治粗暴操作的打壓排擠下，也不得不被扭曲，如今，他的散文已越來越顯現出其藝術魅力與價值。這位自稱有「古典頭腦，浪漫心腸」的散文大家，其一生追求的典雅藝術，締造的簡潔幽默文風，在散文史上自有其難以抹滅的地位。老舍夫人胡絜青在梁實秋逝世後撰有一聯輓之：「生前著作無虛日，死後文章惠人間」，這應是對梁實秋文學生命的最佳注腳吧！

第四章

戲劇卷

第一節

現代戲劇概論

一、現代話劇的萌芽期

19 世紀末，中國現代戲劇的主要形式——話劇，由西方的僑民傳入中國。當時中國的教會學生也舉辦了一些業餘演出：1899 年上海聖約翰書院上演了《官場醜史》，1900 年、1903 年上海南洋公學先後上演了《六君子》、《張文祥刺馬》等，反映當時的現實，帶有強烈的政治性。1905 年，幾校學生聯合組成的「文友會」上演了《捉拿安德海》、《江西教案》，演出從校園走向了社會。這些可以看作是現代戲劇的濫觴。

1907 年，一些留日學生組織了「春柳社」，主要成員有李叔同、陸鏡若、歐陽予倩等。同年 2 月，春柳社在日本東京上演了《茶花女》，6 月在東京著名劇場本鄉座上演了由林紓的翻譯小說改編而成的五幕劇《黑奴籲天錄》（這是第一個用中文改寫的劇本）。這是中國第一次比較完整的近代話劇演出，它主要借鑒西方的戲劇形式，以言語、動作為主要表現手段，注重演出的佈景、道具、服飾等，在內容和形式上都不同於中國傳統戲曲，因此被稱為「文明新戲」。文明新戲的重要劇社除了春柳社外，還有王鐘聲領導的春陽社，任天知領導的進化團，陸鏡若、歐陽予倩領導春柳派新劇同志會，演出從上海、天津、香港擴展到東北、蘇州、鎮江、紹興……直到貴陽、武漢等內地，影響遍及全國。特別是任天知領導的進化團，是第一個職業性的新劇社，他們公演的《血蓑衣》、《東亞風雲》、《新茶花》都迴響強烈，觀眾遍及大江南北。

這一處於萌芽期的話劇，它的主要特點是：一、和時事政治緊密聯繫，如歐陽予倩的《猛回頭》、《熱血》，暴露了當時社會的黑暗，反映了民眾反帝反封建的要求。二、注重戲劇的教化功能，追求現場的宣傳、鼓動效果，如進化團的演出中好多都專門設置一位「言論派小生（老生、正生）」，他可以隨時跳出劇情，直接代表作者，當場對觀眾進行演講，宣傳革命，攻擊封建統治。三、角色大多類型化，有人曾把早期話劇演員分成激烈派、莊嚴派、寒酸派、瀟灑派等，還有人把他們分成老生部、小生部、旦部、滑稽部與能部（能表演各種角色的通才）。

由於一部分「文商」的操縱，文明新戲後來出現了一種迎合小市民趣味的戲劇商業化傾向，遷就小市民的庸俗趣味，劇作內容逐漸遠離現實生活、遠離群眾，再加上藝術上的粗製濫造，它漸漸失去觀眾，1916 年後便全面衰落。只有以天津南開學校和北京清華學校為代表的學生業餘演劇團，仍堅持嚴肅認真的藝術態度，以歐洲近代寫實劇為榜樣，堅持在話劇藝術上深入探討，十分注重劇本的創作，並逐漸建立了比較健全的演劇體制，在創作與理論上由萌芽期的話劇向現代話劇演變。

二、現代話劇的發展期

五四新文化運動的開展，帶來了現代話劇運動的再度興起。它的興起，以五四先驅者們對傳統舊劇的批判為先導。《新青年》在1917年至1918年間曾展開過「舊劇評議」，批判的鋒芒主要指向傳統舊戲所包含的封建性內涵。周作人認為傳統舊戲「多含原始的宗教的份子」，是「野蠻戲」，應該加以排斥。[1]先驅者們在批判過程中倡導建立中國現代戲劇理論，其內容包括兩個方面：一是「把戲劇做傳播思想，組織社會，改善人生的工具」[2]，二是提倡寫實主義的戲劇必須以當今社會為題材，如實地揭示現實的本來面目。第一個公開發表的、以現代中國人生活為題材的話劇劇本，是胡適寫的《終生大事》（載於1919年3月《新青年》第6卷第3號）。此外，他們還大量翻譯和改編西洋的戲劇名著，創作西洋派的戲。1918年6月和10月，《新青年》相繼推出「易卜生專號」，「戲劇改良專號」，迅速形成了一個介紹外國戲劇理論、翻譯和改編外國戲劇的熱潮，西方戲劇史上的各種流派——現實主義、浪漫主義戲劇到現代象徵派、未來派等差不多同時來到了中國，這些多元的戲劇觀念、戲劇美學、戲劇形式和技巧，對中國現代戲劇的發展產生極大的推動作用。

從1921年開始，中國現代話劇運動就逐漸進入了建設發展

[1] 周作人：〈論中國舊戲之應廢〉，載《新青年》，第5卷第5號，1918年11月15日版。

[2] 洪深：《中國新文學大系戲劇集・導言》，第20頁，上海良友圖書印刷公司1935年版。

時期，出現了各種戲劇團體、刊物，並形成多種戲劇風格的雛形，標誌著進入了話劇發展和建設的新階段。1921 年 3 月，沈雁冰、鄭振鐸、陳大悲、歐陽予倩、汪仲賢等人在上海成立了「民眾戲劇社」，同年 5 月，創辦了新文學運動中第一個專門性的戲劇雜誌——《戲劇》。這個刊物，用了較多的篇幅發表翻譯和介紹外國戲劇理論和研究的文章，還對中國的「舊戲」展開了猛烈的批評。同年 12 月，應雲衛、谷劍塵等組織成立了上海戲劇協社。民眾戲劇社和上海戲劇協社都宣布自己堅持「五四」傳統，強調戲劇必須反映時代、人生，必須承擔社會教育的啟蒙任務，提倡藝術的功利性目的，反對把外國一些所謂時髦的象徵劇、神話劇之類引入中國戲劇界。同時他們還積極地提倡「民眾的戲劇」，確立了面向「民眾」的方針，提出「要創造一種高尚的和通俗的戲劇」[3]，「愛美劇」便應運而生。他們的宗旨是堅持非營業的性質，提倡藝術的新劇。這樣便掀起了學生業餘演劇活動的一個高潮，並成為這一時期話劇運動的中心。這兩個劇社作家的劇作都明顯受到了易卜生的影響，形成「社會問題劇」。陳大悲的《幽蘭女士》是以一個家庭為著眼點對社會問題進行分析，劇本涉及到了反對封建婚姻、揭露官僚家庭的醜惡、勞動人民的疾苦等一系列問題。歐陽予倩的《潑婦》寫的是一個被封建勢力看作是「潑婦」的女性的反抗行為。從婦女問題、夫妻關係不平等這一點上揭示封建道德的罪惡。該劇的題目就是反義的，是借封建勢力攻擊新女性的話來反用之，女主人公素心實際上是一個娜拉式的新女性，她的「潑」，實際是對封建勢力作出的一

[3] 陸明悔：〈與創造新劇諸君商榷〉，《戲劇》，第 1 卷第 1 期，1921 年 5 月 31 日版。

種有力衝擊，表現出當時多數女性對獨立人格的熱切呼喚。

在「愛美劇」戲劇社團競相興辦的同時，各地的工農業餘演劇活動也初露端倪。1920 年，黃愛、龐人銓領導的湖南省勞工會女工新劇組成立，1921 年 5 月 1 日，該劇組在湖南省勞工會舉行的營救黃愛出獄的萬人示威大會上演出了《金錢萬惡》。1923 年，廣東海豐農會演出話劇《二鬥租》，演到貧農被田主百般侮辱時，觀眾們感同身受，悲憤交集，整個會場為之鼓噪。1925 年，黃浦軍校學生也組織了血花劇社，不但在軍內演出，還到廣州街頭為群眾演出。

真正為 20 年代末期戲劇打開一個嶄新局面，使現代戲劇進一步得到發展的，是田漢創建和領導的南國社。南國社的宗旨是積極團結能與時代共呼吸、共存亡的先進有為青年，共同展開藝術上的革命運動，並極力倡導「在野」的藝術運動，在杭州、上海、南京、無錫、廣州等地多次進行公演，處處播下新興話劇的種子。其中田漢的劇作更是撥動了千萬觀眾的心弦。南國社以其思想上反帝反封建的鬥爭精神和藝術上執著的探索精神，在現代戲劇史上贏得了很高的榮譽。

從五四到 20 年代末的戲劇文學，主要是現代話劇的發展和建設時期。它的主要特點是：一、始終貫穿著反帝反封建的時代要求。無論是哪個流派，哪個思想層次的劇作家，無論是標榜「為藝術」，還是標榜「為人生」，都是透過家庭問題、社會問題、愛情問題、婦女問題、人生問題等，不同程度地反映出反帝反封建的精神。其中以愛情問題、婦女問題為題材的劇本最多，影響也最大。二、形式和風格的多樣化。無論現實劇、歷史劇、悲劇、喜劇、正劇、詩劇、多幕劇、獨幕劇、默劇都有所嘗試，並出現了一些成功的劇作家及其作品。郭沫若（1892-1978）是中國現代歷史劇的開拓者。他的《卓文君》、《王昭君》、《聶嫈》，後合編為《三個叛逆的女性》。《卓文君》寫於 1923 年 2 月，寫的是卓文君違抗父命私奔司馬相如的故事，熱情讚揚卓文君敢於反抗封建家族統治、大膽衝破封建禮教的叛逆精神，諷刺了假道學家們虛偽的醜惡面目。《王昭君》寫於 1923 年 7 月，寫王昭君竟然反抗元帝的意旨自願嫁給匈奴，以「人」的尊嚴、「我」的生活，反對「帝王」的權威，表現出個性解放的強烈追求。《聶嫈》寫於 1925 年 6 月，是詩劇《棠棣之花》（寫於 1920 年）的發展，寫的是聶政犧牲之後，姐姐聶嫈不畏強權冒死認屍而英勇獻身的壯烈行動。郭沫若創作這類劇作的動機是「要借古人的骸骨來，另行吹噓些生命進去」[4]，他把五四時期追求人的尊嚴、反對封建禮教和專制等精神灌注到歷史人物、尤其是被稱為「弱者」的女性身上，表達五卅慘案中所表現出來的悲壯情緒，同時又很自然地契合了「婦女解放」的時代課題。郭沫若以凝重的歷史劇折射著時代精神，丁西林（1893-1974）則以輕鬆的現代喜劇反映五四潮流，推動話劇文學的建設。特別是他的《壓迫》。該劇寫於 1925 年，是一部獨幕喜劇，寫的是一個單身男子在租房時，封建的房東太太提出必須帶家眷同住，另一位也來租房的單身女客主動提出與這位男客假扮夫妻，終於取得勝利的喜劇故事。在這部劇作裏，題材的社會意義，作家的樂觀主義和喜劇的情趣，得到了有機結合，使人獲得一種解脫壓抑後的

[4] 郭沫若：〈孤竹君之二子幕前序話〉，《創造季刊》，第 1 卷第 4 期，1923 年 2 月版。

舒暢感。洪深曾經評論：「他底寫實的輕鬆的《壓迫》，可算那時期的創作喜劇中的唯一傑作。」[5]另外，還有陳大悲的默劇《說不出》，女作家袁昌英的《孔雀東南飛》，白薇的《打出幽靈塔》等，在那個時期都產生過一定的影響。三、存在「歐化」傾向。選材不夠廣泛，反映下層民眾生活的作品太少；藝術上比較稚嫩，話劇的文學性和舞臺性還沒有普遍地達到統一。

整體來說，這一時期大批劇作家的嶄露頭角，以及大量劇本的湧現，標誌著話劇文學的活躍。它們以新的形式和多樣的風格，反映現實生活，體現五四反帝反封建的精神，揭露並批判了當時黑暗的社會，不斷推動著現代話劇藝術的發展。

三、現代話劇的轉折期

中國戲劇在 30 年代，以上海為中心，再次掀起了話劇運動的熱潮，在中國現代戲劇史上形成了一個具有歷史意義的轉折。部分劇作家認為，在社會激變的年代，戲劇是激動大眾、組織大眾的最直接而最有力的工具，因此，可以利用戲劇這一文藝工具來表達他們對這個黑暗社會的不滿之情，並且收到激勵民眾的效果。當時在上海活躍著五大劇社：田漢領導的南國社，洪深領導的復旦劇社，應雲衛領導的上海戲劇協社，朱襄丞、羅鳴鳳領導的辛酉劇社和陳白塵領導的摩登劇社，他們都有不同程度的反帝反封建傾向，都不滿於現狀，正為找不到明確的新方向而苦悶彷徨。為了改變這種狀況，戲劇界同整個文學界的左翼文學運動相

[5] 洪深：《中國新文學大系戲劇集・導言》，第 70 頁，上海良友圖書印刷公司 1935 年版。

呼應，開展了左翼戲劇運動。1929 年 6 月，沈端先、鄭伯奇、馮乃超、陶晶孫、錢杏邨等組織成立了上海藝術劇社，第一次提出了「無產階級戲劇的口號」，使中國現代戲劇運動從五四開始的個性解放潮流，走到無產階級革命的軌道上來。他們編輯出版了《藝術》月刊、《沙侖》月刊（沈端先、馮乃超主編）和《戲劇論文集》（藝術劇社編），並先後組織了兩次公演：1930 年 1 月 6 日在上海虞洽卿路寧波同鄉會上演《樑上君子》（美國辛克萊著）、《愛與死的角逐》（法國羅曼羅蘭著）、《炭坑夫》（德國密爾頓著）；同年 3 月下旬演出了《西線無戰事》（根據德國雷馬克長篇小說改編）、《阿珍》（馮乃超、龔冰廬著）。

「無產階級戲劇運動」推動了整個話劇界向「左」轉。1930 年 4 月，南國社負責人田漢在《南國月刊》上發表了著名的〈我們自己的批判〉，批判南國社當時存在的小資產階級感傷傾向，宣布南國社的「轉變」：從社會運動與藝術運動的「二元」態度轉向一元化的「左傾」。同年 5 月，改編梅里美小說《卡門》為話劇上演，借西班牙故事抒發反抗舊社會的情感，並且鼓吹革命。1930 年 8 月，以上海藝術劇社為中心，聯合了辛酉、南國、摩登等戲劇團體，成立「中國左翼劇團聯盟」，後又改組為以個人名義參加的「中國左翼戲劇家聯盟」（簡稱「劇聯」），在「演劇大眾化」的口號下，努力向民眾普及戲劇這種藝術形式。「劇聯」的〈中國左翼戲劇家聯盟最近行動綱領〉強調革命戲劇必須深入工農群眾，在工人、學生、農民中以獨立、輔助、聯合三種方式積極開展演劇活動，創作內容強調揭露封建地主階級的罪惡，從各種鬥爭中指明政治出路，並且強調要組織「戲劇講習班」，加強戲劇理論建設，開展理論批判等。當時的左翼劇社有大道劇社、光華劇社、春秋劇社、藍衫劇團等。

1931 年「九一八」事變後，為適應建立抗日統一戰線的需要，開始提倡和發動「國防戲劇」運動，這是 30 年代戲劇運動的又一個轉折。1936年春，「左聯」解散，在這之前，「劇聯」已於 1935 年冬自動解散，提出「國防戲劇」代替「無產階級」口號，並開始籌備建立上海劇作者協會。1936 年初，上海劇作者協會成立，制訂了〈國防戲劇綱領〉，對國防劇作創作綱領與內容提出具體意見，強調「反帝抗日反漢奸，爭取中華民族的解放」，在藝術形式上「提倡『通俗化』、『大眾化』和方言話劇」。[6]在「國防戲劇」運動中湧現出了不少新人新作：尤兢（于伶）的《漢奸的子孫》，章泯的《我們的故鄉》，崔嵬等改編的《放下你的鞭子》等，演遍中原大地、大江南北。夏衍接連發表了《都會的一角》、《賽金花》、《自由魂》（即《秋瑾傳》）、《上海屋簷下》，其中歷史諷喻劇《賽金花》被譽為「國防戲劇的力作」。

本時期的主要劇作家有田漢、曹禺、夏衍、洪深、李健吾、熊佛西、袁牧之等。洪深（1894-1955）的《走私》一劇將揭露走私的題材與反帝抗日聯繫起來，具有強烈的現實意義。獨幕劇《鹹魚主義》批評小市民在國難當頭時各顧各的自私心理，也有明確的現實針對性。這時期他最重要的作品是《農村三部曲》（《五奎橋》、《香稻米》、《青龍潭》），都是以農村生活為題材的，這是中國現代戲劇史上較早地用比較明確的階級觀點來反

[6] 周鋼鳴：〈民族危機與國防戲劇〉。載《生活知識》「國防戲劇特刊」，1936 年 2 月版。

映農民鬥爭的劇作，在觀眾中曾引起強烈迴響。李健吾（1906-1982）的戲劇也是從現實生活取材，他的創作觀基於人性，重在描寫人物的內心矛盾衝突。這一時期他於 1934 年創作的多幕劇《這不過是春天》是其代表作，從劇本表面情節來看，是一部以追捕革命者為主要情節的革命題材的戲劇，但實際上著重刻劃的是警察廳長夫人內心的矛盾衝突。同年創作的《梁允達》中，作者實際上是要譴責貪財殺父的梁允達，但作者的興趣卻集中在對梁允達內心矛盾的探討上，全劇給人一種沉悶甚至神秘的感覺。熊佛西（1900-1965）在河北定縣實驗「農民戲劇」（又稱「戲劇大眾化實驗」）。他的「農民劇本」，不僅力求其內容緊貼農民的生活，而且在技巧上也以農民能讀能演為原則。他的《屠戶》中，故事大多是靠動作表現出來，而且多為明場，便於農民接受。《牛》中的人物對話不僅簡練、性格化，而且符合農民的口吻。袁牧之（1909-1978）善長寫喜劇，1932 年 9 月寫出其代表作《一個女人和一條狗》，構思獨特，幽默中透出機智。

本時期是中國現代戲劇創作的重大轉折期，主要特點是：一、戲劇創作的內容更接近現實，二、劇作者和評論者更多地重視透過激烈的衝突來展示人物的個性，三、出現專業劇作家組織，湧現了許多新人新作。30 年代的戲劇文學經過兩次重大轉折，取得了重大的發展和卓越的成就，為以後中國現代戲劇的進一步發展奠定了堅實的基礎。

四、現代話劇的繁榮期

「七七」蘆溝橋事變後，隨著抗日救亡運動的高漲，戲劇運動也逐漸活躍起來。以話劇為代表的中國現代戲劇，經過 20 世紀初的萌芽期、五四運動和 20 年代的發展期、30 年代的轉折期，終於在抗日戰爭時期迎來了一個空前繁榮的時期。

1937 年 7 月 15 日，原上海劇作者協會改為中國劇作者協會，集體創作了三幕劇《保衛蘆溝橋》；「八一三」滬戰爆發後，與上海劇團聯誼社聯合發起組織上海戲劇界救亡協會，成立救亡演劇隊，紛紛趕赴前線、敵後和大後方宣傳演出。1937 年 12 月 31 日，中華全國戲劇界抗敵協會在武漢成立。之後，全國各主要城市都成立了「劇協」分會。抗戰初期，為了適應戲劇服務對象的變化，戲劇的形式開始趨於小型化、輕型化和通俗化，出現了街頭劇、活報劇、茶館劇、朗誦劇、遊行劇和諧劇等，既能迅速反映抗日戰爭現實、又易於為廣大群眾接受，獲得良好的宣傳鼓動作用。易揚的《打回老家去》、尤兢的《省一粒子彈》、荒煤的《打鬼子去》等都是風行一時的小型戲劇。隨著抗戰形勢的發展和國內政治環境的變化，戲劇創作選材的角度和視野，從滾滾硝煙的前線轉向更廣闊的生活領域。尤兢的《杏花春雨江南》、丁西林的《妙峰山》、老舍的《誰先到了重慶》等寫的是抗戰游擊隊和淪陷區人民的抗敵生活；尤兢的《夜上海》、丁西林的《等太太回來的時候》等反映的是上海淪為「孤島」前後各個階層人物的掙扎和覺醒。這時還出現了以繁榮創作為主要目的的《戲劇雜誌》、《獨幕劇創作月刊》、《戲劇與文學》和《戲劇新聞》等戲劇理論刊物。另外，戲劇工作者還進行了多種戲劇形式的探索，《罌粟花》（吳曉邦等）、《上海之歌》、《長江之歌》（未名實驗歌劇社）等新歌劇和舞劇的創作和演出，都是有積極意義的藝術探索。延安地區內還對許多劇種進行了改革，其中改革成就較大的是平劇（即京劇）和秦腔。新編歷史劇《逼上梁山》於1944年1月1日首次演出，該劇取材於《水滸傳》中有關林沖的故事，在內容和形式上都作了相應的改革，獲得了很大的成功。1945年1月，延安平劇院上演了改編的《三打祝家莊》，再次獲得觀眾的好評。在秦腔改造方面，馬健翎於1943年寫的大型歌劇《血淚仇》，借用秦腔粗獷、激昂、熱烈的藝術特點，講述了一個驚心動魄的故事；1947年他寫的《窮人恨》也是一部影響較大的新秦腔劇作。

自中國話劇萌芽以來四十年經驗的積累，加上戲劇理論的不斷探討，戲劇觀念現代化和民族化的融合以及各階層、階級、流派戲劇工作者的共同努力，所有這些都為話劇文學創作繁榮的到來創造了有利條件。這一時期，不僅老劇作家新作迭出，後輩劇作家異軍突起，連從不涉足戲劇的小說家也開始向戲劇領域進軍。阿英（1900-1977）在上海「孤島」時期創作的歷史劇《碧血花》（一名《葛嫩娘》）、《海國英雄》（一名《鄭成功》）和《楊娥傳》，被稱為「南明史劇」，在上海劇壇引起了轟動。宋之的（1914-1956）於1940年寫的五幕劇《霧重慶》（一名《鞭》）是其代表作，寫的是一群逃難到大後方重慶的青年學生在困境中掙扎終至沉淪的悲劇，藝術結構嚴謹，情節發展跌宕有致，人物性格鮮明豐滿，在40年代引起了很大的迴響。郭沫若從1941年12月到1943年4月，先後創作了《棠棣之花》、《屈原》、《虎符》、《高漸離》、《孔雀膽》、《南冠草》六部歷史劇，在中國話劇史上有相當影響。以寫諷刺戲劇著稱的陳白塵在抗戰時期創作的《亂世男女》和《結婚進行曲》受到廣泛好評，他的《升官圖》更顯示出他出色的諷刺藝術才華。戲劇新秀吳組光創作了《正氣歌》、《風雪夜歸人》、《牛郎織女》、《林沖夜奔》、《少年游》等劇作。以寫小說為主的老舍有名劇《茶館》；茅盾的《清明前後》，雖是「大時代的小插曲」，卻具有重大社會意義。

這時期的戲劇創作特點是：一、話劇和群眾的關係更為密切，其突出標誌是街頭劇和報告劇的繁榮。二、藝術上，戲劇觀念現代化和民族化相融合，歷史劇蓬勃興起，並湧現出大量的喜劇。三、出現了新主題和新人物的戲劇創作，如《白毛女》、《把眼光放遠一點》和《同志，你走錯了路》等。四、戲劇批評和戲劇理論得到了良好的發展，進一步推動了戲劇的創作和演出。

第二節

田漢、曹禺、夏衍

一、浪漫抒情的多產劇作家：田漢

田漢（1898-1968），原名田壽昌，1911 年改名為田漢，湖南長沙縣人，出生於農民家庭。六歲入私塾讀書，九歲開始接觸《西廂記》、《紅樓夢》等古典名著。他自幼熱愛戲劇，「我是如此地熱愛戲劇，從幼小時就感到離不開它。在長沙家鄉，我接觸了相當發展了的皮影戲（我們叫『影子戲』），傀儡戲（我們叫『木腦殼戲』），花鼓戲和大戲（即湘戲），那裏面有些素樸的現實主義的東西。辛亥革命後，春柳社後身的文社及另一些鼓吹改革的戲劇團體曾在長沙演出，也使我十分欣動和愛慕。但那時候人們還不太重視戲劇，我難於得到專門的正確的指導，我的道路主要是得靠自己摸索的。」[7]他在長沙師範學院時，就曾改編過戲曲劇本。1919 年留學日本時，自署為「中國未來的易卜

[7] 田漢：《田漢劇作選・後記》，第 428 頁，人民文學出版社 1981 年 2 月版。

30 年代攝於上海吳淞海邊的年輕劇作家田漢。

生」，並開始新劇創作。1920 年完成處女作《梵峨璘與薔薇》，從此他正式步入戲劇創作的道路。回國後，他於 1921 年創辦了「南國社」，1924 年創辦《南國半月刊》（後改名《南國特刊》），1926 年創辦「南國電影劇社」，1928 年創辦了「南國藝術劇院」，1928 年冬至 1929 年底，率領「南國社」在上海、杭州、南京、廣州、無錫等地進行多次公演和其他藝術活動，同時創作了大量的劇本。1930 年 5 月，他發表了〈我們自己的批判〉，對「南國」戲劇運動，主要是他自己的藝術道路進行了總結，宣布「南國」將結束那種「熱情多於卓識，浪漫的傾向強於理性，想從地底下放出新興階級的光明而被小資產階級底感傷的頹廢的霧籠罩得太深了」的狀態，轉向將藝術「貢獻於新時代之現實」[8]。同年，他解散了「南國社」，參加了自由運動大同盟和左翼作家聯盟，組織了左翼戲劇家聯盟。之後，他一面領導左翼戲劇和電影運動，一面努力於新劇本的創作。在抗日戰爭之中，他致力於自己所鍾愛的戲劇事業，並為之作了頗多的貢獻。

田漢是現代劇作家中最多產的作家。他一生創作了近百部劇本，其中有話劇、歌劇、戲曲、電影，而話劇就有六十多部。他

[8] 田漢：〈我們自己的批判〉，載《南國月刊》，第 2 卷第 1 期，1930 年。

的主要創作，大體可以分為四個時期：

1.「南國」戲劇運動時期（1921-1929）

田漢的第一部話劇是 1920 年發表的四幕劇《梵峨璘與薔薇》，該劇雖然在思想和藝術上都還不太成熟，但從鼓書藝人柳翠和她的琴師的傳奇性浪漫史，可以看出青年田漢對「真藝術」和「真愛情」的追求，這也是他早期創作的總主題，從此，他在積極領導「南國」戲劇運動的同時進入了自己戲劇創作道路上一個光輝燦爛的時期。在這將近十年的時間裏，他創作了大約二十多個話劇劇本（還寫了少量的電影劇本和京劇劇本）。這些劇本以不同的取材、立意、藝術手法，從不同的角度寫劇作家眼中的人生和社會，而浪漫主義和現實主義的交叉運用，是田漢 20 年代劇作最基本的藝術特徵。他 1922 年寫的《鄉愁》、《落花時節》，1927 年寫的《生之意志》，1928 年寫的《湖上的悲劇》、《古潭的聲音》，以及 1929 年寫的《顫慄》、《南歸》、《第五號病室》、《垃圾桶》等都具有較重的浪漫主義色彩。《湖上的悲劇》裏的白薇小姐，《古潭的聲音》裏的詩人，《南歸》裏的流浪詩人，當他們在面臨靈與肉、精神與物質的衝突時，都毫不猶豫地選擇了前者，表現出對「真愛情」和「真藝術」的強烈追求。《湖上的悲劇》描述的是窮詩人楊夢梅和白薇小姐相愛，為反對父親的包辦婚姻白薇投湖自殺，詩人為懷念逝去的戀人，在西湖畔借了一所「有鬼」的房子，悲痛地寫著這部愛情悲劇。某一深夜，果然來了一女鬼，讀了其作品失聲痛哭。原來她就是白薇，當年投湖時被人救活，在此隱居了三年。重逢後白薇卻真的自盡了，因為她怕楊夢梅會由於她的「復活」而把

「嚴肅的人生看成笑劇」，妨礙他完成「那貴重的記錄」，臨終前她囑咐夢梅一定要完成這部作品，把它作為「苦痛的愛的紀念碑」，把眼淚「變成一顆顆子彈，粉碎那使我們生離死別的原因吧」。這樣的情節安排或許有過於離奇之處，但劇作者所要表達的「以犧牲一己肉體的生命，成全藝術（精神）生命的完美」的這一嚴肅的命題，充滿著對那個窒息人性、扼殺愛情的封建社會血淚般的控訴。《古潭的聲音》講的是詩人從「塵世的誘惑中」救出女主人公美瑛，置之高樓，教她懂得「生命是短促的，藝術是不朽的」，「把藝術做寄託靈魂的地方」。但是這女子卻把露臺下面深不可測的古潭看作是「漂泊者的母胎」和「漂泊者的墳墓」，終於跳進古潭去聽那裏面「發出一種什麼聲音」。旅外歸來的詩人得知他的一切夢想已經破滅後，叫著「我要聽我捶碎你的時候，你會發出種什麼聲音」，也縱身跳入古潭，向古潭復仇去了。在劇本中，「古潭的聲音」是作為「永遠的誘惑」的象徵的，這一意象田漢自己說「是由偶讀日本詩人芭蕉翁的詩句：『古潭蛙躍入，止水起清音』得來的」，而據日本學者分析，這古潭的清音「具足了人生之真諦與美的福音」[9]，在田漢筆下，更增了幾分神秘、感傷的色彩。《南歸》寫一個流浪詩人因「四年前的一次惡戰」而家破人亡，而他所戀著的牧羊姑娘已為人婦且憂傷死去。於是他流浪到了南方，南方眷戀著他的春姑娘一直盼著他回來，可詩人歸來時她已被許給他人，詩人只好又含恨離去，「我孤鴻似的鼓著殘翼飛翔，想覓一個地方把我的傷痕將

[9] 《田漢戲劇集五集・自序》，《田漢文集》，第 2 卷，417 頁，中國戲劇出版社 1983 年版。

養。但人間哪有那種地方，哪有那種地方？我又要向遙遠無邊的旅途流浪。」這部「運用幻想形式，表現現實生活的苦惱和理想追求的幻滅」[10]的悲劇，洋溢著詩和淚的浪漫主義色彩。

田漢在這時期還創作了很多以現實主義傾向取勝的劇作：1922 年的《咖啡店之一夜》、《薛亞蘿之鬼》、《午飯之前》，1924 年的《獲虎之夜》，1925 年的《黃花崗》，1927 年寫的《蘇州夜話》、《江村小景》、《名優之死》，1929 年的《孫中山之死》、《火之跳舞》、《一致》等。《咖啡店之一夜》通過鹽商之子李乾卿對愛情的背叛與褻瀆，直接揭示了帶有濃厚封建主義色彩的資產階級市儈的嘴臉。《獲虎之夜》以辛亥革命以後的湖南山村為背景，描寫的是山村獵戶之女蓮姑和貧窮的流浪兒黃大傻的愛情悲劇，反映了辛亥革命勝利後，「門戶之見」這種封建思想依然在迫害著青年一代。《薛亞蘿之鬼》、《午飯之前》是我國現代戲劇史上最早描寫工人階級的生活及其自覺抗爭的劇本。《火之跳舞》則更進一步表現了工人階級的反抗精神，講的是產業工人阿二因工負傷，無錢醫治成為殘廢。一家三口饑寒交迫，還欠了一筆房租。收租人調戲他的妻子時和阿二扭打，引起火災。大火延及工廠，廠主懸賞捉拿「縱火」的「奸人」。阿二和工人們在忍無可忍下決心掙脫枷鎖，解救自己。《蘇州夜話》、《江村小景》對禍國殃民的軍閥戰爭進行了血淚的控訴。《黃花崗》、《孫中山之死》表面是反映國民革命史實的劇作，卻與現實鬥爭有著密切聯繫。

---

[10] 陳瘦竹：《且說〈南歸〉》，《戲劇理論文集》，第 388 頁，中國戲劇出版社 1988 年版。

《名優之死》是田漢這一時期最富社會意義的代表作。這部劇作的最初構思啟發於波特萊爾詩〈英勇的死〉，當時田漢執意要「寫一篇中國名伶之死為題材的劇本」。劇本的主人公劉振聲是位著名京劇藝人，他為人正派，做戲認真，講究「戲德」、「戲味」，認定「玩意兒就是性命」，他「只想多培養出幾個有天分的，著重藝術的孩子，只想在這世界上得一兩個實心的徒弟。」因此，他嚴格要求自己的徒弟劉鳳仙，苦心培養，想使她成為唱青衣的名角。可劉鳳仙有了點名氣後就「不在玩意兒上用工夫，專在交際上用工夫」，「一成名就跟臭肉一樣給蒼蠅盯上了」，終於走向了墮落，毀滅了劉振聲的希望。劉振聲壓抑已久的憤怒終於爆發了，他與惡棍楊大爺公然為敵，最後慘死在舞臺上。劉振聲的死不僅表明了他勇敢大膽的反抗精神，而且透過他的口把矛頭直接指向了萬惡的舊社會。

把抒情性和戲劇性有機結合起來，是本時期田漢劇作趨向成熟的標誌之一。《名優之死》在這方面幾乎達到天衣無縫的地步，他把戲劇性隱藏在純樸自然的畫面之中，主要通過人物的鮮明個性來吸引人，在形象塑造過程中融進作者的感情，表面的熱鬧被自然、流暢的描寫所取代。劉振聲和楊大爺的對立是該劇的主要矛盾，而他與徒弟劉鳳仙在藝術道路上的分歧和這一主要矛盾緊緊地扣在一起，其他藝人的一言一行也被有機地組織在這些矛盾衝突中。全劇共三幕，結構單純明晰，不枝不蔓；作品語言凝練、簡潔、流暢、個性化；人物形象栩栩如生，劉振聲的剛正抑鬱，劉鳳仙的虛榮嬌氣，蕭郁蘭的潑辣熱情等都在劇情的自然進展中得到了充分的表現。

2.左翼戲劇運動時期（1930-1936）

1930年，田漢透過自我批判公開宣布「轉向」後，明確地認識到「新的戲劇藝術是要從大眾的呼吸裏找出來的」，[11]他戲劇創作中所反映的生活面變得更為廣闊，並接觸到人民大眾所關心的重大題材：工人階級生活和抗日愛國這兩大題材。

他於1931年寫的獨幕劇《年夜飯》、《梅雨》、《姊妹》、《顧正紅之死》，1932年寫的獨幕劇《月光曲》和1934年寫的歌劇《揚子江暴風雨》等作品，突出了工人生活的苦難，讚揚了他們反壓迫求解放的抗爭精神。其中《梅雨》是一部在藝術上比較突出的劇作，講的是工人潘順華一家的生活命運：潘順華因年紀大被工廠裁掉後借高利貸做小生意，對苦難的生活採取「只能忍耐」的態度；他未婚女婿文阿毛因工作斷臂失業後用恫嚇手段去弄錢，結果被巡捕抓獲；女兒阿巧在革命者張先生的引導下，正走上以抗爭求解放的路；潘徐氏則積極領導罷工行動。透過對這些不同思想層次和不同性格人物的描寫，不僅再現了當時社會的黑暗，還揭示了工人階級要擺脫悲慘命運就必須進行抗爭這一客觀事實。此劇在刻劃性格、安排結構、運用語言上，都力圖把戲劇藝術的特殊規律和新思想內容的表達統一起來，做到了結構嚴謹，衝突發展層次分明，性格刻劃和戲劇性的追求結合起來，語言有「戲味」。

表現抗日愛國主題的，從1931年九一八事變到1937年七七

[11] 《田漢戲劇集二集·自序》，《田漢文集》，第2卷，第375頁，中國戲劇出版社1983年版。

抗戰爆發前夕，田漢一共寫了將近 20 多部抗日宣傳劇和以抗日為背景的社會問題劇。他於 1932 年寫的三部獨幕劇《亂鐘》、《掃射》、《戰友》均為配合抗日運動的高潮而作，熱情讚揚了大學生抗日救國的抗爭精神。同年寫的三場話劇《暴風雨中的七個女性》刻劃了不同階級知識婦女在抗日暴風雨中的面貌，發出了團結抗日的呼聲。1934 年的獨幕劇《雪中的行商》、《水銀燈下》、三幕劇《回春之曲》，1935 年的《暗轉》、《黎明之前》，1936 年的《初雪之夜》、《女記者》等這一類作品，則是表現在抗日這一大背景下的某些社會問題和人與人之間關係的複雜變化。其中，《回春之曲》寫得頗具特色。該劇講的是在南洋教書的愛國華僑高維漢返國參加抗日，在一二八激戰中喪失了記憶，連回國照顧他的情人梅娘都認不出。梅娘是一個「愛上了你就會把性命交給你」的姑娘，面對為抗日負傷的情人，她把忠貞的愛情和愛國的熱情緊密聯繫在一起。在梅娘的精心照料下，經過三年的治療與休養，高維漢奇蹟般地恢復了記憶。恢復記憶後的他最關心的便是抗日進程和祖國命運，並從心底發出了「別讓一二八的血白流」，將抗日進行到底的呼喚。在劇中，主人公身體的「回春」、愛情的「回春」和盼望祖國在抗日中的「回春」，透過一個獨特的藝術視角得到了統一，抗日的主題被充分地「人化」了。《回春之曲》具有獨特的表現視角，劇情構思巧妙，富有引人入勝的戲劇性，全劇寫得詩情洋溢、優美動人，體現了作者一貫的浪漫主義的抒情風格。

3.抗日戰爭時期（1937-1945）

這一時期，田漢的戲劇創作道路開始向新的領域開拓，成為我國戲曲改革運動的先驅者，在話劇創作方面雖然作品不如傳統戲曲多，但也取得了新成就。七七事變後，田漢創作的四幕劇《蘆溝橋》，與以前寫的幾部抗戰劇相比，無論在思想內容或藝術表現上都有新的發展與突破。劇本通過青年學生的演講和新聞記者的談話，精闢地分析了當時的國際國內形勢，揭露了日本帝國主義的侵略野心與兇殘本質。透過農民自願參加抗戰，表現廣大群眾對抗戰的堅決擁護和支持；透過愛國官兵英勇守衛蘆溝橋的抗戰激情，充分表現了中國人民是不可欺侮的。劇本人物眾多，場面開闊，氣勢宏偉，還穿插了較多振奮人心的抗日歌曲，增強了劇本的戰鬥鼓動作用。1941 年的《秋聲賦》和 1942 年的《黃金時代》，則把筆觸伸向了在激烈抗戰下的人物的內心世界。《秋聲賦》透過家庭生活與個人命運的變遷，表現了抗戰大熔爐對人的鍛煉，特別是對人的心靈的洗滌。它沒有正面描寫戰場上的兩軍對壘和硝煙瀰漫，也沒有正面表現文化戰線上的艱難曲折，而是在人的「感情生活」領域裏，從人物心靈深處的微妙變化中表現出抗日戰爭的偉大意義。《黃金時代》所觸及的問題是，在抗戰的艱苦歲月中，青年人怎樣對待自己生命中的黃金時代，透過劇中人物林淑瓊道出了「中國青年都準備拿我們這一代的黃金時代換取民族的黃金時代！」這些劇作都反映了抗戰戲劇現實主義的深化。

4. 國共內戰時期（1945-1949）

抗戰勝利後，田漢積極參與領導戲劇界的民主運動。1945 年，田漢以筆名「嘉陵」寫了獨幕劇《門》，熱情讚頌昆明大學生爭民主、反內戰的愛國主義抗爭，最後透過學生潘玉英之口，號召人們團結起來，積極消滅內戰。該劇雖然篇幅不長，卻思想深刻。在日本投降後不久，田漢便較早地以爭民主、反內戰為其劇作的重大主題，顯示了他相當敏銳的洞察力。1947 年與于伶等合作的三幕六場話劇《清流萬里》（即《文化春秋》）描述了中國文化工作者在抗戰中遭受的苦難，表現了他們為真理、為民主而抗爭的堅強決心。在田漢 20 至 40 年代的話劇創作中，《麗人行》是一部在思想上和藝術上的集大成之作。《麗人行》寫於 1946 年 5 月，它全景式地反映了一個歷史時代的社會生活，劇作中有工人、城市貧民的苦難生活和全力掙扎，有帝國主義侵略者的血腥屠殺和漢奸、買辦、地痞流氓的無恥行為，也有資產階級女性的心理苦悶和立場動搖。劇中有三條相對獨立又相互聯繫的情節線索：一條是女工劉金妹的悲慘遭遇，一條是革命女性李新群在複雜艱苦的環境下堅強奮進，另一條是資產階級女性梁若英在物質誘惑之下的動搖和苦悶。該劇還成功地運用了話劇的多場式結構，徹底打破了「幕」的切割法，將全劇分為 21 場，運用多場景、開放式的結構，隨物賦形，散而不亂，以報告員的報告串起全劇，一氣呵成，有條不紊。

田漢的劇作形成了獨特的藝術風格：一是以現實主義為基調，同時帶有濃厚的浪漫主義色彩。他的劇作，從對現實的反映和對人生的思考來說，是現實主義的；但從藝術表現手法來看，則大多洋溢著濃郁的詩意，強烈的主觀抒情性往往壓倒了客觀敘事性。他一方面認識到藝術是對人生對社會的再現，一方面強調在藝術表現上不能因為講究「工」而顯得拖沓煩瑣，使劇作失去神韻。在劇情構思上，他往往把戲劇性和傳奇性聯繫在一起，雖然這種傳奇性帶有很大的偶然性，但仔細分析便會發現這種偶然性中寄寓著現實必然性，如《獲虎之夜》中被抬上來的不是老虎竟然是蓮姑的戀人黃大傻，這傳奇性的戀愛悲劇仍是根源於現實之中的。二是成功地把戲曲的表現手法引入到話劇中來，把器樂、聲樂融合在話劇藝術整體之中。「話劇加唱」這種形式是田漢的一大創造，他把唱詞安排得恰到好處，與整個劇本的詩意相得益彰，給人以和諧美感的同時，又對推動劇情的發展產生積極的作用。這種作法，既豐富了話劇藝術的表現手段，同時也使他的作品呈現出一種與眾不同的美學型態。如《回春之曲》中的《梅娘曲》、《告別南洋》、《春回來了》等，使劇情得到昇華和詩化，大大加強了作品的藝術表現力。三是多樣化的戲劇體式。田漢的前期創作多為獨幕劇，後期大多為多幕劇，其中不僅有抒情詩劇、社會問題劇、哲理劇，還有諷刺喜劇、悲喜劇、即興劇等。但在田漢的大量劇作中，也有些粗疏之作：結構放得開而收不攏，顯得略微有些散亂，對話缺乏性格化和戲劇化，有些作品還存在概念化的缺點，正如他自己所說：「對我所熟悉的我能描繪得比較有鼻子、有眼睛，我所不甚熟悉的就不免影影綽綽了。由於要即時反映當前鬥爭，我常常不能不來『急就章』，對人物性格就顧不到精雕細琢。」[12]

二、中國現代話劇的成熟示範：曹禺

曹禺（1910-1996），原名萬家寶，曹禺是其筆名，祖籍湖北省潛江縣，是繼田漢之後又一位對中國現代戲劇發展做出傑出貢獻的劇作家。

---

[12] 田漢：《田漢劇作選・後記》，第428頁，人民文學出版社1981年2月版。

1934 年以話劇劇本《雷雨》轟動戲劇界的曹禺。

1910 年 9 月 24 日，曹禺出生在天津一沒落的官僚家庭，小時候的耳聞目睹使他對傳統家庭的罪惡、對生活在其中的人物相當熟悉。他後來說，「《雷雨》、《日出》、《北京人》裏出現的那些人物，我看得太多了，有一段時間甚至可以說和他們朝夕相處」。[13] 曹禺少年時代跟隨繼母觀看了京戲、昆曲、河北梆子、蹦蹦調、唐山落子等許多地方戲，以及當時流行的文明新戲，還欣賞了譚鑫培、楊小樓、余叔岩等著名演員的精彩表演。繼母還經常對他講述歷史故事、神話故事和各種戲曲、小說的內容，並啟發他復述情節，繼母在戲劇方面給予他的影響巨大而且深遠。此外，他還閱讀了《紅樓夢》、《聊齋》、《水滸》、《唐宋傳奇》、《元明戲曲》，體味到「什麼是最美的、最有民族氣味的東西」[14]。1922 年曹禺進入南開中學，1925 年加入南開新劇團，先後參加了《壓迫》（丁西林）、《玩偶之家》、《國民公敵》（易卜生）、《織工》（霍普特曼）等劇的演出，改編並參加演出了《財狂》（莫里哀《吝嗇鬼》）、《爭強》（高爾斯華綏作，與張彭春合作改編），這些演出經歷使他對戲劇藝術規律有了更深一步的理

[13] 《曹禺談〈雷雨〉》，《人民戲劇》，第 3 期，1979 年。
[14] 〈曹禺同志談劇作〉，《文藝報》，第 2 期，1957 年。

解。在南開期間，他還閱讀了大量中外優秀劇本，通讀了南開教師張彭春饋贈的英文版《易卜生全集》，從中了解到話劇藝術的多種表現方法，劇中人物的真實性和複雜性；他還把洪深根據王爾德的名著《溫德米爾夫人的扇子》改編的《少奶奶的扇子》隨身攜帶，隨時翻閱。1930 年，曹禺升入南開大學，不久轉入清華大學西洋文學系，擔任《清華週刊》文藝編輯，參加排演易卜生的《玩偶之家》。這期間，他還學習了更多的西歐古典戲劇與現代劇作，研讀了希臘三大悲劇家、莎士比亞、奧尼爾、霍普特曼等的劇本，又接觸到契訶夫的戲劇。

1933 年 8 月，曹禺的創作準備日趨成熟，完成了他的處女作《雷雨》，1936 年完成四幕話劇《日出》，1937 年完成三幕話劇《原野》。這三部劇作都是以反封建與追求個性解放為主題，並不斷得到發展和深化。

1936 年曹禺應聘到南京國立劇專任教，抗戰爆發後，隨劇團轉到重慶，後又到四川江安，開始他創作道路的第二階段。1938 年他與宋之的合作改編抗戰劇《黑字二十八》（又名《全民總動員》），寫一群愛國青年同日本特務、漢奸的鬥爭，表現了他們抗戰的決心。1939 年他創作了《蛻變》，描寫抗戰初期某省立醫院領導胡作非為，下屬苟且偷安，整個醫院如一潭發臭的死水，在專員梁公仰和丁大夫的種種努力下，終於使醫院蛻舊變新。1940 年創作《北京人》。1942 年離開國立劇團到重慶，擔任中央青年劇社、中國電影製片廠編導，根據巴金小說改編了話劇《家》，用青春與愛情的悲劇控訴封建禮教。1946 年，曹禺應美國國務院邀請，和老舍一起赴美講學。1947 年歸國後，擔任上海文化影業公司編導。1948 年發表電影劇本《豔陽天》。

1949 年後，曹禺擔任中央戲劇學院副院長等職。

四幕話劇《雷雨》是一部傑出的現實主義家庭悲劇。該劇在一天時間內（上午到午夜兩點鐘），透過兩個舞臺背景（周家客廳、魯家住房），展現了周樸園家各個成員之間前後歷時 30 年的錯綜糾葛，以及在封建制度下釀成的種種悲劇。透過這個封建家庭的滅亡，透露出整個黑暗社會必然崩潰的訊息。作家仿照易卜生《群鬼》的結構布局，從「危機」開始，以「現在的戲劇」（繁漪與周樸園的矛盾，繁漪、周萍、四鳳、周沖之間的感情糾葛，周樸園與侍萍的重逢，周樸園與魯大海的矛盾）為主，而將「過去的戲劇」（周樸園與侍萍「始亂終棄」的故事，作為後母的繁漪和周家長子周萍的感情糾葛）穿插於其中用來推動整個劇情的發展，同時還運用希臘悲劇家擅長的「發現」與「突轉」的形式[15]，不斷濃化舞臺氣氛，不斷深入人物內心，不斷設置戲劇懸念，以悲劇不斷地演變和發展的過程，揭示出它的社會根源和歷史淵源。

周樸園是劇中的中心人物。他表面上很有教養和學識，實則偽善、自私、鄙俗而又暴戾，是典型的封建衛道士形象。該劇透過他這一形象對封建統治的罪惡本質作了深刻的揭露。他年輕時和女傭梅媽的女兒侍萍相愛並私定終身，但周家講究門當戶對，於是逼迫侍萍投河自盡。儘管操縱此事的是封建家長，但周樸園本人並沒有表示強烈的反對，而是默默地接受了和一位有錢有門第的小姐的婚姻。雖然他也曾內疚、懺悔，但當活著的侍萍突然出現在他面前時，他卻立即咄咄相逼：「你來幹什麼？」「以後

---

[15] 陳瘦竹：《現代劇作家散論》，第 223～227 頁，江蘇人民出版社 1979 年版。

魯家的人不許再到周家來。」他的虛偽、兇殘的本質立刻暴露無遺。他對待妻子繁漪等人，更是運用冷酷的專制手段逼迫他們服從自己。戲劇中最具典型性的一幕——周樸園威逼繁漪「喝藥」，從中揭示出他的封建家長式的統治手段，不僅運用在操縱經濟大權上，還表現在對人精神方面的控制上。但曹禺在塑造周樸園這一典型形象時，卻始終把他作為一個「人」來處理：他也有動真情的時刻——年輕時對侍萍的愛情，得知侍萍「死後」深深的悔意和沉痛的回憶，最後以沉痛的口吻命令周萍認生母，並向侍萍懺悔。這些都使得周樸園這一人物形象更加豐滿、真實。

繁漪是位悲劇性人物，她代表了在五四思潮影響下的一代婦女。對繁漪這位女性形象的塑造，曹禺傾注了極大的同情，同時也表現出他獨特的藝術才華。劇中，繁漪要面臨的是雙重的悲劇：她嚮往個性解放、追求個人自由，可她所處的這個封建色彩極其濃厚的家庭卻使她陷入了周樸園專制主義精神折磨與壓迫的悲劇；她不顧一切地追求愛情，期盼真正的幸福，可戀人周萍卻不以為然，並背叛了她，這使她陷入更深的悲劇。在這無情的雙重打擊下，繁漪變成一個憂鬱陰鷙性格的女性也就不足為奇了。絕望使她那顆飽受摧殘的心中升騰起一股強大的不可遏止的力量。面對周樸園的壓迫，開始因為與周萍的特殊關係痛苦地忍受著，可現在一切即將結束，在「最殘酷的愛和最不忍的根」[16]的性格交織中，她的愛終於成了恨，並進入瘋狂狀態。她從對周樸園的頂撞、嘲弄，演變為反抗與報復。而她內心也經歷了由鬱

[16] 曹禺：《〈雷雨〉序》，《曹禺戲劇集》，第 4 頁，四川人民文學出版社 1984 年版。

悶、煩躁、痛苦、絕望而爆發出雷雨般熱烈的復仇慾望這一艱難複雜的心理歷程。她絕望中的反抗，導演了一幕玉石俱焚的悲劇：既摧毀了這個她深惡痛絕之的封建家庭，也毀滅了尚且年輕的自己。這是一個被壓迫被損害的女性最後能做的、對封建專制制度的無言控訴和抗爭。可以說從五四以來，繁漪這一形象是現代戲劇乃至現代文學中，第一個如此勇敢、強烈地與封建專制作抗爭，並集中、深刻地傳達出個性解放的呼聲的女性形象，由此也進一步加強了《雷雨》的藝術效果，奠定了曹禺在現代戲劇史上的地位。

周家長子周萍既是繁漪悲劇形成的一個製造者，又是另一悲劇的受害者。在周樸園封建家長統治的壓迫下，周萍性格憂鬱、膽小卑怯、做事猶豫不決，面對重重矛盾缺乏承擔者應有的勇氣，更無力妥善解決，最終只能既損害了別人，又葬送了自己。年輕的周沖有著一股衝勁，他敢於追求，對未來生活有著美好的憧憬。但在這罪惡的家庭中，最後他也只能走向死亡。周萍這一形象既寄寓著作者對未來的一絲希望，又流露出在封建壓迫下苦悶而找不到出路的青年一代的悲憤之情。在劇本中，還有兩位受壓迫受摧殘的女性，她們是分別和周樸園父子發生關係的侍萍及其女兒四鳳。當年少爺周樸園對女傭侍萍的愛給侍萍帶來了一生的不幸，如今她的女兒四鳳竟然又和主人家的少爺相戀，她急切地想阻止悲劇重演，想帶女兒遠離周家，卻驚訝地發現這位少爺之父竟是自己當年的戀人，少爺即是他們當年愛情的見證。一切為時已晚，知道真相後的四鳳不堪侮辱含恨而去。這一沉重的打擊使本來就信宿命論的侍萍悲憤恐懼，被逼到了人生的盡頭。反封建的主題得到了更進一步的深化。至於魯大海和周樸園之間的矛盾，則是中國20年代勞資鬥爭所引起的風雲的一個縮影，卻給劇本注入了時代的、階級的新因素。

由於曹禺曾受到易卜生等西方個性主義、人道主義思想和基督教思想的影響，他在《雷雨》情節的展開和結構設置上借助於過多的血緣倫常糾葛，這不僅在技巧上「有些太像戲」，而且反映出作者思想認識上的薄弱之處。這正如他後來所說：「但在寫作中，我把一些離奇的親子關係糾纏一道，串上我從書本上得來的命運觀念，於是悲天憫人的思想歪曲了真實」[17]。但整體來看，《雷雨》「發洩著被壓抑的憤懣，毀謗著中國的家庭和社會」，[18]它不僅是一齣家庭悲劇，而且在一定程度上是當時罪惡社會的縮影。1935年4月27日《雷雨》由中國留日學生組織的「中華同學新劇公演會」在日本東京的神田一橋講堂首次公演。國內的首次演出是1935年8月17日，天津市立師範學校孤松劇團在該校大禮堂上演了《雷雨》。至今，《雷雨》仍上演不衰，體現了它強大的舞臺生命力。

四幕劇《日出》是曹禺又一部現實主義力作。曹禺用「人之道損不足而奉有餘」作為創作的基本觀念來統攝布置全劇，用片段的方法來展現諸色人生，以陳白露的內心悲劇性衝突構成全劇衝突的骨架。該劇從時間上把全劇分為黎明、黃昏、午夜、日出四個場景，以陳白露的休息室與翠喜的臥房為舞臺背景，把兩類不同的社會生活有機地串連了起來。通過陳白露與潘月亭之間的

[17] 郭沫若：《關於曹禺的〈雷雨〉》，《沫若文集》，第11卷，第113頁，人民文學出版社1959年版。

[18] 曹禺：《〈雷雨〉序》，《曹禺戲劇集》，第4頁，四川人民文學出版社1984年版。

買賣交易，直接或間接地暴露出上層社會的腐敗與罪惡；而圍繞她與方達生的一段情緣則展示了下層社會的痛苦與災難。同時，把上層社會生活的「天堂」和下層社會生活的「地獄」作了一個強烈的對照，描繪出一個畸形的、不公平的現代都市社會以及生活在其中的形形色色的小人物。資產階級代表潘月亭為了維持大豐銀行，一方面裁員扣薪，另一方面靠變賣地產、佯裝蓋洋樓來製造假象。銀行小職員李石清無意中發現了他的秘密，覺得這是他向上爬的一個千載難逢的好機會。潘月亭果然對他加以籠絡，但當潘覺得危機已過、穩操勝券時，立即對他實行惡毒的報復。陳白露是貫穿全劇的悲劇人物。她曾是「天真可喜的女孩子」，但抵不住資產階級生活中的聲色誘惑，終於成了現代都市中的交際花，哪怕她少女時代的戀人方達生出面來進行挽救，她也無意回頭，仍舊用玩世不恭的態度遊戲人生。她墮落卻不麻木，放縱而天良仍在，對可憐的「小東西」同情又呵護，甚至公然和流氓黑三作對，但一度腐朽的寄生生活已經使她陷入深淵並無力自拔，小東西的遭遇終於使她徹底清醒，既然她無法掌握自己的生，那麼就選擇在日出之前結束這無奈的生命。李石清、陳白露各自的悲劇有異，但都揭示了黑暗社會中金錢的罪惡以及這腐朽的都市生活是如何對人的靈魂進行扭曲和毀滅的。圍繞這一點作者還刻劃了一系列小人物：富孀顧八奶奶的故作多情，面首胡四的下流卑劣，洋奴張喬治的「金錢萬能」觀，茶房王福升的狡黠勢力，流氓黑三的兇狠殘忍，他們與這罪惡的社會同流合污，醜態畢露。

曹禺寫《日出》時，對《雷雨》「太像戲」深為不滿，他想「完全脫開了Lapiecebienfaite（佳構劇）一類戲所籠罩的範圍，試探一次新路」。他說：「我決心捨棄《雷雨》中所用的結構，不再集中於幾個人身上。我想用片段的方法寫起《日出》，用多少人生的零碎來闡明一個觀念，如若中間有一點我們所謂的『結構』，那『結構』的聯繫正是那個基本觀念，即第一段引文內『人之道損不足以奉有餘』。所謂『結構的統一』也就藏在這一句話裏。」[19]他善於靈活地借鑒外來藝術，演化為自己獨特的藝術風格。1937 年 2 月 2 日，《日出》由上海戲劇工作社首演於卡爾登大戲院。當時一位外國學者稱讚《日出》「可以毫無羞愧地與易卜生和高爾茲華綏的社會劇的傑作並肩而立」[20]。

三幕劇《北京人》的問世顯示出曹禺的戲劇創作藝術在 40 年代達到了一個新的高度。在劇中，曹禺選取北京一個典型的沒落士大夫家庭，寫了曾家三代人。

曾皓屬於第一代，是封建家庭權勢與精神統治的代表。曾家過去是煊赫一時的官僚地主家庭。當年，這門口「不是藍頂子，正三品都進不來」。曾皓正是在這樣的家裏「享用祖上的遺產，過了幾十年的舒適日子」。現在的曾家已經債臺高築，逐漸潦倒，家庭矛盾叢生，夫妻性情不和，翁媳勾心鬥角，姑嫂互相傾軋，兒子離家出走。曾家賴以生存的精神支柱——封建禮教，正在喪失其統治威力。曾皓精神上逐漸趨向幻滅，曾家最後的潰散終於逼得他走上了自殺的道路。

如果說曾皓是腐朽、垂死的一代，那曾家第二代——曾文清和江泰則是垮掉的一代。曾皓之子曾文清聰明俊朗，溫厚善良，

---

[19] 曹禺：《〈日出〉跋》，《曹禺戲劇集》，第 252 頁，四川文藝出版社 1985 年版。

[20] H·E·謝迪克：〈一個異邦人的意見〉，《大公報》1936 年 12 月 27 日。

「分明是一個溫愛可親的性格」。但他在所生活的環境中耳濡目染，封建文化思想和教養早已悄悄地腐蝕了他的靈魂。「重重對生活的厭倦和失望甚至使他懶於宣洩心中的苦痛。懶到他不想感覺自己還有感覺，懶到能使一個有眼的人看穿：『這只是一個生命的空殼。』」他儘管愛上了愫芳，迫於封建禮教卻不敢越雷池半步，愛不敢愛，恨不敢恨。他一氣之下也曾離家出走，但很快又沮喪地回來了。愫芳對他的一切已經看透：他已經不會飛了！想飛出去，卻又飛不動。最後，他終於吞食鴉片自殺。江泰是曾皓的女婿，一個專攻化學的老留學生，寄食丈人家，整天說空話、發牢騷，醉生夢死。曾文清曾說，江泰「跟我一樣，我不說話，一輩子沒有做什麼；他吵得凶，一輩子也沒有做什麼。」第二代中另一對不同的形象是曾思懿和愫芳。曾思懿是曾家大奶奶，自命知書達理，她雖然幹練潑辣、能說會道，同時又虛偽、自私、猜忌多疑。她把精力都放在控制丈夫、與家人的傾軋上，對曾家實際上是敗事有餘，而且促使了整個家庭的四分五裂。愫芳是寄食曾家的孤女，她沉默不語，處處忍受。如果說曾思懿的悲劇在於她生不逢時，而又過於自信好強，結果把自己置身於親屬乃至丈夫的對立面，那麼，愫芳的悲劇則在於她愛上了曾文清這樣一個廢人，愛上了「一個實際是毀了她的人，她同情了一個實際上是害了她的人」。[21]

曾霆和瑞貞是劇中曾家第三代人。由雙方祖父締定的婚姻從一開始就註定了他們婚後生活的不幸福，在一起生活了兩年仍形同路人。他們不甘心在這封建世家的繁文縟節中循規蹈矩，亦步

---

[21] 嚴振奮：〈曹禺創作生活片段〉，《劇本》，第7期，1957年。

亦趨，而是以各自不同的思想和方式去衝破那黑暗的天地，向著各自的理想境界走去。

劇中還有一個時隱時現的原始猿人「北京人」的形象，透過人類學者袁任敢之口正面介紹，後借江泰之口給以「發揮」，這是曹禺採用的一個戲劇象徵，以「北京人」為劇本命名，把史前社會、現實生活、理想社會中的三種「北京人」放在一起，以強烈的對照反差來表現劇本主題的雙重涵義，批判原始猿人的「不肖子孫」——現實中的「北京人」。以原始人的勇猛有力，反襯出封建精神牢籠中的北京人的空虛、怯懦、腐朽、墮落，並借用原始人的生活來寄託對新生活的憧憬，但手法表現得略微荒誕。

1941 年 10 月 24 日，《北京人》由中央青年劇社首演於重慶抗建禮堂。《北京人》中，曹禺的悲劇觀在發展，一貫的悲劇主調仍貫穿整個劇本，同時又隱含了些微的喜劇性因素，並且具有契訶夫戲劇式的現實主義特色，其中人物語言的提煉與舞臺氣氛的渲染，又和中國古典詩詞藝術中的凝練傳神、幽婉深長的抒情特色一脈相承，這些使曹禺戲劇的民族風格進入了一個新的美學境界。

曹禺是一位情感熱烈豐富的劇作家。他的藝術成就可以概括為：一、善於匯聚各種矛盾加以高度集中，在特定的場景中使複雜煩瑣的生活得以精巧的表現，矛盾衝突強烈，結構緊湊凝練，情節線索清晰，且環環相扣，渾然一體，緊密地突出了主題。《雷雨》的情節結構就具有集中而緊張、嚴密而精練的特點。《日出》的結構看似不像《雷雨》那樣一波三折，但從整個戲的內在聯繫來看，它卻更嚴密地揭示了苦難人生的本質規律。二、在處理戲劇衝突時，能深入挖掘劇中人的內心世界，或者表現人物與人物之間的心靈交戰，或者是劇中人內心的自我交戰。一切外在的矛盾、衝突與日常生活場景，都醞釀、激發與表現內心衝突。《雷雨》在緊張激烈的戲劇衝突中展現人物之間的心靈交戰，《北京人》在迂迴曲折的衝突中展開人物心靈上同樣錯綜複雜而又尖銳的鬥爭。三、戲劇語言不僅高度性格化，富有動作性，而且含有詩意和抒情性。《雷雨》和《日出》的人物對話，幾乎都有動作性，且帶有強烈的進攻性，既使劇作呈現出緊張激蕩的風格，又推動著悲劇衝突的大開大合。相對來說，《北京人》的人物語言更為簡潔凝練，並不時流露出詩情畫意。他往往只用一兩個詞，一句簡短的話，幾個語氣詞，甚至用無聲語言即停頓來表現人物的複雜心情與內在動作。曹禺戲劇的高度藝術成就對中國現代話劇文學樣式的成熟起了決定性作用，奠定了五四以來這一新生藝術樣式在中國現代文學史的地位。

三、小市民悲喜劇的刻劃者：夏衍

夏衍（1900-1994），原名沈乃熙，字端先，夏衍是他的筆名，浙江省杭縣（今屬杭州）人，出身於一個破落的士紳家庭。他從小對文學藝術感興趣，常和母親去看草臺班的演出，愛看《天雨花》、《再生緣》等彈詞、舊小說。1920 年他在杭州甲種工業學校以優異成績畢業，獲公費赴日留學。第二年考入日本福岡明治專門學校機電科，1925 年入九州帝國大學工學部冶金學科。留學期間，他博覽外國文學名著，從英國的斯蒂文生、狄更斯，到俄國的托爾斯泰、契訶夫、高爾基等。1929 年與鄭伯奇、馮乃超等組織成立了上海藝術劇社，提出了「普羅列塔利亞戲劇」（即無產階級戲劇）的口號。1930 年，夏衍以非作家的身分參加「左聯」，當選為「左聯」執行委員。1932 年，夏衍任明星影片公司編劇顧問。1935 年 2 月，夏衍受到追捕，避難期間，他發表了優秀報告文學〈包身工〉，同時開始了話劇創作，寫了最初的獨幕劇《都會的一角》和《中秋月》（又名《相似》）。兩劇均以都市下層舞女與貧民生活為題材，反映下層社會中人們的痛苦生活與善良心靈。1936 年 4 月，《文學》第 6 卷第 4 號發表夏衍的第一部大型歷史劇《賽金花》，劇本被譽為「國防戲劇之力作」。同年 12 月，他完成歷史劇《自由魂》（又名《秋瑾傳》）。1937 年，投入抗日救亡工作，曾發起組織救亡演劇隊和戰地服務團，主編過《救亡日報》。同年還創作了現實主義傑作《上海屋簷下》。

1935 年到 1937 年是夏衍戲劇創作道路的第一階段，經歷了從不成熟到成熟的探索、發展過程，逐漸解決了創作以來所困擾的藝術與政治的關係，還找到了適合表現自己藝術個性的最佳方法。他最初寫的幾部戲，「很簡單地把藝術看作宣傳的手段」[22]。歷史諷喻劇《賽金花》「以揭露漢奸醜態，喚起大眾注意『國境以內的國防』為主題，將那些在這危城裏面活躍著的人們的面目，假託在庚子事變前後的人物裏面」[23]，展現了一幅以庚子事變為背景的奴才群像圖。女主人公賽金花靠著美貌與機智代表清朝同八國聯軍交涉，減輕了侵略者對京師百姓以及官吏的欺凌。這說明當時清政府的滿朝文武還不如一個妓女，具有強烈的諷刺意味，由此暴露出清朝政府的腐敗無能。《自由魂》則選取革命

---

[22] 夏衍：《上海屋簷下・後記》，《夏衍劇作集》，第 257 頁，中國戲劇出版社 1984 年版。

[23] 夏衍：《談〈上海屋簷下〉的創作》，《劇本》，第 4 期，1957 年。

女俠秋瑾短暫一生的片段，透過描寫她以身殉志的壯舉，突出了她憂國憂民的胸懷、敢於反抗的精神與豪爽俠義、成仁取義的秉性，反襯和揭露現實社會的黑暗。但該劇也有明顯的不足：形象不夠豐滿生動，劇情表現出單一化傾向，藝術上有概念化的痕跡。1937 年寫《上海屋簷下》時，「在寫作上有了一種痛切的反省」[24]，擯棄了簡單地把藝術當作宣傳手段的思想，尋找到了自己的人物與主題，用現實主義的方法，表現普通人的日常生活，透過平凡的日常狀態來揭示生活的本質，鮮明地展現了自己新穎獨特的戲劇觀和成熟的藝術個性。

《上海屋簷下》不同於《賽金花》和《自由魂》，它直接取材於現實生活，幾乎「自然主義」地展現了 30 年代上海一座石庫門樓房裏，5 家住戶瑣碎、平凡、沉悶的日常生活。他們每個人在自己的小天地裏鬱鬱度日，都有著各自的痛苦、不幸、煩惱和牢騷。住在灶披間裏的小學教員趙振宇，收入微薄，生活艱難，但是他天性開朗、「樂天知命」，善於用「比上不足，比下有餘」的「譬如說」麻醉自己，掩飾並欺騙自己對生活的不滿。而自私狹隘、尖刻吝嗇的趙妻則整日對困頓的生活牢騷滿腹，怨天尤人，還經常遷怒於他人，對鄰里的不幸冷嘲熱諷；亭子間裏失業的銀行職員黃家楣窮困潦倒，而且肺病纏身，連款待從鄉下來看望兒孫的父親都做不到，為了不使老父失望，他變賣物件，以求略盡孝心。由此夫婦間經常發生口角但仍強顏歡笑；「廉價的摩登少婦」施小寶，因丈夫出海，生活無著落，被迫淪為暗娼，又不幸落入流氓魔爪，想掙扎卻無力；閣樓上的老報販李陵

---

[24] 夏衍：《上海屋簷下・自序》，第 254～255 頁，中國戲劇出版社 1984 年版。

碑，兒子在一二八戰役中喪生，無依無靠，孑然一身，晚景淒涼；客堂間的小職員林志成，其妻的前夫匡復因投身革命被捕入獄，斷絕音訊 10 年之後突然找上門來，作為其好友的林志成本來就受著良心的譴責，現在這個勉強稱得上小康的人家也徹底失去了平靜。這一群生活在都市角落裏的平凡的小人物，在苦難的生活中苟延殘喘，他們喪失了人的價值和生活的權利，卻仍痛苦地維繫著這非人的生存。作者對人們在這非人生活中掙扎的複雜心緒以及他們的歎息、詛咒和呼喚透過一個個場景微妙地傳達出來，曲折地展現了他們內心的願望與追求。從劇中主要人物匡復身上，還可以隱約看到一股希望。匡復是個革命知識份子，因參加革命被捕入獄，10 年的牢獄生活使他心身飽受摧殘。出獄後，看到妻子楊彩玉已和他的好友林志成同居，於是又捲入了一場愛情的糾葛。這三個人的愛情糾葛構成了戲劇的主要衝突。經過一段苦悶，他終於經受住了情感、道德、意志的考驗，重新堅強起來，決心出走，繼續從事革命工作。

抗戰爆發後，夏衍的戲劇創作道路進入第二階段。1938 年，他創作了四幕劇《一年間》，描寫了劉愛廬一家在抗戰初一年間的遭遇，同年還寫了獨幕劇《贖罪》。1939 年寫了獨幕劇《娼婦》。1940 年創作了四幕劇《心防》，歌頌在上海「孤島」堅持戰鬥的新聞戰士。同年還寫了四幕劇《愁城記》，該劇以 1937 年抗戰爆發至 1940 年一段時間為背景，反映一對青年從沉湎於個人小天地轉而投身革命的過程。1941 年寫了獨幕劇《冬夜》，還和田漢、洪深集體編寫了四幕劇《再會吧，香港》（又名《風雨歸舟》），反映抗戰時的生活，揭露官僚罪惡。之後，在重慶工作的四年，夏衍的戲劇又達到了一個新的高度。他接連創作了很多劇作：1942 年四幕劇《水鄉吟》、五幕劇《法西斯細菌》（又名《第七號風球》）；1943 年六幕劇《復活》，根據托爾斯泰小說改編；1944 年四幕劇《離離草》，直接描寫了東北人民與義勇軍戰士反抗日寇侵略者的鬥爭，歌頌了一系列英雄形象；1945 年四幕劇《芳草天涯》等等。

《心防》、《法西斯細菌》、《芳草天涯》是夏衍在抗戰時期創作的三部優秀劇作，都以知識份子為題材。《心防》的主人公劉浩如，不同於夏衍劇作中常見的在黑暗中苦悶、彷徨的知識份子形象，而是在抗日文化工作中英勇堅強的愛國知識份子形象，他具有堅強的意志和大無畏的革命精神，機智老練，大公無私。作者以上海淪陷到汪精衛公開投敵為背景，將劉浩如形象置於全劇戲劇衝突的中心。面對異常複雜艱險的局勢，劉浩如毅然留在上海，團結了一批進步的文化工作者，組成了一支有力的抗日反奸的宣傳隊伍，「要永遠地使人心不死，在精神上永遠地不被敵人征服」，直到被敵人暗殺倒下去的時候，他還想著要繼續固守「這五百萬中國人心裏的防線」。這個「在荊棘裏潛行，在泥濘裏苦戰」的鬥士形象，有著鼓舞人心的巨大力量。該劇還同時描寫了楊愛棠這位中國現代知識女性形象，她為了抗戰，以理智戰勝情感，「帶著笑，不露痕跡，若無其事地清算了一種介在於友愛和情愛之間的『心底的糾結』」[25]。

《法西斯細菌》則塑造了一位善良正直、獻身科學的細菌學者形象。主人公俞實夫抱著「為人類，為全世界人類的將來」的目的，埋頭於科學研究。他不求名利、不慕虛榮，無視個人生活

---

[25] 夏衍：〈上海還在戰鬥〉，《救亡日報》，1938 年 1 月 6 日。

的艱辛，還認為「科學沒有國界」，對現實社會、政治問題一概無視。無論是九一八事變，還是抗日浪潮的衝擊，都沒有使他徹底清醒。直到問題尖銳地擺在他眼前：他的妻子是日本人，女傭不願在一位日本女主人家幹活而堅決辭去；女兒壽珍因為有一位日本媽媽，遭到中國孩子的毆打；溫文善良的妻子靜子陷入難以抑制的痛苦中，所有這些，在俞實夫心靈深處引起了激烈的反應和思索。接著日寇攻占香港，青年朋友被殺，研究室被搗毀，他自己也遭到侮辱，這時他終於認識到法西斯與科學勢不兩立，於是決定放棄細菌學的研究，到桂林參加紅十字醫院，投入到撲滅法西斯的民族戰爭中去。俞實夫的心靈經過艱難曲折的歷程獲得了新生，這具有很大的典型意義和教育意義。劇本還描寫了另外兩種類型的知識份子。趙安濤青年時代有「改良政治」的抱負，但他不能抑制心裏追求享受的欲望，沒有堅定的政治信仰，終於棄政從商搞投機，還自欺欺人地說是為救國「打下經濟基礎」，當法西斯戰爭使他的財產被洗劫一空時，他才頓悟前非，決定「從頭做起，做一點切實有用的事情」。趙安濤的悔悟和走向新生，寄寓了作者的希望。至於秦正誼，雖有聰明才智，卻毫無理想，品格低下，慣於見風使舵，已經無可救藥。作者把他視為「知識份子中間的丑角」[26]。

《芳草天涯》描述了國運艱危時期，在愛情、婚姻問題上陷入矛盾的三位知識份子。尚志恢和石詠芬由自由戀愛進而結成伉儷，生活本應很美滿。但抗戰爆發後，尚志恢輾轉各地，「碰遍了釘子，受厭了留難」，面對嚴酷的現實，他苦悶、焦躁、孤

[26] 夏衍：《關於〈法西斯細菌〉》、《新觀察》，第 15 期，1954 年。

獨，忍受著深重的精神折磨。石詠芬曾接受過新思想，但婚後卻走進了家庭這個狹小的籠子，整天為柴米油鹽操心，並獨自承擔繁重的家務勞動，她也痛苦、空虛並逐漸轉化為蠻橫、暴怒。精神境界的距離鑄成了感情的離異。從一件小事開始，爭吵無休止地繼續下去，以致發展到家庭關係瀕臨破裂的地步。孟小雲是尚志恢來到桂林邂逅並與之產生愛情的一位年輕漂亮的姑娘。她活潑大方，對生活充滿了熱情，富有很強的進取心，但卻陷入了和尚志恢戀愛的痛苦矛盾的圈子中。時代的風雨衝擊著他們，他們並沒有因此沉淪下去，而是促使他們努力尋找到生活的真諦，找到各自光明的道路。孟小雲跳出了所謂「文化人的圈子」，勇敢地走向社會，從追求個人幸福轉向參加戰地服務隊，探索新的人生；在這場悲劇中陷得最深、處於矛盾焦點中心的尚志恢，也決心斬斷情絲，堅強起來，勇敢地說出了：「我不會使你失望」，「我會堅強起來的」；石詠芬受到孟小雲的感染，也變得開朗、善良並且振作起來。這些人精神上的積極變化，都體現出作者對不幸的知識份子寄寓了強烈的希望，盼著他們能走出各自的牢籠。

1930年夏衍攝於上海。他以挖掘小市民平凡生活中的悲喜題材而在現代戲劇史上占有一席之地。

夏衍的戲劇作品，以其卓越的藝術才華和創新精神，為中國現代戲劇發展做出了重要貢獻。他的劇作在現實主義藝術上取得了突出的成就，其主要藝術風格可以概括為：一、強調戲劇藝術的真實性。他嚴格遵循真實的原則，以平凡的生活事件為題材，並從中發掘深刻的思想內涵。他不追求離奇的情節、傳奇式的人物和尖銳激烈的矛盾衝突，很少正面地去表現重大歷史事件和鬥爭場面，而是自然、平實地再現生活的本來面目，從日常生活現象中尋找戲劇性，透過一些平凡瑣細的側面來窺見現實社會的巨大衝突。《上海屋簷下》選取了上海市民生活的一角，把五家弄堂住戶生活描繪得酣暢淋漓，看上去只是寫了一些里弄家庭中司空見慣的感情和人事糾紛，但作者在描繪形形色色的小人物的日常生活的同時，提出了一些嚴重的社會問題，一些人與人之間的糾紛，一些人與他們行為之間的關係。他站在時代的高度，以清醒的理性認識，揭示出生活的深刻內涵，呈現出革命現實主義特色。二、注重戲劇人物內在心理活動的再現，以洗練含蓄的手法刻劃人物的內心世界，帶有含蓄深沉的抒情特色。夏衍戲劇的精髓，可以說是建立在心理描寫上。《上海屋簷下》匡復和其前妻楊彩玉、好友林志成的重逢這一極富戲劇性的場面，作者只是以細緻的筆觸挖掘人物在這種特定情況下的心靈的奧秘，展示出人物在精神上所蒙受的重重苦難和創傷。而林志成的驚恐和愧疚，楊彩玉的委屈和怨憤，匡復的震驚和自慚都在這最初的一刻就被委婉細膩地表現出來了。劇中黃家楣父親臨走時，最後悄悄留給孫兒三元血汗錢，這一傳神的細節很好地展現了人物內心的隱痛。《法西斯細菌》中的靜子，是位溫柔善良內向的女性，她不善於傾吐感情，作者刻劃她時，通過片言隻語，透視了她內心世界的波動。劇中描寫壽珍遭到毆打後，俞實夫猛然站起又頹然坐下，靜子含淚帶笑地安撫孩子，這些無不使人強烈地感覺到人物此時心靈所受的震動是多麼劇烈。三、講究結構藝術。他的劇本結構緊湊嚴密，具有簡括而不空乏、明朗而不單調的特色。他的劇作不隨意堆砌情節和人物，劇中的情節線索簡單，因而劇作的主旨十分明晰、突出。《愁城記》的全部衝突就在趙婉夫婦與其叔父母趙福泉夫婦之間，圍繞遺產繼承權而展開。李彥平、何晉芳只是陪襯。《芳草天涯》的基本衝突在尚志恢、石詠芬和孟小雲之間，圍繞他們在愛情婚姻上的矛盾而展開，孟文秀夫婦及許乃辰則起著緩衝或強化主要矛盾的作用。《上海屋簷下》雖然五條線索齊頭並進，但卻有主次，其中匡復、林志成和楊彩玉三人的愛情糾葛為結構主線，另外四條線索交錯纏繞，相輔相成，共同構成戲劇整體。四、善於以特殊的氛圍烘托人物心境。《愁城記》中寫到不曾經歷任何磨難的趙婉，一心經營著小夫妻的「愛巢」時，叔父的威逼卻日益加緊，梅芬突然降臨的不幸使她預感到前景的渺茫，但她仍存僥倖心理，因而內心矛盾、痛苦，劇中此處看上去悄無聲息，舞臺似乎被沉默淹沒了，就在這時，「風聲」中傳來了隱隱的「泣聲」，構成了舞臺上語言所無法表達的潛臺詞，使人物心中的積鬱、苦惱和憂慮得到了更為深入、細緻而逼真的反映。《上海屋簷下》劇中的氛圍，從開幕到終場，天色昏暗，細雨連綿，黃梅季節特有的悶熱使人透不過氣來。劇作家將自然氣候和當時的政治氣候聯繫起來，運用氣氛的象徵表達對生活的感受與政治思考，將低氣壓窒息的自然氣候下人們所產生的鬱悶感受，和人們在黑暗統治下飽受折磨所產生的感情融合了起來，同時又創造了一種富有詩意的舞臺氛圍。

夏衍是我國較早地嘗試把日常生活引進戲劇創作的劇作家之一。他反對當時盛行的「情節劇」、「服裝劇」，努力描寫平凡的日常生活，逐漸形成一種屬於他自己的樸實清新、沖淡幽怨的現實主義的獨特風格，在中國現代戲劇界產生了深遠的影響。

附　錄

中國現代文學大事年表

一九一七年：

1月1日　《新青年》1915年9月15日創刊，原名《青年雜誌》，自第2卷第1號起改名《新青年》。1922年7月停刊，共出9卷。第2卷第5號發表胡適的〈文學改良芻議〉，提出了文學改良的「八事」。

2月1日　陳獨秀在《新青年》第2卷第6號發表〈文學革命論〉，提出了文學革命的「三大主義」。

5月1日　《新青年》第3卷第3號載有：胡適的〈歷史的文學觀念論〉，劉半農的〈我之文學改良觀〉。

7月1日　劉半農在《新青年》第3卷第5號上發表〈詩與小說精神上之革新〉，指出詩歌與小說精神革命之必要；同期，還發表了易明的〈改良文學之第一步〉。

一九一八年：

1月15日　《新青年》從第4卷第1號起，全部改用白話文，並運用新式標點符號，同期發表了胡適、沈尹默、劉半農等的白話詩八首，傅斯年的論文〈文學革新申義〉、胡適致玄同的〈論小說及白話韻文〉，錢玄同致半農的〈新文學與今韻問題〉、周作人的評論〈陀思妥夫斯奇之小說〉等。

3月15日　《新青年》第4卷第3號發表〈文學革命之反響〉的「雙簧信」：一是錢玄同化名王敬軒，以復古派的言論寫信《致〈新青年〉編者》，一是劉半農寫成《覆王敬軒書》，予以駁斥。

4月15日　胡適在《新青年》第4卷第4號上發表〈建設的文學革命論〉，提出了「國語的文學，文學的國語」的文學革命的十個字「宗旨」。

5月15日　魯迅在《新青年》第4卷第5號上發表我國現代文學史上第一篇白話小說〈狂人日記〉，同期還發表了魯迅署名「唐俟」的三首自由體白話詩。

7月　李大釗在《言治》季刊上發表〈法俄革命之比較觀〉。

12月15日　《新青年》第5卷第6號發表周作人的〈人的文學〉，提出了人道主義文學主張。

一九一九年：

1月1日	《新潮》創刊，傅斯年、羅家倫、周作人等編輯，出至第3卷第2號停刊。它力倡新文學，主要作者有胡適、葉聖陶、羅家倫、俞平伯、傅斯年、康白情、周作人等。
1月1日	《新潮》創刊號發表了志希的〈今日中國之小說界〉，批判黑幕派、禮拜六派小說。同期還發表了汪敬熙的短篇小說〈雪夜〉。
2月17日～18日	上海《新申報》發表林琴南影射攻擊新文學運動的文言小說〈荊生〉。
3月1日	葉聖陶的小說〈這也是一個人？〉（後改名〈一生〉）在《新潮》第1卷第3期上發表。同期，還發表了楊振聲的小說〈漁家〉。
3月9日	《每週評論》第12號發表了李大釗的〈新舊思潮之激戰〉，揭露守舊勢力攻擊新文化運動。
3月15日	胡適在《新青年》第6卷第3號上發表白話獨幕劇〈終身大事〉。
3月18日～22日	上海《新申報》發表林琴南影射攻擊新文學運動的文言小說〈妖夢〉。
3月	劉師培、黃侃等人創辦《國故》月刊，以「昌明中國固有之學術」爲宗旨，反對新文化。
4月15日	《新青年》第6卷第4號發表魯迅的小說〈孔乙己〉、朱希祖的論文〈白話文的價值〉、仲密的〈思想革命〉。
5月15日	《新青年》第6卷第5號刊出「馬克思主義研究專號」，發表了李大釗的〈我的馬克思主義觀〉（上）、顧照熊的〈馬克思學說〉、劉秉麟的〈馬克思傳略〉等，同期還刊載了魯迅的小說〈藥〉、隨感錄〈現在的屠殺者〉和〈「聖武」〉等。
7月20日	胡適在《每週評論》第31號發表〈多研究些問題，少談些「主義」〉：引起一場「問題」與「主義」之爭，接著知非在第33號上發表〈問題與主義〉，李大釗在第35號上發表〈再論問題與主義〉，胡適在第36、37號上發表〈三論問題與主義〉和〈四論問題與主義〉。
10月7日～21日	《晨報》第7版載冰心小說〈斯人獨憔悴〉。

一九二〇年：

1月25日　沈雁冰在《小說月報》第11卷第1號上發表〈小說新潮欄宣言〉，提倡在中國介紹新派小說。

1月30日～31日　上海《時事新報》的《學燈》副刊發表郭沫若著名長詩〈鳳凰涅槃〉。

2月3日　郭沫若的新詩〈爐小煤——眷念祖國情緒〉發表在上海《時事新報》的《學燈》副刊上。

2月7日　郭沫若的新詩〈天狗〉，在上海《時事新報》的《學燈》副刊上發表。

3月　胡適的白話詩集《嘗試集》，由上海亞東圖書館出版，這是中國現代文學史上第一部白話新詩集。

一九二一年：

1月4日　文學研究會在北京正式成立，發起人鄭振鐸、王統照、沈雁冰、葉紹鈞等十二人。這是「五四」文學革命以來第一個純文學性的社團。

1月10日　《小說月報》第12卷第1號發表周作人執筆的〈文學研究會宣言〉、沈雁冰寫的《〈小說月報〉改革宣言》。

2月15日　上海《民鐸》月刊第2卷第5期上發表郭沫若的〈女神之再生〉。

3月　沈雁冰、鄭振鐸、柯一岑、陳大悲、汪仲賢等在上海組成民眾戲劇社，五月創辦《戲劇》月刊，出至第6期停刊。

5月1日　魯迅在《新青年》第9卷第1號上發表小說〈故鄉〉。

6月　郭沫若、郁達夫、田漢、成仿吾、鄭伯奇、張資平等在日本成立創造社，同年在國內（上海）出版叢書，次年5月創辦《創造》季刊（出至第6期終刊）。此外，還先後創辦《創造週報》、《創造月刊》、《洪水》、《文化批判》等刊物，並編印《創造社叢書》。

8月5日　郭沫若第一部新詩集《女神》，由上海泰東圖書局出版。

10月　郁達夫的小說集《沉淪》，由上海泰東圖書局出版，它是我國現代文學史上最早的白話短篇小說集。

12月4日　魯迅的〈阿Q正傳〉，自此日起以巴人的筆名在《晨報副鐫》上連載至1922年2月12日登完，後收入《吶喊》。

本年　上海戲劇協社成立，主要社員有應雲衛、谷劍塵、歐陽予倩、洪深等。

一九二二年：

1月1日　《詩》（月刊）創刊於上海，這是我國新文學第一份詩刊，由葉聖陶和劉延陵主編。從第1卷第4號起改爲文學研究會刊物，共出7期。

1月　文學研究會編新詩合集《雪朝》（周作人、朱自清、俞平伯、劉延陵、鄭振鐸、郭紹虞、徐玉諾、葉紹鈞八人的詩歌合集），由商務印書館出版。

1月　《學衡》雜誌在南京創刊，吳宓主編。旨在鼓吹復古，反對新文化運動。

4月　潘漠華、馮雪峰、應修人、汪靜之組織的「湖畔詩社」在杭州成立，並出版第一本詩集《湖畔》。

4月　郭沫若翻譯的《少年維特的煩惱》（德國歌德作），由上海泰東圖書局出版。

5月1日　創造社編的《創造》季刊在上海創刊，由郭沫若、成仿吾、郁達夫編輯，共出6期。

5月　張資平的長篇小說《沖積期化石》，由上海泰東圖書局出版。

5月　魯迅與周作人、周建人等合譯的《現代小說譯叢》，由商務印書館出版。

8月　汪靜之的詩集《蕙的風》，由亞東圖書館出版。

9月　瞿秋白的散文集《餓鄉紀程》（《新俄國遊記》），由商務印書館出版。

10月　郭沫若的詩集《星空》，由上海泰東圖書局出版。

12月1日　魯迅寫的中國新文學史上第一篇現代歷史小說〈不周山〉（後更名〈補天〉），發表於《晨報四週年紀念增刊》。

一九二三年：

1月　冰心的詩集《繁星》，由商務印書館出版。

1月　洪深的話劇《趙閻王》，刊載於《東方雜誌》第20卷第1、2號。

3月　馮至、陳翔鶴、林如稷等在上海組成淺草社，創刊《淺草》季刊，至1925年2月出至第4期停刊。

3月　胡山源、錢江春等在上海組成彌灑社，創刊《彌灑》月刊，共出6期。

5月13日　創造社的《創造週報》在上海創刊，由郭沫若、郁達夫、成仿吾等編輯，共出 52 期。

5 月	冰心的小說集《超人》，由商務印書館出版。
5 月	冰心的詩集《春水》，由新潮社出版。
7 月 21 日	創造社的《創造日》創刊，由成仿吾、郁達夫、鄭均吾編輯，1923 年 11 月 2 日停刊，共出 100 期。
8 月	魯迅的小說集《吶喊》，由新潮社出版。
9 月	聞一多的詩集《紅燭》，由上海泰東書局出版。
10 月	丁西林的獨幕劇《一隻馬蜂》，刊載於《太平洋》第 4 卷第 3 號。
11 月	葉聖陶的童話集《稻草人》，由商務印書館出版，是我國第一本童話集。
12 月	魯迅編著的《中國小說史略》上冊（收第 1 篇至第 15 篇），由新潮社出版。
12 月	胡適、徐志摩、聞一多、梁實秋等人在北京成立「新月社」。

一九二四年：

1 月	田漢在上海創辦《南國》半月刊，出至第 4 期停刊。
2 月	郭沫若的三幕歷史劇《王昭君》，刊載於《創造》季刊第 2 卷第 2 期。
4 月 12 日	張恨水的長篇小說《春明外史》開始連載於北京《世界晚報》，至 1929 年 1 月 24 日載畢。
4 月	印度詩人泰戈爾來華。由徐志摩等陪同，先後在上海、南京、濟南、北京等地講學。
5 月	郭沫若譯畢《社會組織與社會革命》（日本河上肇作）。自述從此「初步轉向馬克思主義方面來」。
6 月	瞿秋白的散文集《赤都心史》，由商務印書館出版。
6 月	魯迅編著的《中國小說史略》下冊（收第 16 篇至第 28 篇），由新潮社出版。
8 月 20 日	創造社的《洪水》週刊在上海創刊。由周全平等編輯，僅出一期即停刊。
11 月	魯迅發起組織的文學社團「語絲社」在北京成立，並創刊了《語絲》週刊。1927 年 10 月被張作霖查封，同年 12 月在上海復刊，1930 年 3 月停刊。

12 月　田漢的戲劇集《咖啡店之一夜》，由中華書局出版。

12 月　朱自清的詩與散文合集《蹤跡》，由亞東圖書館出版。

12 月　《京報副刊》在北京創刊，孫伏園編。

一九二五年：

1 月　許地山的短篇小說集《綴網勞蛛》，由商務印書館出版。

4 月　「莽原社」成立於北京，發起人有魯迅、韋素園、向培良、高長虹、章衣萍、荊有麟等，出版《莽原》週刊，附於《京報》發行，由魯迅主編，共出 32 期。

5 月　沈雁冰的重要文藝論文〈論無產階級藝術〉。連載於《文學週報》第 172、173，175 及 176 期。

6 月　許地山的散文集《空山靈雨》，由商務印書館出版。

6 月　上海「五卅慘案」發生不久，葉聖陶寫的散文〈五月卅日急雨中〉和鄭振鐸寫的散文〈街血洗去後〉，都登載在〈文學週報〉第 179 期上。

7 月　廬隱的短篇小說集《海濱故人》，由商務印書館出版。

9 月　徐志摩的詩集《志摩的詩》，由現代評論社出版。

9 月　郭沫若的二幕歷史劇《聶嫈》，由上海光華書局出版。

9 月　魯迅與韋素園、曹靖華、臺靜農、李霽野等組織以介紹外國文學為主要任務的文學團體未名社，曾編印《未名》半月刊、《未名叢刊》、《未名新集》。

9 月　創造社辦的《洪水》半月刊在上海創刊，先後由周全平、郁達夫編輯，共出 3 卷 36 期。

10 月　原上海淺草社主要成員陳翔鶴、馮至、楊晦等在北京組成沉鐘社，並於 10 月 10 日創辦《沉鐘》週刊，共出 10 期。

11 月　魯迅的雜文集《熱風》，由北新書局出版。

11 月　李金髮的詩集《微雨》，由北新書局出版。

12 月　周作人的散文集《雨天的書》，由北新書局出版。

一九二六年：

1 月　蔣光慈的中篇小說《少年漂泊者》，由亞東圖書館出版。

1 月　郁達夫的《小說論》，由光華書局出版。

1月10日	《莽原》週刊改爲半月刊，由未名社出版，出至第2卷第24期停刊。
3月	上海藝術協會成立，推舉洪野、陳望道、黎錦暉、田漢、歐陽予倩等九人爲執行委員。
3月	創造社的《創造月刊》創刊，先後由郁達夫、成仿吾、王獨清等編輯，共出2卷（第1卷第12期，第2卷第6期）。
4月	郭沫若的戲劇集《三個叛逆的女性》，由光華書局出版。
4月	北京《晨報》的《詩刊》創刊，聞一多、徐志摩、饒孟侃、朱湘等人主辦。該刊每週1期，共出11期，
6月	魯迅的雜文集《華蓋集》，由北新書局出版。
7月	老舍的長篇小說《老張的哲學》，連載於《小報月報》第 17 卷第7～12號。1928年1月由商務印書館出版。
8月	魯迅的短篇小說集《彷徨》，由北新書局出版。
11月	李金髮的詩集《爲幸福而歌》，由商務印書館出版。

一九二七年：

1月	蔣光慈的短篇小說集《鴨綠江上》，由亞東圖書館出版。
1月	蔣光慈的詩集《哀中國》，由漢口長江書店出版。
3月	老舍的長篇小說《趙子曰》，連載於《小說月報》第18卷第3、8、10、11號。1928年4月由商務印書館出版。
3月	魯迅的雜文集《墳》，由未名社出版。
4月	郭沫若的詩集《瓶》，由創造社出版部出版。
4月	馮至的詩集《昨日之歌》，由北新書局出版。
4月	李大釗在北京被奉系軍閥逮捕，並慘遭殺害，終年41歲。
7月	魯迅的散文詩集《野草》，由北新書局出版。
9月	徐志摩的詩集《翡冷翠的一夜》，由新月書店出版。
9月	周作人的散文集《澤瀉集》，由北新書局出版。
11月	蔣光慈的中篇小說《短褲黨》，由上海泰東圖書局出版。
12月	周作人的散文集《談龍集》，由開明書店出版。
本年	田漢領導的南國社正式創立，同時創辦南國藝術學院。

一九二八年：

1月1日	太陽社的刊物《太陽月刊》在上海創刊。蔣光慈主編，出至第7期停

刊。

1月10日　茅盾的中篇小說《動搖》在《小說月報》第19卷第1～3號刊出。

1月　聞一多詩集《死水》，由上海新月書店出版。

2月10日　郭沫若詩集《前茅》，由上海創造社出版部出版。

3月10日　新月派的刊物《新月月刊》在上海創刊。先後由徐志摩、葉公超、聞一多、梁實秋等編輯。出至第4卷第7期停刊。創刊號刊出的《〈新月〉的態度》，由徐志摩執筆。

3月12日　魯迅的〈「醉眼」中的朦朧〉在《語絲》週刊第4卷第11期發表。這是魯迅回答創造社的批評的第一篇文章。

3月25日　郭沫若的詩集《恢復》，由上海創造社出版部出版。

6月10日　茅盾中篇小說《追求》在《小說月報》第19卷第16號開始連載。同年12月由商務印書館出版。

9月　魯迅散文集《朝花夕拾》，由未名社出版。

10月10日　茅盾在日本寫的〈從牯嶺到東京〉在《小說月報》第19卷第10號發表。

10月　魯迅雜文集《而已集》，由北新書局出版。

12月30日　中國著作者協會在上海正式成立，出席成立大會的有鄭振鐸、孫伏園、張崧年等九十餘人，選出鄭伯奇、沈端先（夏衍）、李初梨、彭康、鄭振鐸、周予同、樊仲雲、潘梓年、章錫琛等九人爲執行委員，錢杏邨、馮乃超、王獨清、孫伏園、潘漢年爲監委。

一九二九年：

1月10日　巴金的長篇小說《滅亡》開始在《小說月報》第20卷第1號連載。同年10月由開明書店出版。

3月15日　田漢的話劇《名優之死》在《南國月刊》第1卷第1期發表。

4月　戴望舒的詩集《我的記憶》，由水沫書店出版。

5月　國民黨召開第一次宣傳會議，決定創作「三民主義文學」。

6月　茅盾的長篇小說《虹》在《小說月報》第20卷第6號發表，第7號續刊。次年3月由開明書店出版。

8月1日　蔣光慈的長篇小說《麗莎的哀怨》，由上海現代書局出版，馮憲章、華漢（陽翰笙）曾先後發表不同意見的評論文章。

11月　　夏衍、鄭伯奇等在上海成立革命戲劇團體藝術劇社。

本年　　張恨水長篇章回小說《啼笑因緣》開始在上海《新聞報》副刊《快活林》上連載。

一九三〇年：

3月1日　　魯迅的〈「硬譯」與「文學的階級性」〉在《萌芽月刊》第1卷第3期發表，批判梁實秋對譯介馬克思主義文藝理論和無產階級階級論的攻擊。

3月1日　　柔石的短篇小說〈爲奴隸的母親〉，在《萌芽月刊》第1卷第3期發表。

3月2日　　中國左翼作家聯盟在上海成立。參加成立會的有四十餘人（發起的有五十餘人）。大會通過左聯的理論綱領和行動綱領，選舉沈端先、馮乃超、錢杏邨、魯迅、田漢、鄭伯奇、洪靈菲七人爲常務委員，周全平、蔣光慈爲候補委員。通過17項提案。魯迅在會上作《對於左翼作家聯盟意見》的講演。

3月10日　　蔣光慈的長篇小說《咆哮了的土地》在《拓荒者》第1卷第3至5期連載。1932年4月改名《田野的風》，由湖風書局出版。

3月20日　　田漢的〈我們的自己批判〉在《南國月刊》第2卷第1期發表，全面總結過去。

5月1日　　魯迅批判梁實秋的〈「喪家的」「資本家的乏走狗」〉在《萌芽月刊》第1卷第5期發表。

5月　　茅盾的《幻滅》、《動搖》、《追求》合印一冊，題爲《蝕》，由開明書店出版。

6月　　由左翼作家聯盟、社會科學家聯盟、社會科學研究會、新聞記者聯盟、電影演員聯盟、世界語聯盟、話劇演員及美術工作者聯盟等組成的中國左翼文化總同盟，在上海成立，周揚、夏衍等爲領導人。

一九三一年：

1月20日　　新月派刊物《詩刊》在上海創刊，徐志摩編輯，出至第4期停刊。

4月8日　　巴金的長篇小說《家》開始在上海《時報》連載，發表時題爲《激流》。1933年由開明書店出版。

4月　　老舍的長篇小說《二馬》，由上海商務印書館出版。

7月	張天翼第一部長篇小說《鬼土日記》，由正午書局出版。
9月20日	丁玲的中篇小說《水》在《北斗》第1卷第1期發表。
10月23日	魯迅的〈「民族主義文學」的任務和運命〉在《文學導報》第6、7期合刊發表。
11月	新月派詩人徐志摩在山東白馬山附近墜機身亡，終年35歲。
12月25日	《文化評論》創刊號發表「自由人」胡秋原的〈阿狗文藝論〉，鼓吹所謂「文藝自由論」，後引起一場關於「自由人」的論爭。

一九三二年：

2月3日	魯迅、茅盾、郁達夫、葉聖陶、丁玲、胡愈之、陳望道、沈起予、何丹仁（馮雪峰）、周起應（周揚）、華漢（陽翰笙）、田漢、夏衍等四十三人，共同簽署《上海文化界告全世界書》，抗議日寇製造「一二八」事變的暴行。
5月	巴金的中篇小說《霧》（「愛情三部曲」之一），由新中國書局出版。
6月	沈從文的散文集《記胡也頻》，由光華書局出版。
7月1日	蘇汶（杜衡）以「第三種人」自稱，在《現代》第1卷第3期發表《關於〈文新〉與胡秋原的文藝論辯》。
9月	中國詩歌會在上海成立，主要成員有蒲風、楊騷、森堡（任鈞）、穆木天、王亞平等。
10月	魯迅的《二心集》，由合衆書店出版。
12月1日	自即日起，原爲鴛鴦蝴蝶派陣地的《〈申報〉自由談》改由黎烈文主編，魯迅、茅盾、葉聖陶等許多作家投稿支持。

一九三三年：

1月1日	在《現代》月刊第2卷第3期上，馮雪峰以丹仁、洛揚的筆名發表〈關於「第三種文學」的傾向與理論〉和〈並非浪費的論爭〉，蘇汶發表〈一九三二年的文藝論辯之清算〉，雙方繼續辯論。
1月14日	艾青寫成抒情長詩〈大堰河——我的保姆〉。最初在《春光》雜誌發表，1936年收入詩集《大堰河》。
1月	茅盾的長篇小說《子夜》，由開明書店出版。
2月17日	英國著名劇作家蕭伯納到上海訪問，魯迅、瞿秋白夫婦編輯《蕭伯納

	在上海》。
4月1日	爲了紀念左聯五烈士犧牲兩週年，魯迅作〈爲了忘卻的記念〉，發表在《現代》第2卷第6號。
5月	茅盾的短篇小說集《春蠶》，由開明書店出版。
8月	戴望舒詩集《望舒草》，由現代書局出版。
8月	老舍的長篇小說《離婚》，由良友圖書印刷公司出版；《貓城記》，由現代書局出版。
9月	巴金中篇小說《新生》（「革命三部曲」之二），由開明書店出版。
10月	魯迅雜文集《僞自由書》，由青光書局出版。
11月1日	周揚在《現代》雜誌第4卷第1號發表〈關於「社會主義的現實主義與革命的浪漫主義」〉，這是最早把蘇聯的社會主義現實主義創作方法介紹到中國來的一篇文章。

一九三四年：

3月31日	魯迅雜文集《南腔北調集》，由上海聯華書店化名同文書店出版。
6月	文藝大眾化的第三次大討論——關於大眾語的討論陸續展開。參加討論的報刊有陳望道主編的《太白》等。
7月	曹禺的話劇《雷雨》在《文學季刊》第1卷第3期發表。
8月	巴金短篇小說集《將軍》，由生活書店出版。
10月	臧克家詩集《罪惡的黑手》，由生活書店出版。
12月	魯迅雜文集《准風月談》，由上海聯華書店化名興中書店出版。

一九三五年：

3月	葉紫的短篇小說集《豐收》，由上海榮光書局出版。
3月	蕭軍的長篇小說《八月的鄉村》，由上海榮光書局出版。
4月16日	周揚譯（別林斯基作）〈論自然涪〉在《譯文》第2卷第2期發表。這是我國文藝界較完整地介紹別林斯基著作的開始。
4月	老舍的短篇小說〈月牙兒〉，在《國聞週報》第12卷第12～14期連載。
5月	魯迅的《集外集》（楊霽雲編），由上海群眾圖書公司出版。
5月	田漢戲劇集《回春之曲》，由普通書局出版。
6月8日	瞿秋白在福建長汀被國民黨當局殺害，終年36歲。

6 月　　沈從文中篇小說《邊城》，由生活書店出版。

8 月　　沈從文短篇小說〈八駿圖〉，在《文學》第 5 卷第 2 號發表。

11 月　　郁達夫中篇小說《出奔》，在《文學》第 5 卷第 5 號發表。

11 月　　巴金的短篇小說集《神・鬼・人》，由文化生活出版社出版。

12 月　　艾蕪的短篇小說集《南行記》，由文化生活出版社出版。

12 月　　蕭紅的長篇小說《生死場》，由榮光書局出版。

12 月　　夏丏尊《平屋雜文》，由開明書店出版。

一九三六年：

1 月　　魯迅歷史小說集《故事新編》，由文化生活出版社出版。

4 月 1 日　　夏衍在《文學》第 6 卷第 4 號發表話劇《賽金花》，同年 11 月由生活書店出版。

5 月　　中國詩歌會提出「國防詩歌」的口號，並編輯出版《國防詩歌叢書》。同年全國各地詩歌團體聯合組成了中國詩歌作者協會，創辦會刊《詩歌雜誌》，共出 3 期。

6 月 1 日　　胡風在《文學叢報》第 3 期發表〈人民大眾向文學要求什麼？〉，闡述了由魯迅、馮雪峰等人商定提出的「民族革命戰爭的大眾文學」的口號，從此展開了「國防文學」和「民族革命戰爭的大眾文學」兩個口號的論爭。

6 月 1 日　　曹禺的四幕話劇《日出》在《文季月刊》創刊號發表。11 月由文化生活出版社出單行本。

6 月 7 日　　中國文藝家協會在上海成立，選舉茅盾、夏丏尊、傅東華、洪深、葉聖陶、鄭振鐸、徐懋庸、王統照、沈起予爲理事，鄭伯奇、何家槐、歐陽予倩、沙汀、白薇爲候補理事。當時簽名參加文藝家協會的有郭沫若、茅盾、郁達夫等 111 人。成立大會通過了《簡章》和《宣言》。

6 月　　洪深的戲劇集《農村三部曲》（包括《五奎橋》、《香稻米》、《青龍潭》）由上海雜誌公司出版。

9 月 16 日　　老舍長篇小說《駱駝祥子》在《宇宙風》第 25 期開始連載，1939 年 3 月由人間書屋出版。

9 月　　茅盾主編的報告文學集《中國的一日》，由生活書店出版。

10 月 19 日　　魯迅先生病逝。當日，由蔡元培、宋慶齡等組成治喪委員會。

本年　巴金長篇小說《愛情三部曲》（《霧》、《雨》、《電》）合訂本，由良友圖書公司出版。

一九三七年：

1月　戴望舒詩集《望舒詩稿》，由上海雜誌公司出版。

4月25日　中國詩人協會在上海召開成立會。

7月15日　中國劇作者協會在上海成立，並決定集體創作國防戲劇《保衛蘆溝橋》，由在滬著名編導和演員一百多人參加。

7月28日　上海市文化界救亡協會成立，成為團結文化界進步人士和愛國人士的統一戰線組織。

7月　魯迅的《且介亭雜文》、《且介亭雜文二集》、《且介亭雜文末編》，以「三閒書屋」名義出版。

8月7日　中國劇作者協會集體創作的三幕劇《保衛蘆溝橋》在上海蓬萊大戲院首次公演，大大鼓舞了上海人民的抗戰意志。劇本由上海雜誌公司於本月出版。

8月24日　上海文化界救亡協會的機關報《救亡日報》創刊，郭沫若任社長，由茅盾、巴金、鄭振鐸、胡愈之等組成編委會，夏衍任主筆，阿英任主編。該報1938年初遷廣州，後又遷桂林，1945年抗戰勝利後遷回上海，改名《建國日報》，同年10月被國民黨當局迫令停刊。

8月　曹禺的三幕話劇《原野》，由文化生活出版社出版。

9月11日　《七月》雜誌創刊於上海，由胡風編輯。

10月　田漢劇本《蘆溝橋》，由成都協美印刷局出版。

11月　夏衍的劇本《心防》、《上海屋簷下》，由戲劇時代出版社出版。

12月　中華全國戲劇界抗敵協會在武漢成立。

一九三八年：

3月27日　「中華全國文藝界抗敵協會」（簡稱「文協」）在漢口成立。這是抗戰期間文藝界最廣泛的抗日民族統一戰線組織。選出郭沫若、茅盾、馮玉祥等四十五人為理事，周恩來為名譽理事，老舍為總務部主任，負責主持日常工作。

3月　巴金的長篇小說《春》（《激流三部曲》之二），由開明書店出版。陳白塵的五幕劇《漢奸》，由武漢華中圖書公司出版。

6月　臧克家的抗戰詩集《從軍行》，由漢口生活書店出版。

7月　田間的詩集《呈在大風沙裏奔走的崗衛們》，由生活書店出版。

7月　茅盾的散文集《炮火的洗禮》，由桂林文化生活出版社出版。

一九三九年：

5月　陳白塵諷刺喜劇《亂世男女》，由上海雜誌公司（重慶）印行。

5月　端木蕻良的長篇小說《科爾沁旗草原》，由開明書店出版。

9月　于伶劇本《夜上海》，由上海劇場藝術社出版。

本年　魏如晦（阿英）的史劇《碧血花》（又題《葛嫩娘》，演出時名為《明末遺恨》），由國民書店出版。

本年　報告文學集《上海一日》，由華美出版公司出版，朱作同、梅益主編。

一九四〇年：

1月4日　陝甘寧邊區文化協會召開第一次代表大會。會議通過了組織新文字委員會、少數民族文化委員會，魯迅研究委員會等五十多項提案。毛澤東在會上做了〈新民主主義的政治與新民主主義的文化〉的報告。

4月　巴金「激流三部曲」之三《秋》，由開明書店出版。

6月15日　張天翼發表〈論「無關」抗戰的題材〉，載《文學月報》第1卷第6期。

6月20日　田漢主持召開「戲劇的民族形式問題」座談會，出席者有在渝作家陽翰笙、葛一虹、黃芝岡、光未然等十五人。嗣後於11月2日繼續舉行，出席者有郭沫若、胡風、老舍、茅盾、洪深、馬彥祥等。兩次座談記錄均載1941年2月出版的《戲劇春秋》第1卷第3期。

6月　艾青的長詩《向太陽》，由海燕書店（香港）出版。

7月　臧克家詩集《嗚咽的雲煙》，由創作出版社出版。

8月　夏衍劇本《心防》，由新知書店（桂林）出版。

9月1日　蕭紅的長篇小說《呼蘭河傳》開始在香港《星島日報》副刊《星座》上連載，至同年12月27日載完。1941年5月由上海雜誌圖書公司（重慶）出版。

9月　艾青詩集《曠野》，由生活書店（重慶）出版。

11月　宋之的的劇本《鞭》（《霧重慶》），由生活書店（重慶）出版。

12月　巴金的抗戰三部曲《火》第一部，由開明書店出版。

一九四一年：

1月　巴金的抗戰三部曲《火》第二部，由開明書店出版。

5月1日　胡風編輯的《民族形式討論集》，由重慶華中圖書公司出版。

5月　茅盾的長篇小說《腐蝕》開始在香港《大眾生活》復刊號上連載。同年10月由上海華夏書店出版。

6月　艾青的長詩《火把》，由烽火社（重慶）和文化生活出版社（重慶）分別出版。

7月25日　老舍發表〈文章下鄉，文章入伍〉一文，載《中蘇文化》第9卷第1期。

9月　艾青的《詩論》由三戶圖書社（桂林）出版。

11月　曹禺的劇本《北京人》，由文化生活出版社（重慶）出版。

本年　胡風的《論民族形式問題》，由重慶學術出版社出版。

一九四二年：

1月22日　蕭紅在香港病逝，終年31歲。

1月24日　郭沫若的史劇《屈原》開始在重慶《中央日報》副刊連載，至2月7日載完。同年3月由文林出版社（重慶）出版。

1月　艾青的詩集《北方》，由文化生活出版社（重慶）出版。

4月3日　郭沫若的歷史劇《屈原》在重慶國泰劇院首次公演，轟動整個山城。

4月15日　田漢劇本《秋聲賦》開始在《文藝生活》第2卷第2期連載，1944年1月由桂林人文出版社出版。

7月　郭沫若歷史劇《棠棣之花》，由重慶作家書屋出版。

10月17日　夏衍的話劇《法西斯細菌》，由中國藝術劇社在重慶上演。

10月30日　郭沫若歷史劇《高漸離》在《戲劇春秋》第2卷第4期發表。

10月　郭沫若歷史劇《虎符》（《信陵君與如姬》），由重慶群益出版社出版。

一九四三年：

1月　張天翼短篇小說集《速寫三篇》，由文化生活出版社（重慶）出版。

4月1日　郭沫若的史劇《孔雀膽》在《文學創作》第1卷第6期發表。同年12

月由群益出版社（重慶）出版。

5月　沙汀的長篇小說《淘金記》，由重慶文化生活出版社出版。

9月　趙樹理短篇小說集《小二黑結婚》，由華北新華書店出版。

10月19日　毛澤東的〈在延安文藝座談會上的講話〉在《解放日報》正式發表。

12月　趙樹理中篇小說《李有才板話》，由新華書店出版。

一九四四年：

3月　郭沫若歷史劇《南冠草》，由重慶群益出版社出版。

4月　吳祖光戲劇集《風雪夜歸人》，由開明書店出版。

5月　路翎《蝸牛在荊棘上》發表於《文藝創作》第3卷第1期。

8月　陽翰笙劇本《天國春秋》，由重慶群益出版社出版。

10月　巴金的中篇小說《憩園》，由重慶文化生活出版社出版。

12月　李廣田《詩的藝術》，由開明書店出版。

12月　張愛玲《流言》，由五洲書報社出版。

一九四五年：

1月　沈從文的長篇小說《長河》，由昆明文聚社出版。

4月　沙汀長篇小說《困獸記》，由重慶新地出版社出版。

5月　何其芳的詩集《夜歌》，由重慶詩文學社出版。

7月　巴金的長篇小說《火》第三部，由開明書店出版。

9月6日　中華全國文藝界抗敵協會發表〈爲慶祝勝利告國人書〉，刊載於重慶《新華日報》。

9月17日　郁達夫被日本憲兵殺害於蘇門答臘，終年49歲。

9月18日　重慶文藝界集會商討文藝復員大計，並倡議組織國際文化合作促進會。

10月10日　中華全國文藝界抗敵協會決定改名爲中華全國文藝協會。

10月　茅盾的劇本《清明前後》，由重慶開明書店出版。

10月　夏衍的劇本《芳草天涯》，由美學出版社出版。

一九四六年：

1月5日　《文聯》半月刊在上海創刊，茅盾、葉以群主編，爲中外文藝聯絡社的刊物，出至同年6月10日第7期停刊。

1月	趙樹理長篇小說《李家莊的變遷》，由華北新華書店出版。
1月	巴金的《第四病室》，由良友復興圖書印刷公司出版。
3月	張恨水的長篇小說《八十一夢》，由教育書社出版。
4月	巴金的散文集《旅途雜記》，由萬葉書店出版。
4月	陳白塵的多幕諷刺喜劇《升官圖》，由群益出版社印行。
5月4日	中華全國文藝協會舉行慶祝「五四」文藝節大會，郭沫若、曹靖華、陽翰笙、艾蕪等爲主席團成員。
5月	臧克家的諷刺詩集《寶貝兒》，由上海萬葉書店出版。
7月15日	聞一多在昆明遭國民黨當局殺害，終年47歲。
9月	劉白羽的散文報告集《環行東北》，由新華日報社出版。
9月	田間的長詩《戎冠秀》，由東北畫報社出版。
10月19日	中華全國文藝協會等十二個文化團體，四千餘人，在上海辣斐大戲院舉行魯迅逝世10週年紀念大會，郭沫若、沈鈞儒、茅盾、葉聖陶等出席大會。周恩來在會上號召向魯迅學習，並預言「人民的世紀到了」。
10月	袁水拍的詩集《馬凡陀的山歌》，由上海生活書店出版。
12月	馬烽、西戎合著《呂梁英雄傳》，由通俗書局出版。

一九四七年：

本年春	歐陽予倩作《桃花扇》（三幕話劇），1957年由中國戲劇出版社出版。
1月	老舍的小說《我這一輩子》，由惠群出版社出版。
2月	田間《她也要殺人》（敘事長詩），由海燕書店出版。
3月	巴金長篇小說《寒夜》，由晨光出版公司出版。
5月	《穆旦詩集》，由作者自費印行。
5月5日	上海《大公報》發表社評〈中國文藝往哪裡去？〉。
6月	上海文藝界郭沫若、茅盾、葉聖陶、鄭振鐸等百餘人，聯名呼籲停止內戰，釋放無辜被捕的學生和各界人士。
7月	路翎作《雲雀》（四幕悲劇），次年11月上海希望社出版。

一九四八年：

1月　劉白羽《無敵三勇士》，由華東新華書店出版。

2月　戴望舒《災難的歲月》，由上海星群出版社出版。

4月　周立波《暴風驟雨》上卷，由東北書店出版，下卷次年5月出版。

5月　李廣田《日邊隨筆》散文集，由文化生活出版社出版。

6月　師陀《大馬戲團》，由文化生活出版社出版。

8月　朱自清病逝。

9月　胡風《論現實主義的路》，由青林社出版。

11月　李健吾《切夢刀》，由文化生活出版社出版。

一九四九年：

1月　何其芳《還鄉雜記》，由文化生活出版社出版。

4月　巴金《短簡》，由文化生活出版社出版。

4月　茅盾《雜談蘇聯》，由致用書店出版。

4月　趙樹理《邪不壓正》（短篇小說集），由天津知識出版社出版。

4月　汪曾祺《邂逅集》，由文化生活出版社出版。

5月　孔厥、袁靜的長篇小說《新兒女英雄傳》連載於《人民日報》。

5月　阮章競《漳河水》，由太行文藝社出版。

8月　孫犁《荷花淀》（小說散文集），由三聯書店出版。

10月　劉白羽《火光在前》（中篇）發表於《人民日報》創刊號。

後 記

這本《中國現代文學概論》是我和上海復旦大學中文系欒梅健教授合作完成的第三本書，也是我們真正聯手執筆撰寫的第一本書，更是我們多年有關現代文學教學與研究的另一種心得呈現。在他於2000年9月以蘇州大學交換學者身分應邀來臺灣東吳大學客座講學之前，我們已經共同主編出版了《印象大師》、《現代文學名家的第二代》兩本以人物為主的專書，但那是企劃邀稿編輯而成，並非我們合作撰寫的書，因此，每回通信或電話聯繫時，「我們合作寫一本書吧！」便成為彼此間互勉的結束語。這個願望一直要到他來臺灣講學、我們常在東吳外雙溪校園或他的宿舍暢談之後才終於得以落實。由於我們專研的學術領域及主要教學的科目都以「中國現代文學」為中心，因此很快就決定了以《中國現代文學概論》為寫作計畫對象。

決定寫一本這樣的書，最主要的動機來自於教學上缺乏這類課程合適的教材，有的內容太多太雜，學生不易消化；有的資料陳舊簡略，不便採用；有的觀點立場鮮明，也不適合教學入門之用。坦白說，和大陸上相關書籍汗牛充棟相比，臺灣這類教材實在不多，這就給了我們嘗試的勇氣。幾經討論，我們決定以20萬字為原則，分小說、詩歌、散文、戲劇四類，每類精選出幾位代表性作家共20位，完全以其藝術成就表現為考量，反覆商量之後，小說類挑選了魯迅、茅盾、巴金、老舍、沈從文、張愛玲、張恨水；詩歌類挑選郭沫若、聞一多、徐志摩、戴望舒、艾青；散文類有魯迅、周作人、冰心、朱自清、林語堂、梁實秋；戲劇類則有田漢、曹禺、夏衍。這份名單中，魯迅是小說、散文兩類均入選，小說類人數較多，戲劇類則最少。為了使讀者對1917年至1949年這段現代文學發展史有概略的認識，全書一開始先安排一篇針對現代文學發生與發展歷史探討的導讀文章，然後每類之前又有一篇概論，加上書末所附〈中國現代文學大事年表〉，相信已經對「現代文學三十年」的脈絡演變、文學風貌、藝術成就、思潮流衍做了宏觀與微觀兼具的介說，應能以其簡明、適切、實用的特色，成為大專院校最佳的現代文學課程教材。

關於全書具體的寫作分工情況說明如下：導論（欒梅健、張堂錡）；小說卷概論、魯迅（劉宗禮、欒梅健）、茅盾、巴金、老舍、沈從文（戴旋、欒梅健）、張愛玲、張恨水（謝波、欒梅健）；詩歌卷（孫月霞、欒梅健）；散文卷（張堂錡）；戲劇卷（吳彥、欒梅健）；中國現代文學大事年表（謝波）。必須說明的是，劉宗禮、戴旋、謝波、孫月霞、吳彥五位均是欒梅健的研究生，這些內容是他們反覆推敲、共同商討後一起完稿。全書初稿完成後由張堂錡統一體例，修改定稿，對於一些過於政治性的字眼儘可能刪除或修改，務求客觀公允，避免立場過於鮮明或情緒性的描述。此外，為求完善，文中也做了一些必要的註釋，可供喜愛或研究現代文學者進一步參考。當然，限於學力，書中肯定有不盡良善或錯誤之處，衷心希望學者專家能多予指正。

回想 2000 年那個冬天，我們一起熱烈討論寫書的高昂情緒，那時原以為可以按約定一年後即交稿，不料此後兩人都忙著在學術上、校園裡各自打拼，一耽擱就是三年。期間我也曾兩度到蘇州，在茶館裡喝茶笑談時，不免相視赧然，但也都互相打氣儘快完成。現在，心上一塊大石總算落了地，梁任公說責任完了時才是人生的最樂，確是過來人之語。校讀之餘，那個冬天我們喝著小酒、快意暢談，醉眼中不失閃亮的光彩，一時如在眼前。

張堂錡

2003 年 6 月寫於政治大學大智樓

國家圖書館出版品預行編目資料

中國現代文學／欒梅健，張堂錡編著. 一一初版. 一一臺北市：五南圖書出版股份有限公司, 2003［民92］
面； 公分
ISBN 978-957-11-3378-2（平裝）

1. 中國文學-歷史-現代(1900-)

820.908 92013697

1XR8 現代文學系列

中國現代文學概論

編　著 — 欒梅健、張堂錡（201.3）
發行人 — 楊榮川
總經理 — 楊士清
總編輯 — 楊秀麗
副總編輯 — 黃惠娟
責任編輯 — 羅國蓮
出版者 — 五南圖書出版股份有限公司
地　址：106台北市大安區和平東路二段339號4樓
電　話：(02)2705-5066　傳　真：(02)2706-6100
網　址：https://www.wunan.com.tw
電子郵件：wunan@wunan.com.tw
劃撥帳號：01068953
戶　名：五南圖書出版股份有限公司
法律顧問　林勝安律師事務所　林勝安律師
出版日期　2003年9月初版一刷
　　　　　2022年10月初版九刷
定　價　新臺幣320元